Grand amateur de littératures de genre, **Alexis Aubenque** s'est lancé dans le thriller en 2008 avec la série « River Falls », une trilogie saluée par la critique et récompensée par le prix Polar du festival de Cognac. Il a depuis écrit une douzaine de romans à succès, dont *Tout le monde te haïra*, sélectionné pour le prix Polar en Série du festival Quai du Polar à Lyon.

Du même auteur, chez d'autres éditeurs :

Tout le monde te haïra
Aurore de sang
Stone Island
Le Secret de Stone Island
Les Disparues de Louisiane
Canyon Creek

Les enquêtes de Mike Logan et Jessica Hurley

Trilogie « River Falls »
7 jours à River Falls
Un automne à River Falls
Un Noël à River Falls

Trilogie « Seattle »
Charité bien ordonnée
Pour le bien des enfants
Né pour être sauvage

Série « Pacific View »
Ne crains pas la Faucheuse
Tu ne manqueras à personne

Chez Milady, en poche :

Les nouvelles enquêtes de Mike Logan et Jessica Hurley

Retour à River Falls

ALEXIS AUBENQUE

RETOUR À RIVER FALLS

Une enquête de Mike Logan et Jessica Hurley

Milady

Milady est un label des éditions Bragelonne
La collection Milady Thriller est dirigée par Lilas Seewald

ISBN : 978-2-8112-3109-5

Bragelonne – Milady
60-62, rue d'Hauteville – 75010 Paris

E-mail : info@milady.fr
Site Internet : www.milady.fr

Chapitre premier

Vendredi 16 juin

Stephen Callahan tapotait son volant au rythme de la basse de *Every breath you take*. Soudain, un speaker annonça les informations. Cela faisait des années qu'il n'avait pas entendu sa voix, et son sentiment de nostalgie s'épaissit un peu plus.

WKFM, la radio qu'il écoutait du matin au soir quand il vivait ici. Essentiellement du classic rock : Bon Jovi, Journey, Bruce Springsteen, U2… et des informations.

Combien de nuits avait-il passées au creux de son lit à rêvasser d'une vie trépidante, pleine d'aventures et de passion ? Il s'imaginait, tel un Indiana Jones des temps modernes, partant à la découverte de temples disparus au fin fond de l'Amazonie, du tombeau enseveli d'un pharaon inconnu, de vestiges jamais profanés dans la Vallée de la Mort ou du mausolée d'un ancien prince au cœur de la jungle cambodgienne.

Autant de rêves que d'illusions. La vie lui avait démontré à quel point il était difficile de les réaliser, ne serait-ce qu'une infime partie d'entre eux. Certes, il avait voyagé, mais combien d'horreurs avait-il vues ?

Stephen sentit l'émotion le saisir et sa vue se brouiller.

Le jeune homme qui avait quitté River Falls treize ans plus tôt n'avait plus rien à voir avec l'homme qui y revenait à présent.

L'adolescent insouciant est définitivement mort, se dit-il en sortant une cigarette de son paquet coincé dans la poche de sa chemise.

Il l'alluma et sentit la tension redescendre dès la première bouffée.

La pluie qui le suivait depuis son départ s'arrêta enfin. Plus de deux cents kilomètres d'une route détrempée qui le ramenait à la maison.

Deux valises dans le coffre. Le strict minimum. Il n'avait jamais eu besoin de plus.

Stephen avait gardé son appartement de Portland, le temps de trouver un logement. Pour l'heure, il vivrait chez Ashlyn, qui avait tout naturellement accepté de l'héberger.

Stephen adorait sa grande sœur. Quel crève-cœur cela avait été de la voir si peu toutes ces dernières années ! Même s'ils s'appelaient régulièrement, elle était une des seules personnes qui lui eût réellement manqué quand il était en mission à l'étranger.

Ses phares éclairèrent un panneau : « River Falls, 5 km ».

Stephen sentit son cœur battre plus vite.

Quelques minutes plus tard, il atteignait le point culminant de la route. Une multitude de lumières baignaient le panorama. Stephen sourit : un cirque s'était installé à l'entrée de la ville.

Il entama la descente qui le ramenait vers ses origines et découvrit bientôt un immense chapiteau, orné d'une pancarte aux lettres chatoyantes : « Big Circus ».

Des dizaines de voitures étaient garées aux alentours.

Stephen eut le temps d'observer parents et enfants qui se rendaient dans ce lieu féerique à la recherche d'un moment de magie.

Il continua sa route et entra dans le centre-ville. Des rues rectilignes qui se croisaient perpendiculairement. Des immeubles de trois ou quatre étages. Au rez-de-chaussée, des commerces et des restaurants.

Les rues étaient très animées en ce début d'été. River Falls n'attirait pas les foules le reste de l'année, mais les amoureux de la nature étaient nombreux à s'aventurer dans la vallée en cette saison.

Des milliers de souvenirs affluèrent à la mémoire de Stephen. Ses premières sorties, ses premiers flirts… *et mes premières cuites*, sourit-il intérieurement en passant devant le *Old Woodsman*.

L'enseigne était toujours la même : une planche de bois brut gravée de lettres repassées à la peinture blanche, en hommage aux bûcherons qui avaient fondé et fait vivre River Falls durant des décennies avant que les scieries ferment les unes après les autres.

Les temps changent, mais pas toujours pour le meilleur…

Il finit de traverser la ville et prit la route menant aux anciens manoirs.

Longtemps laissé à l'abandon, le secteur était depuis peu remis au goût du jour. Si la bourgeoisie était restée fidèle à Golden Hill, sur le versant ensoleillé de la colline, les vieilles bâtisses attiraient une clientèle bohème chic qui investissait des fortunes pour « faire revivre les racines de la cité ».

Stephen avait toujours été fasciné par ces manoirs abandonnés. Adolescent, combien de fois y avait-il fait les quatre cents coups ?

Il retrouva le sourire en pénétrant dans la forêt et aperçut les premiers manoirs. Avec leurs parcs arborés, les propriétaires devaient avoir l'impression de vivre seuls au milieu d'une végétation luxuriante.

Idéal pour un tueur en série, se dit-il en repensant à Jack Mitchell, l'assassin qui avait fait trembler River

Falls bien des années plus tôt[1]. Des Hells Angels avaient racheté son manoir et la rumeur prétendait que Ryan Bonfire, un des hommes les plus recherchés par le FBI, y avait vécu[2].

Stephen soupira et monta le son de la radio. *Reunite* de Dan Reed Network valait bien mieux que ces sombres pensées.

Le manoir de sa sœur lui apparut enfin. Une bâtisse remise à neuf elle aussi, mais qui avait gardé son charme d'autrefois. Des lampadaires éclairaient une allée joliment fleurie et la façade de style victorien, mémoire d'une splendeur passée.

Un petit paradis pour une famille modèle, se dit-il en se garant sous le préau.

Il était à peine sorti de son véhicule qu'il entendit des pas de course derrière lui.

— Tonton ! cria une petite voix.

Stephen se retourna et attrapa son neveu dans ses bras.

— Alors, mon bonhomme, tu es content que je sois là ?

— Oui ! s'extasia Lucas. Tu m'as apporté un cadeau ?

— Nous ne sommes pas à Noël et ce n'est pas ton anniversaire.

---

1. Voir *Un automne à River Falls*.
2. Voir *Né pour être sauvage*.

Le petit garçon de neuf ans fit la moue tandis que Stephen le reposait à terre.

— Mais j'ai quand même quelque chose pour toi, petite canaille.

Stephen se redressa pour accueillir le reste de sa famille. Trois femmes, aussi sublimes les unes que les autres.

Ashlyn, sa grande sœur. Trente-sept ans. Élancée, un visage de madone encadré par de longs cheveux bouclés d'un blond vénitien. La maternité dans toute sa générosité.

Tawny, dix-sept ans, sa fille aînée. Un air de rebelle avec ses mèches rouges et ses vêtements caractéristiques des années 1990, tendance grunge. Piercing sur la langue et aux sourcils. Un sacré caractère.

Et enfin Beverly, quinze ans, dont le sourire radieux semblait incrusté à jamais sur son visage poupon.

Stephen se baissa pour la serrer délicatement dans ses bras.

— Comment tu te sens ? Ça va ?

— Comme sur des roulettes, plaisanta l'adolescente, les mains posées sur les roues de son fauteuil.

— Beverly, ce n'est vraiment pas drôle, s'agaça sa mère.

— Si, c'est drôle, c'est toi qui n'as pas d'humour !

— Stop, pas de chamailleries ou je repars, les interrompit Stephen.

Mais le ton n'y était pas. La bonne entente régnait au sein de la famille.

— D'accord, mais je veux mon cadeau avant ! dit Lucas.

Tout le monde s'esclaffa. Le petit garçon également, même s'il avait l'impression qu'on se moquait un peu de lui.

Stephen lui ébouriffa ses cheveux déjà en bataille et sortit ses deux valises du coffre de la voiture.

Une rampe d'accès avait été installée à l'entrée du manoir pour que Beverly puisse se déplacer en fauteuil toute seule. La jeune fille détestait qu'on l'aide et refusait qu'on la pousse. « Être handicapé, c'est dans votre tête à vous, pas dans la mienne ! » lançait-elle à ceux qui lui jetaient des regards empreints de pitié.

— Le voyage s'est bien passé ? demanda Ashlyn.

— Oui, un peu de monde en ce début de week-end, mais franchement ça va. C'est dans l'autre sens que j'aime moins.

— Portland, moi, j'en rêve. Le monde est décidément mal fichu, regretta Tawny.

Elle avait fait des pieds et des mains pour s'inscrire à l'université de cette ville, mais sa mère s'était montrée intransigeante : Tawny étudierait à River Falls.

Des gouttes de pluie commencèrent à tomber et un éclair zébra le ciel. Ils se dépêchèrent de rentrer, Beverly la première, qui manœuvrait son fauteuil avec une habileté étonnante pour les dépasser tous.

Une alléchante odeur de cuisine chatouilla les narines de Stephen dès le vestibule.

— Ne me dis pas que tu l'as fait ?

— Si, pour le retour de mon petit frère. Mais ne crois pas que ce sera comme ça tous les jours !

Un ragoût de chevreuil. Son plat préféré. Il fallait deux jours pour le préparer.

— Tu viens avec moi, je te montre ta chambre ? lança gaiement Beverly.

Construit en pierre, le manoir était, à l'intérieur, entièrement décoré de bois. Un parquet au point de Hongrie impeccablement ciré et des murs lambrissés couverts de tableaux représentant des paysages locaux. Les Rocheuses et leur forêt dévoilaient leurs trésors, entre la faune sauvage que l'on ne trouvait nulle part ailleurs en Amérique et les nombreuses rivières poissonneuses qui faisaient la joie des pêcheurs.

— Moi, je préfère l'escalier. Je vous attends là-haut ! cria Lucas en prenant ses jambes à son cou.

— Laisse-moi tes valises, je te les monte, proposa Ashlyn.

Beverly avança vers l'ascenseur, seule note moderne dans ce bâtiment au charme suranné, et actionna l'ouverture coulissante à l'aide de son smartphone.

— À vous l'honneur, mademoiselle, dit Stephen avec emphase, façon grand prince.

Il laissa sa nièce s'installer, puis se glissa à côté d'elle. Cet ascenseur avait coûté une fortune, mais rien n'était trop beau pour Beverly.

— Je suis tellement contente que tu aies décidé de vivre avec nous. Je veux que tu me racontes toutes tes histoires, de tous les pays que tu as visités.

Grand reporter, Stephen avait plusieurs fois fait le tour du monde et découvert plus de merveilles qu'il n'aurait pu en rêver, mais il avait également couvert beaucoup trop de guerres et vu plus de morts et de souffrances qu'il ne l'aurait imaginé.

— Oui, mais tu sais que ce n'est que temporaire, il faut que je me trouve un logement.

— Pourquoi ? On a largement la place ici !

— Je sais, mais je suis comme toi, j'aime mon indépendance. Cela dit, ce n'est pas pour tout de suite. Je n'ai même pas encore cherché !

— Tu peux compter sur moi pour que ça capote et que tu restes avec nous ! plaisanta l'adolescente.

Ils arrivèrent au deuxième étage. Beverly sortit la première avec une dextérité accomplie et invita son oncle à la suivre dans le couloir jusqu'à la chambre du fond.

Ils passèrent devant trois portes avant d'arriver devant celle de Stephen.

— Prem's, vous êtes trop lents ! les nargua Lucas, tout essoufflé d'avoir monté les marches quatre à quatre.

— Très joli. C'est toi qui as fait la décoration, je parie.

— Oui, avec maman. On s'est dit que ça te plairait.

Les murs étaient tapissés de photos de ses films préférés. *Blade Runner*, *Lawrence d'Arabie*, *Chinatown* et un portrait d'Audrey Hepburn.

— Et ton bureau, on l'a acheté exprès pour toi.

Trop rococo à son goût, mais Stephen ne voulut pas jouer les rabat-joie.

— Il est parfait, dit-il en passant la main sur le bois lustré.

— Il te plaît ?

— Je l'adore.

Il était collé contre un des murs, mais Stephen savait déjà qu'il le déplacerait face à la fenêtre. Toujours ce besoin de s'évader vers l'extérieur quand il travaillait.

Ashlyn arriva avec les deux valises, qu'elle déposa au pied du lit.

— Ouf, je ne sais pas ce que tu as mis dedans, mais elles pèsent une tonne.

— Je suis désolé. Tawny aurait pu t'aider.

Mais l'adolescente rebelle était dans sa chambre au premier étage.

— C'est bon, je ne suis pas encore trop vieille.

Stephen sourit et attrapa l'une des valises, qu'il posa sur le lit. Il l'ouvrit en grand pour en sortir trois jeux Playstation.

— Wouahhh, c'est trop génial ! Merci, tonton ! s'enthousiasma Lucas.

— Il ne fallait pas, dit Ashlyn.

— Ça me fait plaisir.

Lucas repartit aussitôt pour aller tester ses jeux.

Puis Stephen sortit un livre empaqueté qu'il tendit à Beverly.

Elle le débarrassa précipitamment de son papier cadeau, et resta ébahie.

— Il ne doit sortir que dans deux mois ! s'étonna-t-elle.

— Oui, ce sont des épreuves corrigées. Il n'en circule quasiment pas et il t'est interdit d'en parler sur les réseaux sociaux, sinon Leslie va me tuer.

— Maman, c'est le dernier Leslie Callwin !

L'adolescente était folle des romans de cette journaliste qui s'était reconvertie depuis quelques années dans l'écriture de thrillers.

— Et elle me l'a dédicacé !

— C'est trop gentil, tu es un amour, murmura Ashlyn, le regard attendri.

— Vous êtes ma famille et je ferai tout pour que vous soyez toujours heureux, dit-il.

Et, pensant au rendez-vous qu'il avait le dimanche soir, Stephen pria pour que jamais ils n'apprennent quel genre d'homme il était vraiment.

Chapitre 2

Samedi 17 juin

Le paysage était incroyable. Tout autour du bateau de croisière se dressaient d'immenses icebergs prêts à se fracasser contre le géant des mers. Mais Mike Logan savait que rien de tel ne se produirait. La navigation maritime avait bien changé depuis le *Titanic*.

Le ciel était d'un bleu éclatant. La mer était d'huile. Un léger vent frais lui griffait le visage et lui faisait plisser les yeux.

— C'est magnifique, dit Jessica Hurley.

Logan tourna la tête et son regard se posa sur la plus belle des femmes.

— Oui, répondit-il simplement.

— Merci. Si tu n'avais pas insisté, jamais je ne serais venue.

Il haussa les épaules et se rappela combien elle avait pesté contre cette croisière en Alaska.

— Il faut toujours écouter son homme.

Hurley leva les yeux au ciel.

— Papa, maman, venez voir, vite !

Brian et Leila. Leurs deux raisons de vivre.

— Qu'est-ce qui se passe ?

— Il y a des phoques de l'autre côté. Vite !

Logan attrapa Leila dans ses bras et traversa le pont du navire pour se retrouver à bâbord.

Toute une famille de ces étranges mammifères marins se prélassait à la vue des touristes.

— Regarde, papa : celui-là, il te ressemble ! dit Leila.

Cinq ans, et déjà un humour très particulier.

— Non mais, on ne parle pas comme ça à son père ! répondit Logan en faisant mine de se vexer.

Des silhouettes apparurent sur la banquise.

— Qu'est-ce qu'ils vont faire, ces gens ? demanda Leila.

— Non, ne regardez pas ! cria Hurley.

Brandissant leur hakapik, les hommes encapuchonnés s'étaient rués sur les animaux pour les massacrer, laissant de larges traînées de sang s'écouler dans l'océan.

Horrifié par tant de barbarie, Logan entendit soudain des hurlements sur le pont. Ces sauvages avaient rejoint le navire et commençaient à tuer tout le monde.

Un hakapik se leva juste devant Hurley et s'abaissa avec une violence inouïe…

Logan hurla et se redressa dans son lit.

Son cœur battait à tout rompre. Il revoyait avec une netteté quasi réelle Hurley se faire fracasser le crâne. Une envie de vomir le saisit et il alluma la lampe de chevet. Il retrouva sa chambre et la réalité.

Son corps était couvert de sueur. Il se frotta les yeux pour chasser ces terribles images de sa tête.

Son téléphone gisait sur la table de nuit. Logan fut tenté d'appeler Hurley pour s'assurer que tout allait bien. Mais pouvait-il en être autrement ? Ce n'était qu'un cauchemar, un atroce mais simple cauchemar.

Hurley se serait sans doute inquiétée de la violence de ses démons intérieurs. Et elle aurait eu raison.

Logan regarda l'heure. 6 h 34. Trop tard pour se rendormir. Il s'assit sur le bord du lit.

Il poussa un profond soupir, et se leva pour se rendre dans la salle de bains. Quand il en ressortit, il n'était guère plus en forme. Remontant le couloir, il eut un petit sourire triste en passant devant les trois chambres de l'étage. Une maison bien trop grande pour un homme seul. Hurley était allée, avec les enfants, rendre visite à ses parents, le temps d'un week-end. Les années avaient beau passer, il était toujours aussi amoureux et s'en étonnait lui-même.

Dix minutes plus tard, enfin habillé, il descendit au rez-de-chaussée.

Il ouvrit les volets de la cuisine. L'aube éclairait le paysage de façon spectrale. Une longue avenue pavillonnaire qui semblait s'étendre à l'infini. Des maisons toutes construites sur le même modèle.

La maison familiale américaine typique.

Un étage avec quatre chambres et salle de bains. Un rez-de-chaussée comprenant salon, salle à manger et cuisine. Le tout posé sur une petite parcelle de jardin, le plus souvent gazonné. Une simple haie d'arbustes ne dépassant pas un mètre de hauteur séparait chaque habitation. Un certain style de vie dont Logan et les siens avaient profité durant des années.

Il observa les silhouettes qui passaient par intermittence derrière les fenêtres éclairées de ses voisins. Des gens bien sous tous rapports… ou pas. Combien de secrets inavouables étaient cachés derrière ces vitres ? Il sourit à cette pensée, caractéristique d'une déformation professionnelle.

Le quartier, et toute la ville, s'étaient réjouis de son retour. Logan n'était resté que quatre années à River Falls, mais il fallait croire qu'il avait laissé une marque indélébile dans le cœur de ses habitants.

Quand, quelques mois plus tôt, le shérif qui lui avait succédé avait donné sa démission pour changer de vie et s'installer à l'autre bout de l'Amérique, de nombreux citoyens (en commençant par le maire et ses anciens subordonnés) l'avaient appelé pour qu'il se présente aux nouvelles élections.

Logan avait sauté sur l'occasion. Hurley avait toujours adoré vivre dans l'État de Washington. Le soleil n'était pas fait pour eux. Rien de mieux que le climat des Rocheuses pour vous forger le caractère. Surtout, il avait l'impression d'étouffer, dans la grande ville de San Francisco.

Le scrutin fut sans suspense. Il était le seul candidat. 96 % de votes pour, 4 % de votes blancs et nuls. Un vrai plébiscite, qui l'avait touché bien plus qu'il ne l'aurait présagé.

Les habitants l'avaient félicité de son retour et il avait retrouvé le goût d'être simple shérif au sein d'une bourgade tranquille.

Logan enfila sa veste et sortit. Son 4 x 4 Cherokee noir était garé dans l'allée.

7 h 12. La lumière de l'aube s'intensifiait. Le soleil n'allait pas tarder à passer au-dessus des collines de River Falls.

Cette ville était tout à fait comme il aimait. Ni trop urbaine, ni trop rurale. Une université, des *malls* en périphérie et, surtout, la forêt à perte de vue.

Quittant la zone pavillonnaire, il sentit la pression redescendre. Il alluma la radio sur WKFM. *With or without you* de U2.

Le regard perdu sur la route, il se rappela avoir vu le groupe en concert plus de vingt ans auparavant. Le temps passait si vite.

Logan entra enfin dans le centre-ville. Aux beaux jours, les nombreux bars et restaurants étendaient leurs terrasses à l'ombre d'érables centenaires, sur de larges trottoirs abondamment fleuris.

Très peu de vandalisme. Les habitants de River Falls étaient respectueux de leur environnement.

Cette petite ville tranquille avait pourtant connu son lot de crimes sordides. Logan n'avait pas oublié un seul des criminels qu'il avait arrêtés là ou ailleurs. Le paradoxe du policier : malgré la noirceur du métier, chaque flic, étrangement, était fasciné par ces êtres immondes.

Il passa Green Street et déboucha sur Faulkner Garden. La mairie se dressait face à un petit jardin. Un bâtiment public de belle facture. Logan tourna sur Peek Street. Peu de circulation ou de passants dans les rues. Durant la saison estivale, River Falls veillait très tard, et rares étaient les téméraires à se lever à l'aurore.

Il arriva enfin sur Washington Avenue. Quelques instants plus tard, il se garait sur sa place de parking du commissariat. Un établissement de plain-pied dans lequel une quarantaine d'agents assermentés et autant de civils travaillaient pour le bien de leurs concitoyens.

Logan connaissait le prénom de chacun, parfois même déjà celui de leurs enfants. Une vraie famille.

Il passa par l'entrée principale et s'arrêta à la réception.

— Bonjour, Amy, bien dormi ?

— Je sais que je ne devrais pas le dire, mais je suis crevée, s'excusa la jeune femme.

Logan lui fit les gros yeux et, devant la mine contrite de son agent, eut un petit sourire.

— Vous voulez que je vous fasse remplacer ?

— Non, merci, shérif, ça va aller. C'est juste qu'on est allés au cirque hier soir et on a traîné un peu. On ne s'est pas rendu compte de l'heure.

Le Big Circus. Depuis plus de trois semaines, pas un carrefour sans une affiche annonçant l'arrivée des saltimbanques. Trapézistes, clowns, prestidigitateur, dompteurs d'animaux sauvages et tout le barnum.

— C'était comment ?

— Très bien. Ils sont vraiment trop forts. Les enfants ont adoré.

— Seulement les enfants ?

Amy ne put s'empêcher de rougir, comme s'il était honteux d'aimer le cirque. Mais tout le monde aimait le cirque ! Il n'y avait que les psychopathes pour y rester insensibles.

— Ne faites donc pas cette tête. Je compte bien y aller, moi aussi.

Amy se reprit.

— Vous ne serez pas déçu. Le spectacle du magicien est absolument fantastique. Je n'ai toujours pas compris comment il s'y prend.

— J'essaierai de comprendre pour vous l'expliquer. Bon, si vous avez un coup de fatigue, n'hésitez pas à rentrer chez vous, d'accord ?

— Merci, shérif, ça va aller.

Logan opina de la tête et quitta la réception.

Une dizaine d'agents étaient présents dans l'open space. Ceux qui avaient passé la nuit sur place se préparaient à rentrer, tandis que leurs collègues de jour s'installaient.

Tout le monde le salua, et il répondit à chacun. Prendre soin de ses subordonnés, c'était la base de la bonne gestion d'un groupe humain. Logan n'avait pas à se forcer : il aimait diriger hommes et femmes, et il savait s'en faire respecter.

Le lieutenant Portnoy, qui avait été de garde, lui fit un rapide topo de la nuit.

— Une bagarre entre deux types complètement bourrés à la sortie du *Mantis*, et un peu de tapage nocturne sur Pearl Avenue. La routine.

— OK. Personne en dégrisement ?

— Non, les cellules sont vides.

— Je ne comprendrai jamais pourquoi on ramène les poivrots ici. Ils habitent bien quelque part, non ? lança l'agent Bobby Hampton.

— Certains préfèrent cuver chez nous que d'affronter leur femme ! répliqua le sergent Miles Tepper.

De petits rires retentirent. Une ambiance sympathique. Il devait bien y avoir quelques tensions, mais, dans l'ensemble, tout le monde s'appréciait ou donnait le change.

Logan aimait appartenir à cette autre famille, presque aussi importante que celle de sang.

Il claqua dans ses mains.

— Allez, au boulot, maintenant !

Il s'enfonça dans le couloir, vers la partie privée, réservée aux bureaux des gradés. Il dépassa ceux de ses lieutenants, entra dans le sien et referma la porte derrière lui.

Il sortit son paquet de Chesterfield de la poche intérieure de sa veste. Il résistait depuis sept ans à l'envie de le finir, mais chaque matin il prenait une cigarette entre ses doigts, la faisait tourner et la reniflait avant de la remettre à sa place et de ranger le paquet dans sa veste.

L'esprit, plus fort que l'addiction.

« Un jour, vous n'y penserez plus », lui avait promis son médecin. Il voulait croire que ce jour viendrait.

Le téléphone sonna. Ligne intérieure. Logan décrocha.

— Shérif, c'est Amy. On vient de recevoir un appel. Des randonneurs ont découvert un corps dans la forêt !

Chapitre 3

Stephen ouvrit les yeux et entendit le chant d'un oiseau. Il attrapa son portable. 8 h 43. Jamais il ne se réveillait aussi tard. Mais la pression des derniers jours et un matelas très confortable avaient eu raison de ses bonnes intentions.

Il sauta du lit et, en simple caleçon, alla ouvrir les volets. Un ciel d'un bleu azur baignait le petit jardin et la forêt alentour. Caché dans le feuillage d'un immense érable, l'oiseau continuait sa sérénade.

Oui, le paradis… ou presque. Si bucolique que soit River Falls, le Mal y a pris racine.

Stephen soupira et passa dans la salle de bains attenante à sa chambre. Après s'être rasé et habillé, il descendit au rez-de-chaussée, où il retrouva une partie de la famille.

— Tawny et Beverly dorment encore, dit Ashlyn quand elle le vit entrer dans la cuisine.

— Bonjour, tonton, lui lança Lucas, assis à table en train de picorer un bol de céréales. Ils sont super, les jeux que tu m'as achetés.

— Le vendeur m'a dit que c'étaient les meilleurs.

— Ouais, j'adore trop.

— Tu veux un café ? proposa Ashlyn.

— Oui, s'il te plaît.

— Pour le reste, fais comme chez toi.

Stephen attrapa un paquet de brownies dans un placard et sortit une petite bouteille de jus d'orange du frigo.

— On peut ouvrir ? demanda-t-il en s'approchant de la porte-fenêtre.

— Bien sûr, je te rejoins.

Un léger souffle d'air chaud et sec l'accueillit sur la terrasse, où trônait une magnifique table de jardin en teck. Il y déposa son petit déjeuner et descendit sur la pelouse pour allumer sa première cigarette.

Un sentiment de sérénité l'envahit.

Il n'y a pas à dire, l'homme est un animal social et grégaire. Rien de mieux que de vivre entouré de ses proches. Certains proches, du moins…

Ashlyn s'approchait en lui tendant un café.

— Merci, sourit-il en le lui prenant des mains.

— Tu as été super gentil, hier soir. Tu devais être épuisé.

— Non, ça va. Tu sais, je n'ai jamais eu besoin de beaucoup de sommeil, et tes enfants sont adorables.

Il avait passé la soirée à jouer avec Lucas, puis à discuter avec Beverly de la prochaine élection du gouverneur. Tawny les avait rejoints et ils avaient fini la soirée dans le grand salon du premier, où un système home vidéo dernier cri venait d'être installé.

— J'ai eu maman au téléphone, hier, reprit sa sœur. Un jour, il faudra que vous m'expliquiez ce qu'il y a entre vous.

— Je te l'ai déjà dit mille fois, c'est entre elle et moi, c'est tout.

— Je suis sûre que c'est au sujet du suicide de papa. Il s'est passé quelque chose ? C'est toi qui es arrivé le premier sur les lieux. Tu peux tout me dire, tu sais.

Non, Ashlyn ne devait jamais savoir.

— OK, reprit-elle devant le silence de son frère. Mais je suis certaine que vous allez vous réconcilier. Dans la Bible, il est écrit que le retour du fils prodigue…

— Arrête, s'il te plaît, pas de bon matin.

Ashlyn avait un gros défaut : après l'accident qui avait coûté l'usage de ses jambes à Beverly, quand d'autres auraient perdu la foi, elle avait trouvé la paix dans sa confiance en la volonté du Seigneur, persuadée que tout avait un sens voulu par une entité supérieure.

Stephen pensa aux Enfants de Marie, une secte établie dans un des manoirs[1]. L'un des plus isolés. Ils prônaient un retour aux sources digne des Amish et vivaient dans un obscurantisme qui lui donnait envie de vomir.

---

1. Voir *Un Noël à River Falls.*

— Tu dois croire en Dieu, Stephen. Lui croit en toi. Je le sais.

Elle était tellement sûre d'elle. Il lui avait pourtant déjà expliqué qu'il avait vu trop d'horreurs en parcourant le monde pour croire en Dieu. « Soit il n'existe pas, soit c'est un pervers. Dans les deux cas, à quoi bon croire en lui ? » lui avait-il assené. Ashlyn ne s'était pas laissé démonter et avait répliqué que le Mal était l'œuvre du diable. Le Seigneur, lui, était Amour.

Il n'avait plus cherché à discuter religion avec elle.

— Si tu le dis.

Ashlyn fit la moue et se posta devant lui.

— Tu veux bien me promettre que tu vas faire un effort ? Maman n'attend que ça.

— Je vais y réfléchir.

— Je vais prier pour que tout se passe bien.

— Amen, compléta Stephen en avalant une gorgée de café.

Les volets roulants d'une des chambres du premier étage s'ouvrirent.

— C'est Beverly, je vais aller l'aider.

Stephen jeta sa cigarette et la retint par le bras.

— Laisse-la se débrouiller. Ce n'est plus une petite fille. Elle s'en sort très bien toute seule.

— Je le sais, mais je suis sa mère.

— Et moi, je suis son oncle. Tu sais que, dans certaines tribus, les oncles ont plus de pouvoir que les mères ? Alors tu ne bouges pas et, si elle a besoin de nous, elle appellera.

— Tu as sûrement raison.

— J'ai raison.

— Bon, je peux quand même aller voir Lucas ?

Stephen resta seul dans le jardin à siroter son café.

— Maman, ça va, je peux me débrouiller ! entendit-il soudain, en provenance de la chambre de Beverly.

Il eut un petit rire. On ne se refaisait pas. Une mère resterait à jamais une mère.

Il finit son café et rentra pour préparer ses affaires. Il était temps d'aller travailler.

Chapitre 4

Le soleil avait passé le sommet des montagnes et un ciel limpide surmontait la forêt alentour.

Rien à voir avec San Francisco ou Seattle, songea Logan, qui voulait retarder le moment de la confrontation avec le réel.

Au volant de son 4x4 Cherokee, escorté par deux Ford Taurus aux couleurs de la police, il s'était engagé sur la longue route qui s'enfonçait vers l'intérieur des terres, et priait pour que le témoin qui leur avait signalé « une scène de cauchemar » se soit affolé en découvrant le corps d'un randonneur à moitié dévoré par les animaux, certes, mais victime d'un accident, surtout pas d'un meurtre…

Un appel sur son portable le tira de ses pensées. Lindsay Wyatt.

— Oui ?

— Shérif, je viens d'avoir votre message, je vous rejoins sur place.

Quand il avait repris ses fonctions, quelques semaines plus tôt, Logan avait été heureux de retrouver d'anciens visages. Il avait aussi eu la bonne surprise de tomber sur la perle rare : Lindsay Wyatt, une jeune lieutenante tout juste trentenaire, surnommée « Easy Rider » par ses collègues en raison de son look *seventies* et de son amour des motos.

Wyatt avait le « don », un flair incroyable, un sixième sens qui faisait d'elle la meilleure enquêtrice de la ville.

Sa rationalité implacable lui permettait de démêler le vrai du faux avec une facilité qui forçait le respect. En interrogatoire, qu'il s'agisse de rixes, de vol ou de violences conjugales, elle n'avait pas son pareil pour faire signer des aveux avant même que le suspect ait eu l'idée de demander un avocat.

Qui plus est, elle avait quelque chose dans le regard qui vous disait : « Tout va bien se passer. » Cet aspect très rassurant de sa personnalité rappelait Hurley à Logan.

Si injuste que ce soit, elle était vite devenue son interlocutrice privilégiée sans que personne y trouve rien à redire. Tout le monde adorait Lindsay.

— À tout de suite.

Il raccrocha, satisfait qu'elle ait répondu présente au début du week-end.

Quelques minutes plus tard, il arrivait au point de départ d'un sentier de randonnée. Une dizaine de personnes y étaient rassemblées.

Les deux voitures qui le suivaient se garèrent derrière lui. Les sergents Boyd, Larson, Martinssen,

Harper et Grapes le retrouvèrent devant son Cherokee.

— Barry, Dan et Lorie, vous restez là et vous sécurisez les lieux. Je veux que plus personne n'emprunte le sentier. C'est compris ?

— Oui, shérif.

Ils avaient déjà dans les mains les rouleaux jaunes imprimés « Do not crossing ».

— Kate, Fievel, vous venez avec moi.

Un homme au crâne rasé s'avança à leur rencontre. Logan crut le reconnaître sans parvenir à se souvenir de son nom.

— Bonjour, shérif. C'est nous qui avons trouvé le corps. Enfin, pour être précis, c'est Pat et Jody, dit-il en se retournant vers un homme blafard qui serrait son épouse en pleurs dans ses bras. Quand on a entendu Jody hurler, on s'est précipités pour voir ce qui se passait.

— Vous pouvez nous y conduire ?

— Bien sûr, mais je vous préviens, c'est atroce. Âmes sensibles s'abstenir, dit-il en dévisageant la sergente Larson.

— Je viens avec vous, shérif, s'imposa cette dernière.

L'homme fit la moue.

— OK, c'est par là.

La sirène d'une ambulance résonna dans le lointain. Logan hésita, mais décida de ne pas l'attendre.

Ils prirent le sentier principal et s'engagèrent sous le couvert des arbres. En ce début d'été, leur feuillage était d'un vert resplendissant. Une lumière évanescente filtrait à travers la canopée.

Ils croisèrent d'autres promeneurs, étonnés de rencontrer le shérif dans les bois. À l'évidence, aucun n'avait été confronté au cadavre.

— Le corps n'est pas près du sentier ? s'étonna Larson.

— Non. Pat et Jody prennent toujours des chemins de traverse. Plus tranquilles, mais plus escarpés. Ne vous inquiétez pas, je connais le coin, on ne va pas se perdre. De toute façon, j'ai laissé Ralph et Tom pour protéger l'endroit des voyeurs.

Logan se rappela soudain où il avait rencontré leur guide. C'était le directeur du *mall* à l'extérieur de la ville, un type clairement habitué à donner des ordres.

— Vous avez bien fait, approuva-t-il.

— Tenez, regardez.

Un petit sentier à moitié caché par des branches basses se faufilait sur leur gauche.

Ils durent repousser les branches pour pouvoir avancer, puis le chemin s'éclaircit vers une légère montée.

Des cris d'oiseaux se répercutaient autour d'eux, des mouvements furtifs dans les broussailles indiquaient la présence de petits animaux dérangés par leur arrivée.

Ils durent finalement s'aider de leurs mains pour franchir un escarpement rocheux.

— Vous êtes certain de savoir où l'on va ? demanda le sergent Boyd.

— Oui, faites-moi confiance, on y est presque, répondit le randonneur d'un ton un peu trop sec.

Cinq minutes plus tard, Logan était à deux doigts de faire demi-tour quand ils distinguèrent des silhouettes à travers les fourrés. Après les avoir contournés, ils débouchèrent sur une trouée donnant sur une grotte naturelle.

Deux hommes blêmes les y attendaient.

— Elle est là-dedans, murmura l'un d'eux.

Logan attrapa sa lampe torche et s'engagea sous la voûte. À moins de trois mètres de l'entrée, il aperçut le corps d'une jeune fille allongée sur le sol. Totalement nue. Une blessure béante au-dessus des côtes. Ses yeux grands ouverts fixaient le plafond d'un regard vide.

Mais il y avait encore plus horrible : entre ses mains, serré contre son ventre, elle tenait un cœur sanguinolent. Le sien.

Le sergent Boyd se retourna et réussit par miracle à ne pas vomir.

Logan avait espéré que ce drame ne serait qu'un malheureux accident, mais il n'y avait plus de doute. Non seulement il s'agissait d'un meurtre, mais celui-ci avait été commis par un malade de la pire espèce.

Il balaya de sa torche les murs de la grotte. Plusieurs dessins avaient été badigeonnés à la peinture acrylique rouge.

Un homme vêtu d'une jupe et pendu par un pied. Un petit Cupidon. Un diable avec deux ailes dans le dos.

— Ces dessins étaient-ils là auparavant ? demanda-t-il à voix haute.

— Non, on ne les avait jamais vus, répondit leur guide, qui s'était approché. Vous comprenez ce que ça veut dire ?

Logan n'en avait aucune idée. Si ce n'est qu'ils devaient avoir une signification mystique.

— Shérif !

La lieutenante Lindsay Wyatt, accompagnée de deux infirmiers, les avait retrouvés. Fasciné et écœuré à la fois par ce qu'il venait de découvrir, Logan ne les avait pas entendus arriver.

— Wyatt, prenez des photos de la scène de crime, et surtout que personne ne touche à rien.

Lindsay hocha la tête en silence et s'avança à l'intérieur de la grotte.

— J'ai déjà vu ça quelque part, dit-elle en découvrant les dessins.

Elle examina d'un peu plus près l'esquisse d'un squelette tenant une faux.

— Des images d'un tarot divinatoire, suggéra l'un des infirmiers.

Évidemment! se dit Logan en secouant la tête.

— Le Pendu, la Mort, l'Amour, compléta l'infirmier.

— Vous avez l'air de bien vous y connaître, fit remarquer Lindsay.

— Ma mère lit dans les cartes. Un loisir, rien de plus.

— Bien. Je veux que vous me photographiiez chaque mètre carré de cette grotte, reprit Logan. Pour le corps, ajouta-t-il à l'attention des brancardiers, je vous prierai d'attendre que toutes les photos aient été prises. Et n'oubliez pas d'enfiler des gants avant de le déplacer.

— Bien sûr, shérif.

Logan espérait qu'aucun des randonneurs n'avait touché au cadavre ni à la scène de crime. Quoi qu'il en soit, il faudrait relever leur ADN.

Il avait besoin de renfort.

Il attrapa son portable et composa le numéro de Nathan Blake.

— Mauvaises nouvelles ? demanda le chef de la police scientifique de Seattle dès qu'il eut décroché.

— Oui ! Je t'envoie des photos, tu vas comprendre.

Logan raccrocha et prit quelques clichés avec son téléphone qu'il lui envoya par SMS, avec la terrible certitude que les réponses n'allaient pas lui plaire.

Chapitre 5

Stephen s'installa au volant et entra les indications dans son GPS. Son parcours s'affichait à l'écran quand il déconnecta l'appareil en souriant. *L'esprit, plus fort que la machine*, se dit-il, amusé. River Falls était sa ville. Pas besoin d'un GPS.

Vingt minutes plus tard, fier de ne s'être trompé qu'à un seul croisement, il se garait devant les locaux du *Daily River*.

Le patron du *News of Washington* s'était arrangé avec le journal local pour que Stephen puisse utiliser leurs ressources et leurs bureaux, en échange de quoi ses articles paraîtraient dans les deux éditions de façon conjointe.

Stephen aurait très bien pu travailler de chez sa sœur. Mais il avait besoin de sentir une équipe s'agiter autour de lui. De voir des gens pour garder un pied dans la réalité du monde.

L'immeuble ne payait pas de mine et, n'eût été la plaque fixée sur la double porte en verre, rien n'aurait laissé penser qu'il abritait le journal.

Stephen entra et se présenta à la réception. Une jeune femme brune au léger embonpoint releva la tête derrière le comptoir.

— Bonjour, je voudrais parler à Clayton Zucker. Je suis…

— Stephen Callahan, l'accueillit la réceptionniste avec un large sourire. Vous êtes attendu. Si vous voulez bien me suivre.

Elle se leva pour lui montrer le chemin. L'open space était plutôt désert en ce samedi matin. On était loin de la frénésie du *News of Washington*.

Les employés présents les regardèrent passer d'un œil plus suspicieux qu'amical. Le sourire vissé aux lèvres, Stephen traversa les lieux comme si de rien n'était.

Ils montèrent à l'étage. Des bureaux vitrés. Dans la salle de réunion, un homme au téléphone lui jeta un drôle de regard.

Stephen l'ignora et suivit sa guide jusqu'au dernier bureau, sur la porte duquel une plaque en cuivre annonçait : « Clayton Zucker ».

La réceptionniste frappa et attendit qu'on lui dise d'entrer.

— Monsieur Zucker, votre rendez-vous.

La cinquantaine, rasé de près, costume impeccable et sourire sincère.

— Enchanté de faire votre connaissance, dit-il en se levant pour serrer la main de Stephen.

Une poigne ferme quoique souple, à l'image de sa réputation.

— Betsy, vous pouvez nous laisser.

La réceptionniste se retira.

— Asseyez-vous, je vous en prie.

Stephen tira un fauteuil et prit place face à son nouveau directeur.

— En premier lieu, monsieur Callahan, je tiens à vous remercier d'avoir accepté de travailler pour nous. C'est un grand honneur que de bénéficier d'une plume comme la vôtre.

— L'honneur est partagé. Leslie ne tarit pas d'éloges à votre sujet.

Clayton s'enfonça dans son fauteuil.

— Leslie Callwin… Je vais vous dire, je l'ai toujours appréciée, mais je n'aurais jamais imaginé une telle ascension. C'est tout bonnement extraordinaire.

— Elle le mérite. Leslie est une grande professionnelle et une incroyable écrivaine.

— Oui, j'ai rarement vu une fille qui voulait réussir à ce point.

Leslie Callwin avait couvert la série de meurtres qui avaient ensanglanté River Falls quelques années plus tôt[1]. Ses articles et ses interventions télévisuelles avaient fait le tour de l'Amérique et lui avaient permis de décrocher un poste prestigieux à Seattle.

1. Voir *7 jours à River Falls*.

Stephen avait perçu une certaine amertume dans les propos de Clayton Zucker et décida de ne pas entrer dans son jeu.

— La gloire n'est pas forcément un défaut, plaisanta-t-il.

— Peut-être, mais je préfère la discrétion. J'aime à penser que l'information est plus importante que celui qui la délivre.

Stephen approuva d'un hochement de tête.

« Un bon journaliste est un simple spectateur qui retranscrit le monde pour ses lecteurs », telle était sa devise. S'il était lui-même réputé dans son domaine, le grand public aurait été incapable d'associer un visage à son nom. Aucune intervention télévisée, jamais de portrait.

— À ce propos, reprit le directeur, je n'ai pas bien compris pourquoi vous teniez tant à revenir à River Falls.

Stephen s'attendait à cette question et il tenait sa réponse toute prête. En aucun cas il ne devait dire la vérité sur son retour, du moins toute la vérité.

— J'ai eu mon lot d'horreurs, répondit-il. J'ai besoin de retrouver mes racines et une certaine tranquillité. Mais il est probable qu'à terme le démon du voyage se rappelle à moi.

— Eh bien, dans ce cas, je vous souhaite un bon séjour parmi nous ! Même si votre retour ne sera peut-être pas aussi reposant que vous le souhaitez.

— C'est-à-dire ?

Clayton parut mal à l'aise et se racla la gorge avant de lancer :

— Je ne devrais peut-être pas vous en parler, mais certaines personnes ont insisté pour que je refuse votre intégration. Elles m'ont menacé de faire pression sur les annonceurs pour qu'ils retirent leurs campagnes publicitaires.

Stephen pensa immédiatement à l'entourage de sa mère et serra les poings.

— Alors, pourquoi m'avoir accepté dans votre équipe ?

— Parce que personne ne menace Clayton Zucker. Mon journal est et restera indépendant. J'agis pour le bien de ma communauté et, même si nous ne sommes qu'un journal de province, je crois au serment de vérité que j'ai prêté devant mes concitoyens. Jamais je ne m'abaisserai à transiger sur ces valeurs.

— Et les annonceurs ?

— Si ces personnes ont beaucoup de relations, sachez que j'en ai tout autant. Ce n'est plus un problème. Une chose est sûre : vous n'aurez pas que des amis dans cette ville. À vous de décider si vous vous sentez prêt à rester.

— Plus que jamais.

Clayton eut un sourire satisfait.

— Il est temps que je vous présente à l'équipe. Du moins, celle qui travaille ce week-end. Lundi, vous participerez à notre briefing en salle de rédaction et je vous présenterai de façon plus protocolaire. Vous venez ?

Chapitre 6

— Très bien, je vais convoquer la presse. Je vous tiens au courant, dit Logan avant de raccrocher.

Il venait de passer un quart d'heure au téléphone avec Barry Nolden, le maire de la ville.

Trois de ses lieutenants, Lindsay Wyatt, Henry Portnoy et Tim Heldfield, avaient assisté à la conversation dans son bureau.

— Je ne suis pas certain que ce soit la meilleure chose à faire, dit Portnoy.

— Pareil. On devrait laisser venir. Le tueur n'attend qu'une chose : qu'on médiatise son meurtre, ajouta Lindsay.

Logan croisa les doigts et se tapota le bout du menton.

— Je n'ai pas le choix. On ne peut pas compter sur le silence des témoins. L'un d'eux parlera et il vaut mieux prendre les devants.

— On pourrait attendre la scientifique, proposa Heldfield.

— Ça ne changera rien. Je ne peux pas prendre le risque que les médias parlent avant nous.

— Je comprends, fit Wyatt, mais je crains l'hystérisation. Ces figures du tarot qu'on a retrouvées peintes dans la grotte sont une excuse idéale pour qu'ils aillent interviewer les hurluberlus du coin. Attendez-vous à une véritable surenchère médiatique dans le sordide…

— Je ne compte pas parler des dessins, tempéra Logan. Mais je me dois d'annoncer cette mort. Ne serait-ce que pour la famille, quand on connaîtra le nom de la victime. Il ne faut pas donner l'impression qu'on a cherché à enterrer l'affaire.

— Ça n'a jamais été mon intention, répliqua Portnoy.

— Je sais, mais c'est ce que diront les journalistes. Ils ne sont jamais à court d'arguments quand ils peuvent dire du mal de la police.

— De toute façon, fit Lindsay en se redressant dans son fauteuil, si personne ne signale de disparition et si l'ADN de la victime n'est pas référencé, on est bons pour diffuser sa photo aux infos.

Faire circuler un portrait de la victime, voilà exactement ce que Logan voulait éviter. La peine de la famille serait encore plus atroce, si elle apprenait la mort de son enfant à la télé… Cela dit, y avait-il une bonne manière de recevoir une telle nouvelle ?

Il secoua la tête et regarda sa montre. Blake et ses experts du FBI n'allaient pas tarder. Le corps avait été rapatrié à la morgue et attendait d'être autopsié, tandis que la grotte avait été sécurisée par des sergents restés sur place.

On frappa à la porte. La sergente Larson entra.

— Shérif, une camionnette de *River's TV* vient de se garer sur le parking.

Les chacals. Dire qu'il avait espéré avoir le temps de préparer son allocution.

— Dites-leur de patienter. Je ferai une déclaration d'ici une demi-heure.

La sergente hocha la tête et referma la porte derrière elle.

— On s'en tient à ce qu'on a dit ? demanda Heldfield.

Ils avaient passé près d'une heure à étudier les pistes possibles. Crime passionnel maquillé en meurtre mystique, tueur en série ou passage à l'acte d'un déséquilibré fraîchement sorti d'un hôpital psychiatrique…

Heldfield avait proposé d'interroger toutes les voyantes de la ville afin d'en apprendre davantage sur le tarot.

Logan n'était pas très enthousiaste, mais, sans identification, ils n'avaient pas grand-chose à se mettre sous la dent. Il avait donc décidé de diviser l'équipe en deux : Heldfield et Portnoy d'un côté, Lindsay et lui de l'autre.

— Après ma conférence de presse, il est probable que les habitants de River Falls vont compter leurs proches. Nous n'allons pas tarder à recevoir des coups de fil. J'aurai besoin de vous pour interroger les familles.

— Pas de problème, dit Heldfield.

— Autant régler la question des tarots dès maintenant, lança Portnoy. On va commencer par la mère de notre infirmier.

Les deux lieutenants quittèrent le bureau.

— Ça vous dit de m'aider à rédiger mon intervention ? reprit Logan.

— Bien sûr, répondit Lindsay en se levant pour ouvrir un fichier Word sur l'ordinateur du shérif.

Logan la laissa faire. Au cours de son premier mandat, c'était avec la lieutenante Blanchett qu'il rédigeait ses discours. Une fille douée, qu'il avait regretté de ne pas retrouver à son retour après ses sept années d'absence. Elle avait déménagé à Portland avec son mari. Mais *à toute chose malheur est bon* : Wyatt avait pris le relais et son esprit faisait mouche.

Ils passèrent dix minutes à concocter une déclaration claire et efficace, avant de la reprendre mot à mot pour éviter la moindre mésinterprétation.

Logan était en train de la lire à haute voix une dernière fois quand le téléphone intérieur sonna.

— Allô ?

— Shérif, dit Amy à la réception, j'ai une certaine Melanie Whelan qui vient de se présenter. Elle s'inquiète pour sa fille, qui n'est pas rentrée hier soir.

La voix était mal assurée. Tout le monde, au commissariat, était au courant qu'on avait découvert le cadavre d'une jeune fille. Et personne ne voulait être celui qui annoncerait la terrible nouvelle aux parents.

— Accompagnez-la jusqu'à mon bureau, dit Logan avant de raccrocher.

— Un témoin ? demanda Lindsay en s'adossant au fauteuil.

— Non, une mère inquiète pour sa fille.

La lieutenante serra les lèvres. Elle pouvait espérer que cela n'avait rien à voir avec leur affaire, mais mieux valait se préparer au pire.

— Vous auriez une photo qu'on pourrait recadrer ?

— Déjà fait, répondit Lindsay en insérant la carte mémoire de son appareil photo dans l'ordinateur.

Elle afficha le visage de la morte en gros plan sur l'écran.

À travers les vitres, ils virent s'approcher Amy et la mère de famille. La cinquantaine, cheveux bruns.

Logan leur fit signe d'entrer.

— Bonjour, shérif, dit Melanie Whelan. Je m'excuse de vous déranger, c'est sûrement pour rien, mais ma petite fille n'est pas rentrée.

Ma petite fille... Qu'entendait-elle par là ? Pour une mère, même une jeune femme de vingt ans était toujours sa « petite fille ».

— Vous pouvez me donner son âge ?

— Oui, bien sûr, j'ai une photo d'elle si vous voulez.

Lindsay rabattit l'écran de l'ordinateur. Désormais, quel que soit le résultat, il n'y avait aucune raison de lui montrer le portrait de la morte.

La mère sortit une photo de son sac et la tendit à Logan, qui sentit son cœur se serrer.

— Asseyez-vous, s'il vous plaît, dit-il d'un ton qui cachait mal son trouble.

— Tout va bien, shérif? Vous allez la retrouver, n'est-ce pas ?

Lindsay avait compris, elle aussi. Une colère froide et implacable s'empara de tout son être.

— Asseyez-vous, insista Logan.

Il attendit que Melanie Whelan soit installée et, comme à chaque fois, s'entendit dire :

— Madame Whelan, j'ai le regret de vous annoncer que nous avons retrouvé votre fille.

Toujours en deux fois. Est-ce que cela pouvait diminuer l'impact de l'horreur ? Il ne le croyait guère, mais c'était moins difficile pour lui.

— Je ne comprends pas. C'est une bonne nouvelle, non ?

Logan resta muet. La femme regarda Lindsay, qui se décida à venir au secours de son supérieur.

— Votre fille a été retrouvée morte, madame Whelan. Elle a été assassinée.

Un silence. Un regard d'incompréhension, puis :

— Non, pas Scarlett, non, ce n'est pas possible. Ce n'est pas possible, vous devez vous tromper, elle…

La mère ne put terminer sa phrase. Les larmes roulèrent sur ses joues et un hurlement de désespoir retentit dans le bureau.

Chapitre 7

— S'il vous plaît, un peu de silence ! dit Clayton, qui avait réuni tout le monde dans l'open space.

Une vingtaine de personnes. Huit journalistes et une douzaine d'employés, secrétaires, graphistes ou informaticiens.

— Je tiens à vous présenter notre nouvelle recrue, Stephen Callahan. Il a longtemps été grand reporter pour le *News of Washington*. Vous avez certainement entendu parler de lui, lu ses articles ou vu ses reportages. Il a couvert les conflits en Afghanistan, en Irak, en Colombie et… rappelez-moi donc les autres, lança le directeur de la rédaction à l'intéressé.

— Le Sri Lanka, le Kenya, l'Inde, le Mozambique, la Serbie, le Groenland…

— Il y a une guerre au Groenland ? s'étonna l'un des journalistes avec une touche de sarcasme.

— Non, mais entre deux conflits j'aime me ressourcer en réalisant des reportages sur la nature ou auprès de populations aux cultures très différentes de la nôtre.

— Moi, je prends votre place tout de suite ! s'exclama une autre, tout sourire. Franchement, on se demande ce que vous êtes venu fiche dans le coin…

Stephen haussa les épaules.

— J'ai envie de faire mieux connaître notre région aux habitants de la côte. Seattle a ses charmes, mais River Falls et ses alentours sont tout de même beaucoup plus beaux, vous ne croyez pas ?

— N'oubliez pas que Stephen est né ici, fit remarquer Clayton.

— Sans doute, mais on ne l'a pas attendu pour faire notre boulot, rétorqua le journaliste qui l'avait interpellé sur le Groenland.

— Peter, s'il te plaît.

— Non, mais c'est vrai, quoi ! Ne le prenez pas mal, mais combien vous êtes payé ?

— C'est le *News of Washington* qui paie mon salaire. N'ayez aucune crainte : si vous n'êtes pas augmentés en fin d'année, je n'y serai pour rien, se défendit Stephen.

Quelques sourires amusés apparurent dans l'assemblée. Manifestement, ce Peter n'avait pas que des amis dans la place.

— Très drôle. Je continue quand même à penser que vous prenez le job de quelqu'un, et ce n'est pas très correct. Alors, si cela ne vous dérange pas, je vais fumer une cigarette.

Le type approchait la soixantaine. *Un vieux de la vieille qui n'aime pas la jeunesse ambitieuse*, se dit Stephen. *Ça peut se comprendre.*

Il sortit, suivi de trois de ses collègues.

— Ne faites pas attention, vous connaissez les gens d'ici. De sacrés ronchons. Laissez-leur un peu de temps et bientôt ils ne pourront plus se passer de vous, dit Clayton.

— J'en ai vu d'autres. Il n'y a pas de problème.

— J'ai lu tous vos articles, monsieur Callahan. Je suis très fière de vous avoir parmi nous, lança une élégante brune aux cheveux courts.

— Vous verrez, tout va bien se passer, ajouta un gros homme d'une quarantaine d'années qui arborait une magnifique paire de bretelles.

— Je vous présente Loyd Barson, fit le directeur. C'est notre expert en sport, même s'il n'en a pas l'air !

— Je vous jure que j'ai été champion universitaire de baseball, protesta l'autre.

Stephen l'apprécia dès le premier coup d'œil.

— Et cette jeune femme est Sharon Fuller, notre comptable, continua Clayton en désignant la jolie brune.

— Enchantée, dit-elle avec un sourire éclatant.

Vint le tour d'une dernière personne, restée en arrière près de la fenêtre. Une jeune fille aux cheveux coupés à la garçonne, qui s'abritait derrière des lunettes rondes.

— Voici enfin Marion, ma nièce. Elle est en stage depuis la semaine dernière.

— Bonjour, Marion, la salua Stephen.

— Bonjour, monsieur Callahan, répondit-elle en rosissant, les yeux fixés bien droit sur lui.

— Elle est timide, ça lui passera. Sa mère était comme elle à son âge, plaisanta son oncle.

Marion lui jeta un regard dépité, ce qui amusa beaucoup Stephen.

— Elle est là pour l'été, avant d'intégrer à la rentrée la section journalisme à l'université de Seattle.

— Félicitations. Il fut un temps où j'y ai déposé un dossier, mais il n'a pas été accepté.

— Oh, je suis persuadée que vous ne seriez pas devenu qui vous êtes si vous aviez été formaté par ce genre d'école, répliqua la jeune fille.

— Oui, bien, en attendant, au prix que ça coûte, tu as intérêt à réussir tes examens, la sermonna son oncle avec un brin de malice.

— Ne sous-estimez pas ces cours, valida Stephen. L'expérience personnelle est indispensable, mais ne dénigrez jamais celle des autres. Des siècles de journalisme ont abouti à certaines règles et valeurs dont il est bon d'hériter avant de pouvoir écrire son premier papier.

Marion baissa la tête, rouge de confusion. Stephen se rendit compte de sa maladresse, mais ne regretta pas de lui avoir remis un peu les idées en place.

Trop de certitudes, trop d'assurance révélaient bien souvent l'amateurisme. Le doute, en revanche, la vérification d'informations, étaient les bases d'un bon journaliste. Aucun préjugé. Aucune croyance. Le seul moyen de retranscrire et d'analyser le plus objectivement possible une situation, un conflit, un propos, un fait de société.

— Je ne voulais pas vous vexer. Je suis désolée, s'excusa-t-elle.

— Vous n'avez pas à l'être, et je vous assure que je regrette toujours d'avoir échoué à intégrer cette section.

— Je n'ai aucun mérite, vous savez. Mon dossier est juste passé entre les bonnes mains.

Stephen s'étonna de nouveau de son franc-parler. Un sacré caractère.

— Si un oncle ne pouvait plus aider sa nièce, dans quel monde vivrions-nous ? la reprit Clayton, un peu gêné.

La limite toujours floue entre l'entraide familiale et le népotisme. Stephen avait enquêté à plusieurs reprises sur le sujet dans les monarchies du Golfe. Les États-Unis étaient en train de prendre le même chemin.

— Je suis persuadé que vous avez des qualités personnelles. L'université de Seattle n'intègre pas des candidats qui n'ont pas le niveau.

— Marion est la meilleure. Un vrai petit génie ! J'en suis extrêmement fier. À ce propos, justement, je me disais : vous serait-il possible de l'emmener avec vous sur le terrain ? Pour qu'elle voie comment travaille un grand professionnel.

Pris au dépourvu, Stephen reporta son regard sur la jeune fille, qui attendait sa réponse avec fébrilité. Si elle ne manquait pas de caractère, elle n'en restait pas moins impressionnable. Sa liberté de langage cachait d'ailleurs sans doute une grande vulnérabilité.

— Ne le prenez pas mal, mais je travaille toujours en solo et je ne suis pas doué pour l'enseignement, s'excusa-t-il. Disons que je suis plus à l'aise à l'écrit et à l'image qu'à l'oral.

— Elle saura se faire discrète, n'est-ce pas, Marion ? C'est l'affaire de quelques jours.

— Monsieur Zucker…

— Deux jours. Pas plus.

L'homme n'était pas directeur pour rien.

Stephen devait-il accepter, ou bien refuser et se mettre le patron à dos ?

— N'insiste pas, glissa Marion à son oncle. Je suis désolée, monsieur Callahan, je n'aurais jamais dû demander ça.

Stephen hésita encore un instant, puis se décida.

— Soit. Deux jours, mais je ne suis pas certain d'être un très bon professeur.

Un sourire éclaira le visage de la jeune fille.

— Je savais que vous étiez quelqu'un de bien, fit Clayton en posant une main paternaliste sur l'épaule du reporter. Leslie m'avait prévenu que vous accepteriez. Merci.

Leslie Callwin. Il va falloir que je lui dise deux mots, songea Stephen avec une pointe d'amusement.

Le portable du directeur sonna. Il s'excusa et se mit légèrement en retrait pour prendre l'appel.

— J'ai remarqué qu'un cirque s'était installé à l'entrée de la ville, dit Stephen. Vous n'avez pas peur des clowns, j'espère ?

— J'ai lu *Ça*, de Stephen King, et je n'en ai pas dormi durant des nuits.

Stephen esquissa un sourire. Une fille aussi pleine de vie méritait bien un petit coup de pouce de sa part.

— Alors, il est temps d'affronter vos peurs, dit-il tandis que Zucker revenait vers eux, l'air soucieux.

— Une source vient de m'informer qu'un crime a été commis.

— On prend, répliqua Stephen.

Même s'il était venu pour faire des articles pour les pages culturelles et art de vivre dans la région, il saliva à l'idée d'une vraie enquête.

— Navré, non. J'ai la personne qu'il faut.

— Dans ce cas, mettez-nous en binôme.

— Tara est comme vous, elle préfère travailler seule et… tiens, quand on parle du loup !

Une trentenaire entrait dans l'open space.

— Clayton, j'ai une affaire. Une fille massacrée. Le shérif va donner une conférence de presse. Je fonce.

Elle ne laissa à personne le temps d'émettre le moindre commentaire et disparut.

— Oubliez ça, Stephen, conclut le directeur. Concentrez-vous sur des sujets plus paisibles. N'est-ce pas ce que vous souhaitiez en venant ici ?

— Vous avez raison. Allons donc faire un tour au cirque, répondit Stephen pour cacher sa frustration.

Chapitre 8

— Je m'en occupe, si vous voulez, dit Lindsay.

Ils étaient toujours dans le bureau de Logan. Tels des vautours, les médias se massaient sur le parking, affamés de scandale et de révélations fraîches.

— Non, ça va aller. Merci.

Ils venaient de passer un quart d'heure à faire le point sur l'enquête. La mère de la jeune fille morte avait été conduite dans une pièce attenante, en compagnie de la sergente Marsten qui lui avait administré un anxiolytique.

— Où est ma femme ? Je veux voir ma femme !

Logan serra les lèvres. Il avait appelé le père sur son lieu de travail en lui demandant de les rejoindre au commissariat.

— Laissez-moi gérer. Allez faire votre allocution, proposa Lindsay.

— Non, ça peut attendre.

Le sergent Pierce ouvrit la porte et monsieur Whelan entra en trombe.

— Je veux voir ma femme. Où est ma fille ? lança-t-il d'une voix autoritaire.

— Calmez-vous, monsieur, et asseyez-vous, s'il vous plaît.

— Non, je veux savoir où sont ma fille et ma femme ! Qu'est-ce que ça signifie : « On ne peut rien vous dire » ? Il est arrivé quelque chose, c'est ça ? Pourquoi il y a la télé devant l'entrée ?

Au téléphone, Logan avait refusé de lui expliquer pourquoi il était convoqué. Ne jamais annoncer une terrible nouvelle autrement qu'en face à face. Ne jamais se défiler. La base du métier.

— Monsieur Whelan, nous avons retrouvé votre fille, dit-il d'un ton lourd de sous-entendus.

L'homme, qui pointait encore le shérif du doigt, s'affaissa d'un coup.

— Ne me dites pas ça, je vous en supplie, ne me dites pas ça…

Des larmes de rage et de détresse roulèrent sur ses joues.

— Je suis navré. Votre fille a été découverte assassinée, continua Logan.

Le regard chargé de folie, le père désespéré envoya valser tout ce qui se trouvait à sa portée d'un grand geste du bras.

— Monsieur Whelan, je vous en prie, nous allons retrouver l'assassin de votre fille, mais nous avons besoin de vous ! s'imposa Lindsay.

Whelan tourna la tête vers la lieutenante.

— Je veux voir ma petite fille. Où est-elle ?!

— Monsieur Whelan, écoutez-moi. Je vous promets que vous verrez Scarlett, mais nous avons besoin de votre aide pour retrouver son assassin.

Surtout, détourner son attention de l'image de sa fille morte. Il leur fallait à tout prix des éléments probants. La mère, incapable de parler, s'était enfermée dans une torpeur catatonique.

— Mais comment voulez-vous…, bredouilla l'homme. Vous pensez que je le connais, c'est ça ? Comment est-elle morte ? On l'a torturée ?

— On ne peut pas vous en dire plus pour le moment, intervint Logan. Nous avons besoin de savoir avec qui elle était hier soir. Qui sont les dernières personnes à l'avoir vue.

— Monsieur Whelan, insista Lindsay, les heures à venir sont capitales. Nous comprenons votre douleur et votre effroi, mais le temps joue contre nous. Nous devons agir au plus vite pour attraper celui qui a fait ça.

— L'attraper ? réagit l'homme. Non, dès que vous l'aurez trouvé, je veux que vous le tuiez ! Ce type ne mérite pas d'aller en prison. Vous le tuez, c'est tout.

— Comptez sur moi. Si c'est moi qui le trouve la première, il n'a aucune chance, affirma la lieutenante.

Ce n'était absolument pas dans ses intentions, mais tout était bon pour faire émerger la vérité.

Whelan sembla se calmer. La colère laissait peu à peu la place à la résignation et à l'abattement.

— Où était votre fille hier soir ? reprit Logan.

— Elle est allée dormir chez Bridget, sa meilleure amie. Ce n'est que ce matin qu'on s'est rendu compte qu'il y avait un problème.

— C'est-à-dire ?

— Bridget nous a appelés pour nous demander si Scarlett était bien rentrée à la maison.

— Elle n'a pas dormi chez elle ?

— Si, mais quand Bridget s'est réveillée, Scarlett était déjà partie. Elle voulait juste savoir où elle était : ma fille ne répondait pas au téléphone. Si vous connaissiez Scarlett, continua Whelan en relevant la tête, vous sauriez que ce n'est pas son genre de ne pas répondre. C'est la plus gentille des enfants.

— Je vous crois volontiers, monsieur Whelan. Il va nous falloir l'adresse de Bridget, ainsi que les noms de tous les amis de votre fille.

— Bien sûr. Dites-moi, j'ai besoin de savoir : est-ce que ma petite chérie a souffert ?

L'image de Scarlett nue, tenant son cœur entre ses mains, revint de plein fouet à la mémoire de Logan.

— Nous n'en savons rien pour l'instant. Mais nous vous dirons tout, vous avez ma parole. Votre épouse a besoin de vous. Donnez-nous simplement les coordonnées de ses amis, s'il vous plaît.

— J'ai celles des parents, répondit Whelan en sortant son smartphone.

— Très bien, je vous laisse avec la lieutenante Wyatt. Je dois parler aux médias. Je veux que vous sachiez que je ne compte pas leur donner le nom de votre famille pour le moment.

— Si, au contraire, shérif. Donnez-leur le nom de Scarlett, dites combien c'était une fille merveilleuse. S'il vous plaît.

Logan hocha la tête et lui adressa un regard empli de compassion, puis sortit de son bureau.

Camionnettes de *Fox News*, de *CNN* et de chaînes locales avec antenne parabolique, cameramen et journalistes micro à la main : la horde de journalistes l'attendait sur le parking.

— Shérif !

Portnoy et Heldfield revenaient d'interroger la mère de l'infirmier qui prétendait lire dans les cartes.

— Alors ?

— Pas grand-chose, commença Portnoy. La cartomancie n'aurait de sens qu'en présence de la personne concernée. Ces symboles ne voulaient rien dire pour cette femme.

— À mon avis, elle n'y connaît rien, poursuivit Heldfield. On peut se renseigner auprès d'un vrai voyant, si vous voulez.

Logan esquissa une moue sceptique.

— Non, laissez tomber. Le père vient d'arriver. La victime s'appelle Scarlett Whelan et j'aimerais que vous alliez interroger les dernières personnes à l'avoir vue vivante.

— Il est où ?

— Avec Lindsay, dans mon bureau, mais attendez-moi. J'en ai pour une minute.

Logan rajusta sa chemise, prit une grande inspiration et sortit sur le perron.

Une multitude de micros se tendirent vers lui, une perche lui effleura le crâne.

— S'il vous plaît, un peu de décence, dit-il en levant les paumes pour demander le calme.

Le brouhaha s'atténua. Logan attendit encore quelques secondes avant d'entamer son discours d'un ton solennel.

— Mes chers concitoyens, c'est avec un terrible sentiment de douleur que je dois vous annoncer la mort d'une de nos enfants. Scarlett Whelan. Pour l'heure, nous savons seulement qu'elle a été assassinée. Nous faisons tout pour retrouver son meurtrier afin qu'il soit traîné devant la justice et paie pour son crime. Je vous demande de ne pas hésiter à vous faire connaître si vous avez aperçu la jeune Scarlett hier soir, ou si vous détenez la moindre information. Je vous remercie de votre attention et vous tiendrai au courant de l'avancée de notre enquête en fin de journée. Que Dieu accueille notre chère Scarlett auprès de Lui. Je vous remercie.

Les questions fusèrent de tous côtés.

— Il paraît qu'elle a été torturée ? Pouvez-vous nous le confirmer ?

— Est-il vrai qu'elle a été éventrée ?

— S'agit-il selon vous d'un crime passionnel, ou croyez-vous qu'il y aura d'autres meurtres ?

— Un tueur en série ! hurla une voix en arrière-plan.

Logan resta impassible, mais il luttait intérieurement contre le dégoût que lui inspirait la jubilation malsaine de ces journalistes. Même s'il savait qu'ils n'étaient que les rouages d'un système qui poussait au voyeurisme, il les supportait de moins en moins.

Il garda le silence et rentra dans le commissariat.

Chapitre 9

— Vous mourez d'envie d'enquêter sur ce meurtre, n'est-ce pas ? demanda Marion alors qu'ils remontaient Long Street.

Stephen, au volant, baissa le son de la radio. Ils venaient d'écouter le flash d'information et l'allocution de Mike Logan.

— Votre oncle a raison, vous savez, je suis venu ici pour m'occuper des faits divers… culturels.

La stagiaire eut un petit rire.

— Ne le prenez pas mal, mais je ne vous crois pas une seconde.

— Vous me traitez de menteur ?

— Excusez-moi, bredouilla Marion. Ce n'est pas ce que je voulais dire.

— Si, c'est exactement ce que vous vouliez dire, plaisanta Stephen en lui adressant un clin d'œil. C'est vrai, j'aurais bien aimé enquêter sur cette affaire, mais Tara Johnson est là et je ne suis pas venu marcher sur ses plates-bandes.

Ils quittèrent le centre-ville et s'engagèrent sur la voie rapide qui contournait River Falls en direction de la côte Ouest.

— Vous savez, vous pouvez toujours dire à mon oncle…

— Chut, la coupa-t-il en remontant le son de la radio.

La journaliste reprenait l'antenne après la coupure de publicité.

— « …des inscriptions ésotériques ou kabbalistiques auraient été dessinées sur les parois de la grotte où a été retrouvé le corps de Scarlett Whelan. Une autre source parle, quant à elle, de cartes du tarot divinatoire. Tout cela est à prendre avec beaucoup de précautions. Le shérif Logan n'a rien voulu révéler de l'enquête ; cependant, il paraît évident qu'il ne s'agit pas d'un simple crime passionnel. »

Stephen baissa le son et s'enferma dans ses pensées.

— Il y a un problème ? demanda Marion, qui avait remarqué son subit changement d'attitude.

— Non, tout va bien, répondit-il en s'efforçant de prendre un ton dégagé.

Marion n'ajouta rien. Apparemment, il ne voulait pas en dire davantage, mais ce fut plus fort qu'elle. Elle avait un besoin insatiable de satisfaire sa curiosité – et cela, quelles qu'en soient les conséquences.

— Vous mentez encore...

Stephen quitta un instant la route des yeux pour lui jeter un regard mêlé de reproche et d'intérêt.

— Vous pouvez me rappeler votre âge ?

— On ne vous l'a pas donné : j'ai dix-huit ans.

— Et votre oncle qui pense que vous êtes timide ! Je vous trouve assez impertinente, au contraire.

Les joues de Marion rosirent.

— Vous ne le pensez pas vraiment, n'est-ce pas ? dit-elle en prenant une petite voix.

— Si, je le pense, mais ce n'est pas forcément un défaut. Cela peut même être une qualité, à condition de savoir s'en servir à bon escient.

— Je ne vous embête plus, promis.

— Vous ne m'embêtez pas, Marion, mais vous allez devoir apprendre à vous contrôler. La recherche de la vérité est la base de notre métier et, si l'on se permet de faire beaucoup d'entorses aux règles de savoir-vivre, il ne faut jamais oublier que nous travaillons au contact d'êtres humains. C'est tout un art d'interroger quelqu'un sans le froisser.

— Je vous ai froissé ?

— Non, il m'en faut beaucoup plus, mais avec certaines personnes votre franc-parler pourrait vous jouer des tours.

Marion hocha la tête. Stephen avait entièrement raison. Mais elle détestait tellement le mensonge et les faux-semblants ! Pourquoi les gens passaient-ils leur temps à cacher ce qu'ils avaient sur le cœur ?

— Je vais faire des efforts.

Stephen sourit en se disant qu'il n'était peut-être pas si mauvais pédagogue.

— Tenez, on y est presque, dit-il en désignant du doigt le chapiteau du Big Circus qui apparaissait au loin.

Quelques minutes plus tard, il quittait la route pour entrer sur le terrain communal, dans la zone réservée au cirque et à ses énormes camions.

Personne à l'horizon.

— Ils dorment tous, déclara Marion. Moi, je dis qu'on devrait plutôt s'occuper du meurtre de Scarlett Whelan.

— Non, votre oncle a déjà donné cette enquête à quelqu'un d'autre. Je ne suis pas venu ici pour lui créer des problèmes.

— On dira que c'est moi qui ai insisté.

— Et moi, que je n'ai pas su résister à une novice de dix-huit ans ?

— D'accord, mais, de vous à moi, reconnaissez qu'on perd notre temps. On devrait enquêter en parallèle. Tara Johnson est une femme trop ambitieuse. Elle n'a aucun principe. Elle est prête à tout pour réussir.

— Stop ! la coupa-t-il. Ne jamais dire du mal d'une consœur. Venez.

Des éclats de voix attirèrent leur attention. Ils descendirent de voiture et se dirigèrent vers le campement de caravanes.

— On se croirait au Far West, observa Marion. Les pionniers disposaient leurs diligences et leurs tentes comme ça, en cercle, pour se défendre contre les Indiens.

— Les gens du cirque sont des itinérants qui vivent en communauté. Ils se sentent différents et aiment se retrouver entre eux, répondit Stephen.

Les premiers regards se tournaient vers eux.

— Bonjour, nous aimerions parler à votre directeur, dit Stephen en sortant sa carte de presse. Nous travaillons pour le journal local.

Les conversations cessèrent. Un homme fit un pas vers eux. Le crâne rasé, torse nu, vêtu d'un simple pantalon de jogging, il mesurait près de deux mètres.

— On n'a pas de directeur.

— Qu'est-ce qu'ils veulent ? tonna un homme assis à une table de camping.

La barbe hirsute, les sourcils broussailleux, il tenait une bière à la main, tout comme ses trois acolytes au physique patibulaire.

— Vous avez bien un chef ? demanda Stephen.

— Non, il n'y a pas de chef ici. Nous sommes des êtres libres. Personne ne nous donne d'ordres.

— Mais comment faites-vous pour gérer ? Ce ne doit pas être facile, s'étonna Marion d'une voix ingénue.

— C'est qui, elle ? grogna le géant. Elle est journaliste ?

Marion rentra la tête dans les épaules, impressionnée par la carrure de son interlocuteur.

— Laissez-moi passer, laissez-moi passer, lança soudain une voix de fausset.

Un petit homme au visage malicieux s'approcha. Il ne devait guère mesurer plus d'un mètre.

— Vous êtes qui, déjà ?

— Stephen Callahan, et voici ma partenaire, Marion Zucker. Nous sommes journalistes pour le *Daily River*.

— Vous venez pour moi ?

— Entre autres, répondit Stephen, amusé.

— Vous voulez quoi exactement ?

Le petit homme se plaça devant le géant, qui recula d'un pas.

— Nous voudrions faire un reportage sur votre cirque. Je suis persuadé qu'il y a mille histoires à raconter, et surtout de très belles photos à prendre.

— Regarde-moi, poupée. *T'as d'beaux yeux, tu sais*, dit le petit homme en français, en croisant le regard de Marion. Je m'appelle Mingus. Enchanté de te connaître.

Marion se baissa pour lui serrer la main. Sa peau était douce et sa poigne chaleureuse.

— Qu'est-ce qui se passe ici ? gronda une voix caverneuse.

Un homme affublé d'une moustache digne de Buffalo Bill sortait d'une des caravanes. Comme la plupart des membres de la troupe, sa tenue était très décontractée : maillot de corps et bermuda. Il posa un large couvre-chef sur sa tête.

— Ces deux journalistes veulent des photos de moi et que je leur raconte ma vie, dit Mingus en bombant le torse de façon comique.

L'homme s'approcha du petit groupe d'un air méfiant, et cala un cigare à moitié consumé entre ses dents.

— Vous n'avez rien à faire ici. On ne vous retient pas.

— Allons, Achille, on ne traite pas ainsi deux honorables habitants de cette ville !

— Ce sont des journalistes et nous n'avons rien à leur dire. Au revoir, lâcha l'homme à la moustache.

— Ce n'est pas à toi de prendre cette décision.

— Ah, et c'est à toi peut-être ?

— Peut-être bien, répliqua le petit homme. Tu ne m'impressionnes pas, tu sais. J'en ai maté de bien plus costauds.

Marion vit de la fureur passer dans le regard du dénommé Achille et deux grosses veines saillir sur ses bras noueux.

— Tu veux jouer à ça, petit nain ?

— C'est un pléonasme, fit remarquer Marion.

— Un quoi ?

— Ne lui parlez pas, il n'a pas de cervelle. « Petit nain », c'est une redondance, expliqua Mingus.

Achille s'avança, mais le géant s'interposa.

— Tu ne le touches pas.

Il avait parlé sans colère, mais sa froideur suffit à calmer l'esprit belliqueux du moustachu.

— On va attendre Esméralda. C'est elle qui décidera, dit Mingus. Pour l'heure, vous êtes mes invités.

Achille retourna à ses affaires.

— Qui est Esméralda ? demanda Marion.

— C'est notre mère à tous. Le cirque lui appartient, comme il appartenait à son regretté père avant elle, et ainsi de suite depuis plus de cent générations.

— Cela fait beaucoup, vous ne croyez pas ?

— Ils viennent de Roumanie. Des descendants directs du comte Dracula, affirma Mingus. Venez, je vais vous montrer les lions. Vous avez déjà vu des lions, en vrai ?

Il tendit sa main à Marion et tous deux se dirigèrent vers sa caravane, tandis que Stephen les suivait sans déplaisir. Ce petit homme méritait un reportage à lui tout seul.

son point de vue.

Chapitre 10

— « Vous êtes arrivés à destination », les informa la voix du GPS.

Ils étaient dans le quartier de Golden Hill. Un long serpent de maisons huppées, posées sur le versant ensoleillé de River Falls.

Logan éteignit le contact et sortit de son Cherokee.

— Jolie baraque et jolie vue, dit Lindsay. Le jour où vous vous déciderez à m'augmenter, j'en achèterai une comme ça !

Logan hocha simplement la tête. Il n'avait jamais apprécié la légèreté en des moments pareils. Mais il admettait que ce n'était que son point de vue. Certains préféraient le silence quand d'autres, au contraire, avaient besoin d'extérioriser leur anxiété par des pointes d'humour.

Un mur de clôture protégeait la villa des curieux. Ils s'approchèrent du portail et sonnèrent à l'interphone. Une voix d'homme leur répondit.

Logan montra son insigne à la caméra.

Dans un léger grincement, le portail coulissa lentement, révélant un jardin parfaitement entretenu et une pelouse fraîchement tondue. Une voiture était garée à proximité de la maison.

Les deux policiers remontèrent l'allée, ponctuée de nains de jardin à intervalles réguliers.

— Moi, je les écraserais tous. Comment peut-on trouver ça décoratif ? s'interrogea Lindsay.

Cette fois, Logan ne décocha pas un sourire. Sa lieutenante comprit le message et adopta une attitude plus réservée.

Le couple Pierce les attendait sur le perron.

— Bonjour, shérif, les accueillit le mari, qui tenait sa femme par la taille. C'est tellement affreux. Comment peut-on commettre une horreur pareille ? À la télévision, ils disent qu'on lui aurait arraché le cœur ?

— Je ne peux rien dire. Il faut que nous parlions à votre fille.

— Bien sûr, elle est dans sa chambre, mais je vous préviens, elle est sous le choc. Scarlett et Bridget étaient comme deux sœurs.

— Vous avez idée de qui a pu faire ça ? demanda madame Pierce d'une voix chevrotante.

— Je suis désolé, madame, mais je suis tenu au secret de l'enquête.

— On va le coincer, vous pouvez nous faire confiance, intervint Lindsay.

Le couple sembla rassuré par ces propos volontaristes.

Madame Pierce les guida jusqu'à l'étage, frappa à la porte de sa fille et entra sans attendre de réponse.

La chambre était plongée dans la pénombre. La jeune fille était allongée dans son lit.

— Bridget, c'est la police, dit sa mère d'une voix douce.

— Mmm, répondit-elle en se redressant dans le lit.

— Je suis désolée de vous demander cela, mais nous allons devoir lui parler seul à seul, dit Lindsay.

— Je comprends, opina le père. Trésor, tu leur dis tout ce que tu sais, d'accord ?

— Oui, papa.

Elle était toujours en pyjama et avait les yeux rougis d'avoir trop pleuré.

Logan jeta un regard par la fenêtre à travers le faible espace laissé par les volets mi-clos. River Falls s'étalait devant lui. Une ville si paisible, où un détraqué courait les rues.

— Bonjour, Bridget, je suis la lieutenante Lindsay Wyatt, et je te présente le shérif Mike Logan. Tu as déjà entendu parler de lui, je suppose.

— Vous êtes le type qui a arrêté ces tordus il y a quelques années, n'est-ce pas ?

— Oui, grâce au concours de l'ensemble de la population, précisa-t-il en restant à l'écart.

Les adolescents étaient plus à l'aise avec une femme qu'avec un homme dans la quarantaine incarnant l'autorité.

— Nous allons te poser des questions. Surtout, ne les prends pas comme des accusations, même si parfois elles te paraissent suspectes, dit Lindsay en tirant un petit fauteuil à la tête du lit.

— Je n'ai rien à me reprocher, répondit Bridget. Vous pouvez tout me demander. Je veux que vous retrouviez le monstre qui a fait ça.

Lindsay apprécia la froide détermination de la jeune fille. Elle contenait plus de colère que de détresse.

— C'est très bien. Pour commencer, peux-tu nous raconter comment s'est déroulée ta soirée ? Scarlett t'a rejointe ici, c'est ça ?

— Oui, on a passé la soirée dans la salle vidéo à regarder une série à la télé.

— Laquelle ?

— Vous me testez ? Vous croyez que je mens ?

— Non, j'ai seulement besoin de faire émerger tes souvenirs sans que tu y réfléchisses. C'est comme ça que tu pourras peut-être nous donner l'indice qui peut te paraître anodin et qui va tout nous révéler.

— Si vous le dites, répondit Bridget d'un air dubitatif. On a regardé la série *Stranger Things* sur Netflix.

— C'était bien ?

— J'ai adoré.

— Vous avez regardé tous les épisodes ?

— Non, juste les quatre premiers. On avait prévu de se faire les autres ce soir.

— Vous avez fait quoi ensuite ?

— En fait, on a regardé les deux premiers dans le salon, on a discuté de tout et de rien, puis on est allées dans ma chambre et on a regardé les deux autres épisodes dans mon lit.

— Vous avez dormi là toutes les deux dans ton lit, ou vous aviez préparé une autre chambre pour Scarlett ?

— Non, on dort ensemble, mais n'allez surtout pas croire…

— Je ne crois rien, mais si vous étiez amoureuses, moi, j'en serais ravie. À ton âge, je n'ai pas osé révéler ma sexualité à mes proches, et je le regrette à présent.

— Vous êtes lesbienne ? dit Bridget d'un air surpris.

— Oui, cela te choque ? répliqua la lieutenante d'un ton peiné.

— Non, du tout, en fait, bredouilla Bridget en rougissant jusqu'à la racine des cheveux.

Logan, resté en retrait, admirait la facilité avec laquelle sa lieutenante manipulait l'adolescente.

— Que s'est-il passé ensuite ?

— On a éteint la télé et on s'est couchées. Ce matin, quand je me suis réveillée, Scarlett n'était plus là. J'ai essayé de lui téléphoner, mais elle ne répondait pas. C'est là que je me suis inquiétée et que j'ai appelé ses parents.

Lindsay eut un large sourire.

— C'est une jolie histoire, Bridget, mais aussi un ramassis de mensonges. Il n'y a qu'un oreiller sur ton lit. Tu es folle amoureuse de ton amie. Les filles de ton âge ont des posters de stars sur leurs murs ; toi, tu n'as que des photos de Scarlett dans ta chambre. Tu es prête à tout pour la protéger. Mais elle ne t'aime pas autant que tu l'aimes. Ça te rend malade, mais son amitié te suffit. Tu n'as jamais osé lui dire que tu l'aimais, n'est-ce pas ?

— Vous ne comprenez rien !

— J'ai suffisamment souffert quand j'avais ton âge pour comprendre ta situation.

— Scarlett m'aime, mais elle préfère les hommes, c'est comme ça. On n'y peut rien, lança la jeune fille sans pouvoir retenir ses larmes.

— Qu'est-ce qui s'est passé hier soir ? Vous vous êtes disputées et elle est partie ? intervint Logan.

— N'importe quoi ! Vous délirez. Elle est juste sortie, c'est tout.

— Pour aller où ? rebondit Lindsay.

Bridget comprit qu'elle en avait trop dit.

— Je veux dire, elle a dû sortir. Qu'est-ce que j'en sais ?

— OK. À partir de cet instant, tu es notre suspect numéro un. Tu as le droit de faire appel à un avocat…

— Shérif, laissez-nous, l'interrompit Lindsay.

— Cette fille nous mène en bateau, lieutenant.

— Je vais tout vous dire, mais ne dites rien à mes parents. Je vous en supplie.

— Je te laisse deux minutes, lâcha Logan, impassible.

Bridget semblait totalement perdue, ses joues ruisselaient de larmes.

— Elle est allée voir son petit copain. Ses parents sont hyper stricts. Ils ne veulent pas qu'elle sorte avec un garçon. Je vous jure que c'est la vérité.

— Le nom et l'adresse de son petit copain.

— C'est Sam. Je ne l'ai jamais vu. Je ne connais pas son nom de famille. Je sais juste qu'il vit dans la forêt.

— C'est-à-dire ?

— Vous savez bien. Les anciennes scieries.

Logan voyait tout à fait. En raison de la quasi-faillite de la filière du bois dans la région, la plupart des scieries avaient fermé les unes après les autres et, faute d'argent pour les démonter, les bâtiments étaient restés à l'abandon. Ils étaient situés au nord de la ville, en bordure de la rivière. Des marginaux et des SDF en avaient pris possession. Personne ne s'intéressait à eux, tant qu'ils ne venaient pas troubler la tranquillité de River Falls.

— Tu es sûre que tu nous dis tout, cette fois ? insista-t-il.

— Oui, je servais juste d'alibi à Scarlett. Je la laissais faire ce qu'elle voulait.

— Je te crois, on va se débrouiller. Tu dis qu'il s'appelle Sam ? reprit Lindsay.

— Oui. En tout cas, c'est ce qu'elle m'a dit.

— Très bien, répondit la lieutenante en passant une main amicale sur le front de l'adolescente. On va arrêter celui qui a fait ça à ton amie. Essaie de dormir, à présent.

— Vous ne dites rien à mes parents, promis ?

— Je te le promets.

Logan retrouva le couple Pierce dans le couloir. Il aurait fallu être sourd pour ne rien entendre de la conversation qui venait d'avoir lieu. Lindsay sortit à son tour et referma la porte derrière elle.

— Attendez un instant, chuchota-t-elle aux Pierce en les conviant d'un geste à la suivre.

Ils redescendirent jusqu'au hall d'entrée.

— N'allez pas croire qu'on va juger notre petite fille. Vous pensiez bien qu'on s'en doutait, dit le père.

— Vous saviez qu'elle protégeait son amie ?

— Non, je veux dire pour sa sexualité. On est ses parents. On sent ces choses-là.

— Alors dites-le-lui, vous n'avez pas idée du bien que cela va lui faire.

— On espérait qu'elle changerait d'avis. On ne sait jamais, ajouta la mère.

Comme si c'était un choix !

— Allez lui parler, elle va avoir besoin de vous et de beaucoup d'amour.

— Vous pouvez compter sur nous. En ce qui concerne Scarlett, je vous jure que nous ne savions rien. Vous pensez que c'est ce Sam qui l'a tuée ?

— Il est trop tôt pour le dire. Gardez cette information pour vous, s'il vous plaît. Surtout, n'en parlez à personne.

— Cela va de soi.

Les deux policiers prirent congé et regagnèrent leur véhicule.

— Vous la croyez ? demanda Logan.

— Oui.

— Et vous avez une idée pour trouver le campement, n'est-ce pas ?

— Tout à fait.

Logan sourit.

— Vous savez, vous auriez pu me parler de votre sexualité. Je ne suis pas du tout sectaire.

— Vous avez vraiment cru que j'étais lesbienne ? s'étonna Lindsay. Décidément, j'aurais dû être comédienne.

Et elle éclata d'un petit rire satisfait en montant à bord du Cherokee.

Chapitre 11

— Ne vous approchez pas trop. On ne sait jamais.

Mingus avait conduit les deux journalistes devant la cage aux lions. Trois prédateurs mollement allongés, qui les regardaient d'un air atone.

— Je ne crois pas que je risque grand-chose, dit Marion d'un ton dépité.

— Méfie-toi de l'eau qui dort, jeune fille. Ces animaux viennent tout droit d'Afrique et ont dévoré bien des hommes avant d'être capturés, déclara Mingus avec emphase.

Cela ne provoqua aucun sourire chez Marion. Au contraire, elle ne voyait que trois malheureux félins rachitiques, esclaves d'un « spectacle » d'un autre temps et certainement drogués pour être inoffensifs.

— On les traite bien, tu sais. Regarde comme ils sont fiers.

Stephen sortit son appareil photo et recula un peu. Lui qui avait vu de vrais lions dans leur milieu naturel en Afrique subsaharienne n'était pas moins désolé que sa jeune consœur. Il supportait mal la vue du traitement infligé au roi des animaux.

Il mit le focus sur leurs yeux et prit cliché sur cliché.

— Mingus ! tonna une voix féminine.

Tout le monde se retourna.

Une belle femme aux longs cheveux noirs bouclés, habillée d'un pantalon beige et d'une chemise en jean, s'approchait d'un pas déterminé.

Stephen eut du mal à lui donner un âge. Entre trente-cinq et quarante-cinq ans, peut-être.

— Je vous présente la plus belle femme du monde, déclama Mingus. La plus grande voyante que la Terre ait jamais connue. Esméralda l'enchanteresse.

— Arrête tes simagrées, dit-elle en passant devant lui. Vous, vous me donnez votre carte mémoire. Personne ne vous a autorisé à prendre des photos.

Elle tendit sa paume ouverte à Stephen.

— Je crains qu'il n'y ait méprise, madame. Nous venons en toute amitié. Nous sommes journalistes, nous voulons…

— Nous n'avons que faire des journalistes.

Deux pupilles d'un vert électrique semblèrent le transpercer de part en part.

— Je vous prierai de quitter les lieux. Et toi (elle baissa les yeux sur Mingus), ne recommence plus jamais ça.

— Oui, ma très chère, je suis tellement désolé, dit le petit homme en esquissant une courte révérence.

— Vous n'avez à traiter personne de cette façon, ni les hommes ni les animaux ! Et sachez que la presse a tous les droits dans ce pays ! s'emporta Marion.

— Tous les droits ! ironisa Esméralda. Pas ici, jeune fille, pas sur mon territoire.

— Ce n'est pas *votre* territoire, la reprit Marion en se campant d'un air bravache devant la voyante, qui mesurait une tête de plus qu'elle.

Cette dernière sourit en silence, avant de répondre :

— Oh, que si ! Nous avons loué ce terrain. Nous pourrions vous tuer et faire valoir la légitime défense. Et nous ne serions même pas poursuivis !

Stephen eut alors une intuition. Pour avoir parlé aux pires crapules de la planète, il savait démêler le vrai du faux. Le cirque avait-il des choses à cacher ?

D'un regard circulaire, il vérifia que personne n'avait sorti son arme.

— C'est compris, dit-il en extrayant la carte mémoire de son Nikon D5.

Esméralda s'en empara prestement et la jeta au sol pour l'écraser du bout du pied.

— Ça ne se passera pas comme ça ! cria Marion. Tous ces animaux, vous n'avez pas le droit de les traiter comme vous le faites ! Ce sont des êtres sensibles, ils doivent être traités avec respect.

Stephen l'attrapa par le bras.

La fougue de la jeunesse. Il se revoyait des années en arrière.

Esméralda pointa un doigt accusateur sur la stagiaire.

— Ces animaux sont traités avec tout le respect possible. Rodolphe pourrait tuer quiconque oserait leur faire du mal.

Un homme au visage balafré apparut derrière une cage et se mit à grogner en faisant gonfler ses muscles puissants.

— J'ai vu des reportages : je sais comment vous les traitez, vous…

— Marion, ça suffit ! l'arrêta Stephen.

Il l'obligea à faire un pas en arrière. Les choses prenaient un tour qui ne lui disait rien qui vaille.

Les gens du cirque les avaient rejoints. Ils leur bloquaient le passage. Ils n'étaient finalement pas aussi sympathiques qu'on pouvait l'imaginer quand on les voyait sur scène…

— Vous m'avez offensé, je réclame réparation ! rugit Rodolphe avec un fort accent russe.

Stephen eut un petit rire moqueur.

— Je vous en prie, nous ne cherchons pas le conflit. Laissez-nous partir.

S'il avait été seul, il aurait peut-être laissé son instinct combatif prendre le dessus, mais, avec cette gamine à ses côtés, il ne pouvait pas courir le moindre risque.

— Ce n'est pas comme ça que ça marche, poursuivit la montagne de muscles.

— Ah oui ? lança Marion d'un petit air crâne.

Ne peut-elle donc pas se taire ? fulmina Stephen intérieurement.

— Sinon, je vous casse le bras. C'est comme ça qu'on punissait les insolents dans mon pays, autrefois.

— Je n'ai jamais entendu parler de telles méthodes en Russie, répliqua Stephen.

Esméralda, qui avait suivi la scène sans rien dire, sembla se ressaisir.

— Je vous propose un marché, monsieur Je-sais-tout. Un combat contre votre liberté. Le premier qui a les épaules à terre devra un gage à l'autre.

— Très bien, j'accepte, à condition que vous laissiez partir ma collègue, répondit Stephen.

— Non, elle reste ici, mais vous avez ma parole : personne ne touchera à un seul de ses cheveux.

— C'est n'importe quoi, nous ne sommes plus au temps du Far West. Il y a des lois et des règles à respecter, se rebella Marion.

— Si je gagne, reprit Stephen en enlevant sa veste, je veux pouvoir faire mon reportage comme je l'entends et poser toutes les questions que je souhaite.

— Qu'il en soit ainsi. Et toi, Rodolphe, que veux-tu ?

— Juste lui péter le bras sans qu'il aille porter plainte.

Stephen sentit un nouveau frisson le parcourir. Rien ne lui garantissait que les choses s'arrêteraient là. Un des hommes avait sorti un couteau et Dieu sait ce qu'il avait l'intention d'en faire.

— J'accepte.

Une certaine effervescence s'empara du cirque. Tous les membres de la troupe faisaient maintenant cercle autour d'eux. Des sifflements retentirent et chacun se mit à taper dans ses mains pour scander le duel.

Le goût du sang et de la violence est inhérent au genre humain. Marion sentit son cœur se serrer en comprenant le sacrifice de Stephen.

Ce dernier lui tendit sa chemise, révélant de magnifiques pectoraux. Mais quand Rodolphe ôta la sienne, Marion se dit que son confrère n'avait aucune chance de s'en sortir.

— C'est de la folie, vous n'auriez jamais dû accepter.

— Ce n'est pas le moment où vous devriez me souhaiter bonne chance ? ironisa-t-il.

Marion secoua la tête.

— Vous n'en avez aucune ! dit-elle piteusement.

— Merci quand même, répondit Stephen avec flegme, en se tournant vers Rodolphe.

L'homme se remit à hurler en frappant son poing droit dans sa paume gauche.

— Détruis-le !

— Fais-le saigner !

— Tue-le !

Les encouragements de son clan volaient de toutes parts.

Stephen fit le vide dans son esprit pour mieux se focaliser sur son adversaire.

Un instant, ils se mirent à tourner l'un autour de l'autre, à distance respectable.

— Je vais te faire bouffer tes dents, gringalet !

Stephen ne le lâchait pas du regard. S'il prenait le moindre coup, il était foutu. Le combat devait être court…

Soudain, il bondit en avant et se laissa tomber à terre. Rodolphe, qui s'attendait à l'écraser contre lui, embrassa l'air et ne le vit pas virevolter sur le sol. Il ne put éviter le croc-en-jambe qui le fit tomber de tout son poids. Stephen se releva aussitôt et, d'une prise dans laquelle il mit toutes ses forces, réussit à le retourner pour lui plaquer les épaules par terre.

Il y eut un grand silence. Seule Marion ne se retenait pas de joie.

Mais Rodolphe parvint à frapper Stephen dans les côtes. Le souffle coupé par la douleur, Stephen faillit le relâcher. Mais il tint bon, et Esméralda dut compter jusqu'à trois de très longues secondes.

— Très bien, c'est fini, tout le monde rentre. Il n'y a plus rien à voir.

Stephen se redressa et tendit la main à son adversaire encore au sol. L'homme grogna et préféra se relever tout seul avant de tourner les talons, ruminant sa défaite.

— Vous avez gagné, mais je crains d'avoir un peu abîmé votre carte mémoire, dit Esméralda en décochant un regard narquois au journaliste.

Stephen récupéra sa chemise et sa veste, que lui tendait Marion, et sortit d'une des poches une carte de rechange.

— On n'est jamais trop prudent, lança-t-il avec un sourire.

— Vous faites vos photos, mais après vous partez.

— Ce n'était pas le marché : j'avais le droit de vous interviewer.

— Ne tentez pas trop votre chance. Soyez heureux de partir en un seul morceau.

Stephen hocha la tête et se rhabilla.

Esméralda lui jeta un regard noir et s'en retourna vers les caravanes.

— On devrait partir, vous ne croyez pas ? s'inquiéta Marion.

— Non, j'ai mérité ce reportage, répondit Stephen en époussetant sa veste.

À présent que l'adrénaline était retombée, Marion mesurait la folie de sa réaction et la chance qu'ils avaient de s'en être tirés à si bon compte.

— Allons voir nos amis les ours, proposa Stephen d'un ton léger.

Marion n'osa pas le contredire et le suivit vers les cages des animaux.

Chapitre 12

Cela faisait dix minutes qu'ils roulaient sur ce chemin de forêt. La pluie de la veille avait ramolli la terre et la boue giclait sur la carrosserie du Cherokee.

Logan priait pour que Bridget ne lui ait pas donné de fausses informations.

Il avait hésité à appeler du renfort, mais ce Sam n'était encore qu'un témoin… Si tant est qu'il existât vraiment.

Sous le couvert des arbres, ils aperçurent les premières habitations, faites de palettes et de tôle ondulée, ainsi que des tentes toutes neuves. Plusieurs personnes les regardèrent passer d'un air méfiant.

— Joli quartier, ça donne envie, dit Lindsay.

Logan se gara devant l'ancien bâtiment principal de la scierie. Un immense complexe où plusieurs centaines d'ouvriers avaient travaillé des années plus tôt. À présent, tout avait été aménagé pour loger des familles. Un melting-pot où se retrouvaient clandestins, marginaux et autres personnes incapables de payer un loyer en ville.

La première fois qu'il y avait mis les pieds, il avait été horrifié de voir que des enfants vivaient dans ce ghetto[1]. Déscolarisés, vêtus comme des miséreux. Des enfants de clandestins qui avaient cru en leur bonne étoile en arrivant sur la Terre promise et qui, après la faillite économique, n'étaient pas repartis.

Logan s'en était inquiété auprès des services sociaux. La mairie avait préféré fermer les yeux et parer au strict nécessaire, plutôt que de renvoyer ces pauvres bougres dans des centres de rétention en vue de leur expulsion.

Le monde n'était pas parfait, et peut-être vivaient-ils mieux dans ces conditions insalubres que dans leur propre pays. Logan se permettait tout de même d'en douter.

Un petit attroupement s'était formé à proximité. Si l'un des résidents mettait le feu aux poudres, les deux policiers auraient peu de chances de s'en tirer.

Par réflexe, le shérif attrapa le combiné de la CB et s'adressa à toutes ses équipes.

— Ici Logan, je viens d'arriver aux anciennes scieries pour interroger un suspect. Tenez-vous prêt à me rejoindre.

Il raccrocha et descendit du véhicule. Lindsay sortit de son côté.

Ils allèrent droit vers le comité d'accueil. Des hommes aux visages fermés. Logan ressentait leur

1. Voir *Un automne à River Falls.*

peur et leur inquiétude. Derrière les vitres cassées, il distinguait des regards chargés de crainte.

Pas une vie pour des enfants… ni pour quiconque, d'ailleurs.

Il soupira en lui-même et fut heureux de retrouver un visage familier.

— Bonjour, Jacob, dit-il en s'approchant d'un homme à la courte barbe.

C'était le chef de ce campement illicite. Logan en gardait un bon souvenir. Un homme à la forte personnalité qui avait su s'imposer parmi les diverses communautés et y faisait régner un certain ordre.

— Shérif Logan, quelle surprise ! Je n'aurais jamais imaginé vous revoir un jour. Je croyais que vous aviez quitté la région.

Lindsay comprit que ces deux-là se connaissaient et décida de rester en retrait.

— Oui, mais je suis revenu. Le mal du pays…

Logan était persuadé que la nouvelle de son retour était parvenue jusqu'aux anciennes scieries, mais il fit comme si de rien n'était.

— Je peux savoir ce que vous venez faire ici ?

— Un meurtre a été commis. Scarlett Whelan. Je suppose que vous en avez entendu parler.

Jacob garda un visage impassible, mais des murmures parcoururent l'assemblée.

— Et, bien sûr, vous pensez que c'est un des nôtres qui a fait ça ?

— Allez savoir. J'aimerais vous parler en privé, Jacob.

— Je n'ai rien à cacher. Posez vos questions.

— S'il vous plaît.

— Vous voulez me parler seul à seul, alors embarquez-moi.

Logan ne savait pas comment le prendre. Lui demander à haute voix s'il connaissait un certain Sam, c'était l'assurance que ce dernier, s'il était parmi eux, s'enfuirait aussitôt avec l'aide de la communauté.

— On sait que Scarlett Whelan passait beaucoup de temps à vous aider, intervint Lindsay. Vous la connaissiez. Vous ne croyez pas qu'elle mérite un peu de votre attention ?

Bridget n'avait rien dit de tel, mais Logan trouva la remarque très judicieuse. Comment une fille de bonne famille avait-elle pu rencontrer un garçon vivant dans la forêt, si ce n'est par le biais du bénévolat ? Ça se tenait.

Lindsay avait élevé la voix pour se faire entendre de toutes les personnes présentes, mais aussi de celles qui les observaient à l'intérieur de l'usine ou à l'orée de la forêt.

Mais elle n'obtint aucune réponse.

Personne n'oserait parler devant Jacob. C'était la règle : le respect du chef et la solidarité. Tous unis contre l'ennemi : la police et les habitants de River Falls.

— Scarlett a été torturée à mort, et aucun de vous n'a envie qu'on retrouve son meurtrier ?

— On ne connaît pas cette Scarlett. Vous pouvez partir !

— Jacob ! l'interpella une voix.

C'était une femme aux cheveux gris, emmitouflée dans un châle coloré.

— On doit les aider.

— Tais-toi, ne dis rien ! tonna Jacob.

Mais quelqu'un d'autre prit la parole. Un jeune homme au visage désespéré.

— Si, il faut leur dire. Scarlett était une fille bien.

— Sam, tais-toi !

Logan n'en crut pas ses oreilles. La chance faisait partie intégrante du métier de policier, mais là…

De toute évidence, le garçon ignorait que la police le recherchait.

— Sam ? s'exclama Lindsay en écho.

Erreur fatale ! se dit Logan alors que le garçon comprenait qu'ils connaissaient son existence.

— Ce n'est pas ce que vous croyez.

— Sam, va-t'en ! lui ordonna Jacob.

L'adolescent ne se le fit pas dire deux fois.

Logan bondit en avant, mais la vieille femme s'agrippa à lui avec une force étonnante pour son âge.

— Lieutenante, rattrapez-le !

Surprise par la rapidité de l'enchaînement des faits, Lindsay s'élança à la poursuite du fuyard avec quelques secondes de retard.

Logan donna un léger coup de coude dans les côtes de la vieille femme, qui lâcha prise et s'écroula sur le sol.

Le cercle se resserra aussitôt. Logan sortit son arme et enleva ostensiblement le cran de sécurité.

— Ne m'obligez pas à tirer, je n'hésiterai pas.

— Nous sommes légion, vous n'avez aucune chance.

— Écartez-vous, ou je vous jure que je vais tirer.

— Vous n'oserez pas. Vous n'êtes pas un meurtrier.

Logan comprit que son bluff ne fonctionnerait pas.

— Écartez-vous, ou je vous fais la promesse d'alerter l'Immigration. Une jeune fille est morte et je ne vous laisserai pas protéger son assassin.

— Sam est innocent, c'est un gentil garçon, dit la vieille femme qui était toujours à terre.

— Écartez-vous, capitula Jacob.

Les hommes ouvrirent une brèche dans leur cercle et Logan partit en courant sur les traces de sa lieutenante et du suspect.

Chapitre 13

— Il ne tiendrait qu'à moi, je les libérerais tous, dit Marion. On devrait appeler des associations d'aide aux animaux.

— Ce n'est pas notre rôle : nous sommes journalistes, pas militants.

Ils se trouvaient devant un éléphant. Le pauvre animal était enchaîné par le pied à un arbre en bordure de forêt.

— Je ne suis pas d'accord. L'objectivité n'existe pas. Tout est subjectif. Ne serait-ce que le choix d'un sujet. Pourquoi aller sur un terrain de guerre, si ce n'est pour dénoncer les exactions qui s'y commettent ?

— Je me suis mal exprimé. Notre rôle est de toucher les consciences par nos articles et nos photos. Après, cela ne nous regarde plus. Il faut savoir prendre de la distance avec le sujet qu'on observe, sinon on est foutus.

— Et pourquoi ?

— Parce que faire face à des cadavres d'enfants massacrés par des éclats d'obus, c'est tout simplement insoutenable si vous ne prenez pas vos distances.

— Devenir insensible, c'est ça que vous me demandez ?

— Oui, dit Stephen. Quand on est en reportage, il faut devenir une machine si l'on ne veut pas tomber en dépression.

Il regarda l'éléphant et commença une série de photos.

— Je ne pourrai jamais faire ce que vous dites. Jamais.

— Vous n'aurez pas le choix. C'est cela, ou perdre votre santé mentale.

L'animal se mit à barrir. Marion eut l'impression qu'il la suppliait de le délivrer.

— C'est abject, je n'en peux plus. Ce sera sans moi, dit-elle en faisant demi-tour.

Elle tomba nez à nez avec Esméralda, qu'elle n'avait pas entendue arriver.

— Que croyez-vous savoir des animaux, jeune fille ? Selon vous, Bertha serait mieux dans la nature ? Je devrais la renvoyer en Afrique ?

— Oui, c'est exactement ce que je pense.

— Elle ne tiendrait pas un seul jour. Elle est née dans un zoo au Mexique. Quand on l'a récupérée, elle n'avait plus que la peau sur les os. Si nous ne l'avions pas achetée, elle ne serait aujourd'hui plus qu'un tas d'os. Tout comme les lions et les autres animaux de notre cirque.

— Ils ne sont pas heureux, cela se voit. Regardez-la donc !

Stephen préféra garder le silence. À l'évidence, Marion était trop sensible pour devenir une bonne journaliste. Il pensa à Clayton et se dit qu'au moins il avait rempli son engagement à l'égard du patron du *Daily River*.

— Le bonheur est une notion très relative, et très humaine. Les animaux n'aspirent pas au bonheur, mais uniquement à manger, dormir et se reproduire, dit Esméralda.

— Parce qu'ils se reproduisent dans votre cirque ?

— Non, mais si c'est le seul mauvais traitement que vous nous reprochez, alors tout ne va pas si mal.

— Très drôle !

Marion secoua la tête et repartit vers la voiture.

— Votre petite camarade est bien susceptible, se moqua la directrice du cirque. Je me demande ce qu'un homme comme vous fait avec une fille à papa dans son genre !

— Et quel genre d'homme suis-je, d'après vous ?

— Donnez-moi votre main.

Stephen eut une seconde d'hésitation.

— Allez, ne craignez rien, je vais vous la rendre.

Il décida de jouer le jeu. Marion avait disparu derrière les immenses remorques du cirque.

Esméralda passa l'index sur les lignes de sa main et son visage se fit soucieux.

— Vous n'êtes pas marié et vous n'avez pas d'enfants, n'est-ce pas ?

— C'est exact.

— Vous êtes un homme bon, monsieur Callahan. Vous voulez refaire le monde. Vous êtes un voyageur.

— Oui, disons que j'ai roulé ma bosse, répondit Stephen, amusé.

Il n'avait jamais cru à la voyance, et tout ce que lui débitait Esméralda était d'une banalité affligeante. Elle avait dû se renseigner à son sujet sur Internet.

Trouver des informations sur un gogo et lui dire ce qu'il veut entendre. Le b.a.-ba de ce métier.

— Vous avez vu bien des horreurs. Vous y avez laissé une partie de votre âme.

— Bon, écoutez, je ne crois pas du tout que vous ayez un don. C'est gentil, mais ça va aller, grommela-t-il en retirant sa main.

Mais Esméralda la lui retint vigoureusement.

— Vous n'êtes pas venu pour fuir le chaos.

— Si, justement, je suis venu chercher un peu de tranquillité.

— Non, vous devez quitter cette ville, ou beaucoup de malheurs vont arriver.

La poigne se fit de plus en plus ferme. Le regard d'Esméralda devint vitreux, comme possédé.

— Lâchez-moi, dit Stephen en tentant vainement de récupérer sa main.

— Partez, pendant qu'il est encore temps. Beaucoup trop de morts, beaucoup trop de sang et de souffrance. Vous n'êtes pas qui vous croyez être. Vous êtes…

Ses yeux se révulsèrent et un cri puissant sortit de la bouche de la voyante, qui s'effondra sur le sol.

Surgis d'on ne sait où, des gens du cirque se ruèrent vers eux.

— Qu'est-ce que vous lui avez fait ? hurla l'un des hommes.

— Rien. Elle m'a pris la main, puis…, fit Stephen, incapable de terminer sa phrase.

— Toi, tu vas me le payer ! hurla Rodolphe.

— Elle saigne, fit remarquer un gros homme au visage huileux.

— Il faut appeler un médecin, intervint une femme longiligne.

Stephen vit la rigole de sang qui coulait du cuir chevelu. Des milliers de souvenirs lui revinrent en coup de fouet. Des corps suppliciés sur une place de Bagdad, des enfants déchiquetés dans un charnier au Pakistan…

Une subite douleur lui vrilla le ventre et il se plia en deux avant de vomir sur le sol.

— Tu ne l'as pas volée, celle-là ! se félicita Rodolphe.

Le dompteur venait de lui assener un violent coup de poing dans l'estomac.

— Virez ce connard ! tonna le moustachu en bermuda qui les avait reçus.

Une main attrapa le journaliste par la manche de sa veste.

— Venez, ne restez pas là, ça peut dégénérer.

Sous le choc, Stephen se laissa entraîner par Mingus. Il n'avait jamais cru aux divagations des voyants. Pourtant, il avait rencontré des chamans dans l'Himalaya. Il avait même fumé avec eux, vu tant d'images incroyables, mais il savait que tout n'était qu'hallucinations. Sous l'effet des drogues, le cerveau transcendait la réalité et se donnait l'illusion d'entrer dans de nouvelles dimensions.

Mais, cette fois, c'était différent. Il n'était sous l'emprise d'aucune substance psychoactive et il avait nettement ressenti un frisson lui traverser le corps quand la voyante s'était révulsée. Lui qui n'avait jamais été un mystique s'en trouvait perturbé. Avait-elle vu quel homme il était vraiment ? Était-elle réellement capable de prédire l'avenir, son avenir ?

Titubant, il dépassa les remorques et revint sur le parking destiné aux visiteurs. Marion était au téléphone, appuyée contre la voiture.

— Tout va bien ? s'inquiéta la jeune fille en accourant vers lui.

Stephen était livide et marchait difficilement. Ses côtes le faisaient souffrir. Un miracle s'il n'en avait pas une de cassée.

— Ça va, dit-il en reprenant son souffle.

— Ne vous avisez plus de revenir par ici. La prochaine fois, je ne serai pas là pour vous protéger, l'avertit Mingus.

Stephen attrapa son portefeuille et en sortit une carte de visite.

— Donnez-la à Esméralda.

— Vous voulez vraiment vous créer des ennuis, ricana Mingus en faisant tourner la carte entre ses doigts.

— Promettez-moi que vous la lui remettrez.

Mingus sembla hésiter, mais ne résista pas aux cent dollars que Stephen lui tendit.

— OK, mais ne rêvez pas trop. Elle ne vous rappellera jamais.

Le petit homme s'en retourna auprès des siens en sifflotant comme si de rien n'était.

— Je peux savoir ce qui s'est passé ? demanda Marion.

— Rien, j'ai eu un malaise.

— À d'autres ! On vous a frappé, c'est ça ?

— Non, je vous dis que tout va bien, dit-il en se redressant avec difficulté.

Marion comprit qu'elle n'en saurait pas davantage.

— Je viens d'avoir mon oncle au téléphone. Il paraît que la police a mis un nom sur le tueur. Le type s'est enfui dans la forêt. On peut enfin s'occuper de choses sérieuses ?

Stephen eut alors un franc sourire. Une vraie petite peste !

Chapitre 14

Bouche ouverte, pistolet bien serré dans la main, Logan courait aussi vite qu'il le pouvait. Dans cette partie de la forêt, la végétation était particulièrement dense et la visibilité faible. Il percevait néanmoins les mouvements de sa lieutenante, lancée aux trousses du fuyard.

Heureusement, le temps était idéal. Grand soleil au-dessus de la canopée, et ce n'était que le début de la journée.

Logan sentit surgir un point de côté et préféra ralentir légèrement. Il rangea son arme et s'arrêta au milieu de nulle part pour attraper son téléphone.

Une barre de réseau. Il composa le numéro de Portnoy.

— Shérif?

— Henry, écoute-moi bien. Je veux que tu mobilises tout le monde, et aussi les médias. Je suis à la poursuite d'un certain Sam. Un jeune homme de vingt, vingt-cinq ans. Afro-américain, vêtu d'un t-shirt noir à l'effigie des Grand Master Flash et d'un pantalon large beige. Un marginal.

— Vous êtes où ?

— Près des anciennes scieries. Attends… Fais une triangulation sur mon portable et demande aux pompiers de nous envoyer un hélico.

— C'est noté. À tout de suite, et ne nous faites pas un infarctus !

Logan allait lui renvoyer une réplique bien salée, mais son interlocuteur avait raccroché.

— Lindsay, chopez-moi cet enfoiré, dit-il en serrant les dents.

Il se remit en route, dans la direction où sa lieutenante avait disparu.

*

La lieutenante Wyatt régulait son souffle. Ses années d'athlétisme lui procuraient un avantage certain sur le jeune homme, qui courait certes avec la force de celui qui joue sa vie, mais pas assez vite pour la distancer. Il se retournait trop souvent et, à chaque regard en arrière, il perdait quelques mètres.

Toi, je t'aurai, se promit-elle.

Lindsay puisa dans ses réserves pour accélérer encore sa cadence, mais le sol légèrement boueux ne facilitait pas sa course. Sans compter les branches basses auxquelles elle faisait particulièrement attention. Certaines lui avaient déjà griffé douloureusement le visage.

Si j'ai une cicatrice, je te jure, je te tue!

Des pensées guerrières envahissaient son esprit. Ce type avait tué une pauvre gamine et lui avait arraché le cœur.

Elle n'avait pas le moindre doute. Elle l'avait lu dans son regard. Elle ne devait pas faiblir.

Lindsay augmenta ses foulées. Surtout, ne pas le perdre de vue.

La forêt s'étalait sur des milliers d'hectares, et rien ne disait qu'une battue permettrait de le retrouver. Il y avait tant d'endroits pour se cacher dans les Rocheuses.

Certaines légendes prétendaient qu'un peuple y vivait à l'abri depuis l'arrivée des colons britanniques et irlandais, il y avait près de cinq cents ans. Un peuple de sorciers indiens qui aurait échappé à tout recensement et vivrait en osmose avec les esprits de la forêt…

Rien qu'une belle légende, bien sûr.

Lindsay sentit son pied se bloquer contre une racine. Surprise, elle partit en avant et s'étala de tout son long. Elle réussit à amortir sa chute en se réceptionnant sur les mains, à deux centimètres d'une pierre recouverte de mousse.

C'était moins une que je me fracasse le crâne, se dit-elle en se redressant aussitôt.

Elle l'avait échappé belle. Elle n'avait rien, à part une légère douleur à la cheville que la colère anesthésia partiellement.

Elle reprit sa course, alors que le fuyard la distançait d'une vingtaine de mètres supplémentaires. Elle ne distinguait plus qu'une vague silhouette qui disparaissait dans la forêt.

*

Logan avait perdu de vue sa lieutenante et se sentait totalement désorienté.

Aucun mouvement suspect. Seule la forêt, immuable, si loin que portât sa vue. Il était irrémédiablement perdu.

En sueur, il se baissa en avant et posa ses mains sur ses genoux pour reprendre son souffle. Même s'il s'entretenait, à quarante-deux ans il n'avait plus la même endurance qu'à vingt.

À travers l'épais feuillage, il réussit à trouver le soleil et, se fiant à son sens de l'orientation, revint sur ses pas.

Il reprit son téléphone. Toujours une barre.

Il rappela Portnoy. Un quart d'heure s'était écoulé depuis son premier appel. Ses hommes ne tarderaient plus.

— Shérif, on arrive, répondit le lieutenant en décrochant.

Le son était presque inaudible. Un bruit de fond terrible brouillait sa voix. Mais Logan était rassuré par sa présence.

— Tu dois suivre le portable de Lindsay ! hurla Logan. Suis Lindsay !

— C'est ce qu'on fait. On va bientôt la survoler.

Logan prit alors conscience que Portnoy était en hélicoptère.

— OK, ne la lâchez pas.

— Je vous entends mal. Vous disiez ?

— Rien. Suivez Lindsay !

Il raccrocha et entendit le rotor d'un hélicoptère sur sa droite.

Pas si perdu que ça, se dit-il en reprenant espoir.

*

— Écoutez ! lui intima Marion en s'arrêtant tout net.

Ils avaient quitté le cirque depuis vingt minutes. Après s'être garés en bordure d'un chemin de randonnée, ils étaient partis à pied le long des berges de Wood River. À présent, ils s'enfonçaient dans la forêt, en suivant la rivière qui bordait River Falls d'est en ouest.

— Quoi ? demanda Stephen.

Au même instant, il entendit le rotor d'un hélicoptère au-dessus d'eux. Levant la tête, il l'aperçut qui remontait vers l'est.

— Ça ne veut rien dire, fit-il.

Marion posa ses mains sur ses hanches.

— Vous n'êtes pas sérieux ?

Durant le trajet, elle avait passé son temps à échanger des SMS avec un informateur anonyme dont elle ne voulait rien dire. Il devait lui faire confiance.

Stephen lui avait rappelé que Tara Johnson menait déjà l'enquête, mais cela ne l'avait pas découragée. Elle lui avait simplement demandé de la conduire là où elle le lui indiquerait.

— OK, mais il faudra expliquer à votre oncle ce que nous faisions ici.

— On verra bien. En attendant, si on arrive à temps pour l'interpellation du fuyard, on a le scoop de l'année !

Un jeune homme suspecté d'un crime ! Au cours de sa carrière, Stephen avait eu bien des scoops autrement plus prestigieux. Mais pour une stagiaire, effectivement, cela pouvait représenter une véritable aubaine.

Il fit un faux pas et dut se rattraper *in extremis* au bras de Marion pour ne pas glisser sur le bord de la berge.

— Hé, faites attention ! Vous avez failli me faire tomber à l'eau avec vous. Allez, plus vite !

Elle était surexcitée.

Une fille volontaire et persévérante. De belles qualités, se dit-il. *Même si cela a des inconvénients.*

*

Lindsay avait ralenti et venait de sortir des fourrés pour déboucher face à Wood River.

La rivière faisait près de six mètres de largeur à cet endroit, et les fortes pluies de la veille rendaient le courant tumultueux. Sam pouvait-il l'avoir traversée à la nage ?

Elle scruta l'autre rive, sur laquelle la forêt continuait de s'étendre. Rien. Elle jeta un coup d'œil circulaire aux alentours. Toujours rien. Les remous de la rivière l'empêchaient d'entendre tout bruissement suspect.

C'est pas vrai, je l'ai perdu ! ragea-t-elle.

Mais elle n'eut pas le temps de se laisser aller. Le bruit d'un hélicoptère lui rendit toute son énergie. La cavalerie arrivait.

Elle reprit son observation systématique.

Un simple mouvement, une branche qui avait légèrement bougé, mit la jeune lieutenante en alerte.

Lindsay s'avança lentement, sans lâcher des yeux ce coin de forêt, à une cinquantaine de mètres sur sa gauche.

Puis elle perçut un nouveau mouvement et un sourire carnassier se posa sur ses lèvres.

Je te tiens.

Elle se mit à courir en prenant soin de ne pas glisser sur les berges détrempées.

Se voyant découvert, le fuyard se redressa et reprit sa course.

Plutôt que de s'enfoncer dans la forêt, il choisit de rester le long de la berge, et courut comme s'il avait le diable à ses trousses.

*

Sam, lui aussi, avait vu l'hélicoptère se rapprocher. Un coup d'œil en arrière. C'était la flic !

Il était cerné. Il n'avait aucune chance de s'en sortir et, pourtant, il ne voulait pas abandonner. S'il s'arrêtait, il savait qu'il était un homme mort. Jamais, depuis Obama, autant de Noirs n'avaient été tués par des flics.

« Comme si les Blancs voulaient se venger », leur répétait Jacob depuis plusieurs semaines.

S'il était accusé du meurtre d'une jeune fille blanche de bonne famille, il serait abattu bien avant que son procès ne s'ouvre. De toute façon, c'était la peine de mort assurée. Pas d'argent pour se payer un avocat. Il avait un alibi, mais il ne se faisait pas d'illusions. La partie adverse aurait vite fait de démonter les témoignages en sa faveur. Des marginaux qui, comme lui, tentaient de survivre dans un monde en perdition où l'opulence côtoyait la misère la plus totale.

Je ne veux pas mourir!

Vingt ans et la vie devant lui. Certes, ce n'était pas facile tous les jours, mais il était persuadé qu'il s'en sortirait. Il croyait au rêve américain. Dans tout rêve, il y a une part de vérité. On pouvait s'en sortir. Il suffisait d'attendre le bon moment et la chance tournerait.

Sam glissa sur un galet. Un nouveau regard en arrière. La lieutenante avait gagné du terrain.

Arrête-toi, et pose les mains sur la tête! lui hurlait une voix intérieure.

Mais il ne devait pas lui obéir. Ses pieds continuaient à fouler le sol aussi vite qu'il le pouvait.

S'arrêter, c'est se faire abattre comme un chien errant, se dit-il, totalement affolé.

Si seulement je n'avais pas couché avec cette fille!

Il avait cru qu'elle serait sa chance de sortir de la misère. Une fille parfaite qui faisait du bénévolat en cachette de ses parents. Non seulement elle lui donnait de l'argent, mais elle s'occupait des enfants latinos de la communauté. Elle leur lisait des contes et leur apprenait des rudiments d'anglais.

Scarlett n'aurait jamais dû mourir.

Il n'avait pas le temps de s'appesantir sur son sort. Il devait prendre une décision.

La rivière s'élargissait.

Il venait d'arriver devant l'ancien embarcadère des scieries. À l'époque, les troncs étaient assemblés en d'immenses radeaux que des mariniers faisaient descendre jusqu'au fleuve, direction Seattle. Un autre monde, dont il restait quelques vestiges.

L'hélicoptère le survola. Sam leva les yeux et vit un homme le pointer avec une arme.

Il entendit une détonation et la terre gicla à moins de deux mètres de sa position.

Ils vont me tuer !

La panique l'envahit. Sa vue se brouilla. Des larmes ruisselèrent sur son visage.

Il reprit sa course désespérée et parvint aux anciens pontons où se trouvaient encore des rondins de bois liés les uns aux autres. Une dernière livraison qui n'était jamais partie.

À cet endroit, la rivière avait été déviée par la main de l'homme pour reproduire une sorte de havre, permettant d'éviter la force du courant qui descendait de la montagne toute proche.

Sam se posta sur le ponton. L'hélicoptère s'approchait dangereusement.

Se jeter à l'eau. C'était la dernière option.

Seulement, il ne savait pas nager !

Mon Dieu, je vous en prie, je n'ai rien fait. Pourquoi ?!

*

— Arrête-toi ! hurla Lindsay pour couvrir le bruit de l'hélicoptère qui volait tout près du sol.

Le jeune homme était en panique totale. Son regard ne cessait d'aller et venir.

— Vous allez me tuer ! hurla-t-il à son tour en reculant sur le ponton.

La lieutenante comprit qu'il allait se jeter à l'eau et tenter le tout pour le tout.

— Non, personne ne va tuer personne. On veut juste te poser des questions, répondit-elle en continuant d'avancer doucement, les deux mains en avant, prête à dégainer cependant, si le garçon se montrait menaçant.

— Je n'ai rien fait. Je vous jure que je suis innocent, dit Sam en reculant jusqu'à l'extrémité du ponton.

— Alors il ne t'arrivera rien. Allonge-toi et mets les mains dans le dos.

Lindsay était au début du ponton. Elle s'y engagea prudemment. Chacun de ses pas provoquait des craquements inquiétants. Depuis combien d'années n'était-il plus entretenu ?

— N'avancez plus ! lui ordonna Sam.

Il recula instinctivement et perdit l'équilibre. Il tomba sur le vieux radeau de rondins que le vortex créé par les pales de l'hélicoptère faisait ballotter.

L'imbécile ! râla Lindsay en gagnant rapidement le bout du ponton qui craquait de plus en plus.

Le jeune homme était à genoux et se raccrochait maladroitement à deux troncs disjoints.

— Remonte ! rugit la lieutenante en direction de l'hélicoptère.

Elle accompagna la parole d'un grand geste. À cet instant, Sam glissa entre les troncs.

— Je ne sais pas nager ! cria-t-il.

Lindsay se mit à plat ventre et lui tendit le bras.

— Donne-moi la main ! hurla-t-elle alors que l'hélicoptère reprenait de la hauteur, intensifiant le vortex.

— Je ne veux pas mourir, la supplia Sam tandis que les troncs continuaient d'osciller, menaçant de lui broyer le thorax.

Et merde ! Lindsay posa son arme et sauta sur les troncs. Ils roulèrent sur eux-mêmes, mais elle réussit à ne pas tomber et à se rapprocher de Sam, qui lui tendait désespérément la main.

Formant un flux et un reflux, le mouvement des eaux précipita violemment les troncs contre les piliers du ponton.

Lindsay entendit un terrible craquement. Elle n'eut que le temps de se retourner, pour voir la masse du ponton fondre sur elle et, comme au ralenti, une partie de la rambarde lui cogner le crâne.

Inconsciente, Lindsay s'enfonça dans les eaux.

*

— Elle ne va pas y arriver, s'inquiéta Stephen.

Ils étaient eux aussi parvenus jusqu'à la crique artificielle. L'hélicoptère planait au-dessus de la berge, créant des remous. Le fuyard était tombé à l'eau. Ils virent une policière se mettre à plat ventre pour lui attraper la main, puis sauter sur les troncs qui flottaient sur la rivière.

— Elle a besoin d'aide ! cria Marion en se mettant à courir.

Stephen eut un coup au cœur en voyant le ponton basculer en avant, en plein sur la policière et son suspect.

Il ne chercha pas à comprendre.

— Tenez-moi ça ! ordonna-t-il à Marion en lui tendant son appareil photo.

Il se débarrassa de sa veste et, sans réfléchir davantage, entra dans l'eau glacée.

Un léger courant l'entraînait vers l'aval.

Aucune tête à la surface. Il se mit à nager avec énergie vers la masse de troncs qui condamnait, tel un couvercle infranchissable, toute personne coincée en dessous.

Toujours personne en vue.

Il prit un grand bol d'air et plongea. Yeux grands ouverts, il n'y voyait pas à un mètre, tant l'effondrement du ponton avait remué de vase.

Il fit quelques brasses. Toujours rien. Il remonta à la surface et se retrouva à côté de l'imposant radeau.

L'hélicoptère était en train de se poser sur la rive, en manœuvrant pour éviter les arbres. Cette jetée était abandonnée depuis si longtemps que la nature y avait repris ses droits.

Stephen prit une nouvelle bouffée d'air et replongea. Il descendit jusqu'à toucher le fond, puis nagea à tâtons.

Une personne inconsciente s'enfonçait inexorablement vers la mort.

Il n'avait presque plus d'air, et n'osait compter les secondes depuis lesquelles la policière et le fuyard étaient sous l'eau.

Sportif émérite et nageur plus que respectable, Stephen pouvait retenir son souffle plus longtemps que la moyenne, mais il y avait une limite à tout.

Trop lent, pas assez de temps. Et cette maudite vase qui refusait de se dissiper !

Il se remit à nager au hasard. Il était prêt à remonter quand ses doigts touchèrent quelque chose…

Des cheveux !

Il se ressaisit et attrapa un bras.

Il se positionna derrière le corps et, se mettant sur le dos, entama sa remontée en prenant soin d'éviter l'obstacle que formait le radeau.

Ses poumons étaient en feu. L'effort lui pompait ses dernières réserves d'oxygène.

Lâche-la ou tu vas mourir ! lui cria une voix intérieure.

Mais Stephen ne pouvait pas. Si stupide ou suicidaire que soit son geste, il tiendrait jusqu'au bout ou ils mourraient tous les deux.

Elle est peut-être déjà morte, lui intima sa voix intérieure.

Le corps pesait une tonne.

Il leva les yeux. La surface semblait si proche et si lointaine à la fois…

Stephen comprit qu'il n'y arriverait pas. Dans un réflexe, il ouvrit la bouche et l'eau s'engouffra dans ses poumons.

Il crut voir alors une gerbe luminescente au-dessus de lui, tandis qu'une douleur effroyable lui irradiait l'intérieur de la poitrine.

Il sentit des mains le tirer. Au bord de l'évanouissement, il referma la bouche et, malgré la douleur et le besoin lancinant de fermer les yeux et de se laisser emporter dans les limbes de l'inconscience, il résista. Quand sa tête creva la surface, il recracha une partie de l'eau qu'il avait avalée, et inspira une puissante bouffée d'air.

Une poigne de fer lui enserra le torse.

— Ne bougez pas, laissez-vous faire, fit la voix de son sauveteur.

Il tourna la tête et vit un autre sauveteur s'occuper de la jeune femme.

Les rayons du soleil venaient se briser en mille feux scintillants à la surface des eaux.

Il avait souvent vu la mort de près, mais jamais droit dans les yeux. Il ne l'avait jamais redoutée, mais il savait maintenant qu'il n'était pas pressé de quitter ce monde.

On le traînait sur la grève.

Un visage angoissé apparut au-dessus du sien.

— Vous allez bien ? demanda Marion entre rire et larmes.

Il souleva une main qu'elle prit dans les siennes.

— Vous m'avez fait tellement peur…

— Le garçon, articula-t-il en tentant de se redresser.

Il vit alors un des sauveteurs prodiguer à la jeune femme toujours inerte un bouche-à-bouche, puis un massage cardiaque.

— Ils sont à sa recherche, le rassura Marion.

Stephen se redressa suffisamment pour se pencher vers la policière inconsciente à côté de lui.

Son sang ne fit qu'un tour : Lindsay Wyatt !

Si Ashlyn avait été là, nul doute qu'elle lui aurait parlé des desseins de Dieu. Le hasard n'existait pas.

Réveille-toi, je t'en supplie, réveille-toi ! pria-t-il en lui-même.

Un spasme secoua le corps de Lindsay, qui se mit à recracher de l'eau. Elle rouvrit les yeux pour les refermer aussitôt.

Le sauveteur lui prit le pouls à la gorge.

— Elle respire. Tout va bien. Marvin, reste avec elle, dit-il avant de repartir à la recherche du dernier noyé.

Il venait de s'adresser au pilote, un homme corpulent qui ne lui serait d'aucune aide dans les eaux.

Stephen vit l'hélicoptère posé sur la grève. Celui de la caserne des pompiers. Il aurait voulu se joindre à eux. Mais il était complètement épuisé.

Il s'étendit sur une couverture et tenta de recouvrer des forces.

*

À travers les branches des arbres, Logan aperçut enfin l'hélicoptère. Il accéléra sa course et parvint sur la grève. Il se trouvait sur une crique des anciennes scieries. Deux personnes étaient allongées sur le sol. Une jeune fille et Marvin, le pilote de la caserne, se tenaient à leurs côtés.

Sur les eaux flottait un véritable labyrinthe de troncs vermoulus. Il n'eut pas le temps de s'interroger longtemps sur ce qui avait pu arriver. Il venait de reconnaître le corps du lieutenant Wyatt.

— Elle est en vie, le rassura aussitôt la jeune fille.

— Les autres sont à l'eau. Ils recherchent toujours le garçon.

Qui êtes-vous ?

Stephen se redressa, encore essoufflé.

— Nous nous baladions quand nous avons entendu des cris. J'ai ramené votre subordonnée sur la grève après que le ponton s'est effondré sur elle.

Marion prit le relais et expliqua les circonstances du drame.

À peine posés, trois hommes en combinaison de plongée étaient sortis de l'hélicoptère pour tenter de sauver qui pouvait l'être. Ils avaient ramené Stephen et la jeune femme, et cherchaient encore le dernier noyé.

— Vous avez vu notre suspect tomber à l'eau ? demanda Logan pour être sûr d'avoir tout compris.

— Oui. C'est en essayant de le sauver que votre policière a failli se noyer, valida Marion.

— Très bien, nous aurons besoin de votre déposition.

— Pourquoi ? répliqua Marion, sur la défensive.

— Pour confirmer vos dires. Les médias ne vont pas se gêner pour nous coller la mort de cet homme sur le dos.

Stephen hocha la tête d'un air compréhensif.

Logan s'approcha de Lindsay. Toujours inconsciente, allongée sur le sol, sa respiration était faible.

Son attention fut soudain attirée par le retour de Portnoy et des deux pompiers qui traînaient un corps. Celui du fuyard.

Les pompiers tentèrent aussitôt de le ranimer.

— Il a passé plus de six minutes sous l'eau, je ne donne pas cher de son cerveau s'il revient à la vie, commenta Portnoy en se baissant près de Lindsay. Merci de l'avoir sauvée, ajouta-t-il en s'adressant à Stephen. La police vous sera éternellement reconnaissante.

— Je n'ai fait que mon devoir.

Portnoy sourit et s'assit sur le sol pour reprendre son souffle.

— Il faut rapatrier Lindsay au plus vite, dit Logan.

— Elle ne risque rien. On doit attendre pour le garçon.

Oubliant Stephen, Marion s'approcha des deux pompiers.

— Sauvez-le, je vous en supplie, chuchota-t-elle.

Ce garçon paraissait tellement innocent.

Un Noir, la victime idéale de flics racistes, se dit-elle.

Quelques minutes plus tard, les pompiers durent s'avouer vaincus.

— C'est fini, murmura celui qui avait effectué le dernier massage cardiaque.

Marion éclata en sanglots et partit en courant vers la forêt.

Stephen fit appel à ses dernières forces pour se relever et partir à sa poursuite. Il la retrouva prostrée contre un arbre, ses genoux serrés entre ses bras.

— Viens, donne-moi la main, on va rentrer.

— Ils auraient pu le sauver. Ils devaient le sauver !

Stephen comprenait sa détresse. C'était la première fois qu'elle voyait un homme mourir devant ses yeux.

Qui pourrait lui reprocher d'en vouloir à la terre entière ?

Il comprenait qu'aux yeux de certaines personnes chaque être humain méritait d'être sauvé, quels que soient ses crimes. *La vie est tellement précieuse, tellement belle*, se dit-il en restant là, la main tendue devant la jeune fille.

Ils demeurèrent ainsi de longues secondes avant que Marion se décide à redresser la tête et à lui saisir la main.

Elle avait l'air plus fragile que jamais. Un vrai condensé d'émotion à fleur de peau. Premier traumatisme, mais certainement pas le dernier, si elle persévérait dans sa volonté d'être journaliste.

La misère du monde, tel est notre lot, songea Stephen en retournant vers la grève.

— Montez avec eux. Vous avez avalé beaucoup de cette eau, à ce qu'il paraît, dit Logan. Nous nous occupons de votre amie.

Les deux pompiers avaient placé Lindsay sur une civière avant de l'installer à bord. Stephen monta à ses côtés. Elle était toujours aussi belle, même plus qu'avant. Les années avaient apporté à son visage une maturité envoûtante.

Le pilote remit les turbines en marche et l'hélicoptère s'envola dans les airs.

Chapitre 15

Accompagné du lieutenant Portnoy, Logan descendit l'escalier menant au sous-sol de l'hôpital de River Falls. S'il y avait un endroit qu'il détestait, c'était bien la morgue. Pire qu'un cimetière, qui avait au moins l'avantage d'être à l'air libre et de dissimuler les corps des défunts.

Aucune fenêtre, juste des néons au plafond espacés de façon régulière.

— Je ne me ferai jamais à cette odeur, dit Portnoy alors qu'ils approchaient de la salle de dissection.

Un mélange de détergent et de formol tentait de repousser celle des cadavres.

Logan poussa les doubles portes et entra.

L'agent du FBI Nathan Blake était penché au-dessus d'un corps largement éventré, sous les feux d'une puissante lampe.

Portnoy détourna les yeux et se retint de vomir.

— Vous n'êtes pas obligé de rester, souffla Logan.

— Si, ça va aller, se ressaisit le lieutenant en acceptant le gel mentholé que lui tendait Blake.

Il s'en passa sous les narines et l'odeur des entrailles diminua légèrement.

— Salut, Mike, dit Blake.

— Salut, Nathan.

— Désolé de te revoir en de telles circonstances.

— Oui, répondit Blake d'un ton attristé.

Logan aperçut le corps de son fugitif sur une autre table de dissection, dans l'attente de son autopsie.

— On vient de me l'amener. Je suppose que cela a un rapport avec notre affaire.

— C'est mon principal suspect, expliqua Logan avant de lui rapporter brièvement les éléments de l'enquête.

Blake s'approcha du cadavre encore tout habillé.

— Son petit copain, tu dis ?

— Du moins, si j'en crois ce que m'a rapporté la meilleure amie de Scarlett.

— Scarlett, fit Blake en écho. Joli prénom.

Il se dirigea vers la jeune défunte et, se raclant la gorge, résuma ses premières constatations.

— Notre victime a été tuée hier soir. On lui a arraché le cœur *post mortem*.

— C'est évident, ponctua Portnoy.

— Au cours de certains crimes rituels indiens et précolombiens, le bourreau arrachait le cœur de sa victime hurlant à la mort en l'obligeant à le regarder dans les yeux, fit remarquer Blake, qui n'aimait pas qu'on l'interrompe.

Portnoy opina du chef.

— La découpe au niveau de l'abdomen est parfaite. Du travail de précision, impossible à réaliser sur quelqu'un qui se débat pour sa survie.

— Elle aurait pu être paralysée ? intervint de nouveau Portnoy.

— J'ai demandé une analyse toxicologique poussée, mais je ne crois pas. Elle a été endormie au chloroforme et je n'ai pas encore la cause de sa mort.

— Comment savez-vous, pour le chloroforme ?

— Ses lèvres en ont conservé l'odeur. Il est probable qu'elle ne s'est jamais réveillée.

Logan imagina Blake approchant son nez des lèvres de la jeune morte pour valider sa thèse. Le travail d'un médecin légiste était vraiment spécial.

— Des traces de coups, de lutte ? demanda-t-il.

— Non. Celui qui l'a tuée ne l'a pas violentée. Cela pourrait confirmer ta thèse du petit ami. Elle devait être en confiance et n'a pas cherché à se défendre.

Logan se retourna vers le corps du suspect et darda sur lui son regard le plus méprisant.

— Venons-en au plus délicat, dit Blake en faisant coulisser la lampe au-dessus du pubis de la victime. Elle a eu des rapports non protégés quelques heures avant de mourir. Très certainement avec son petit ami. J'ai retrouvé un long poil pubien près de son orifice anal et des résidus de sperme à l'intérieur.

— C'est bon, épargnez-nous les détails, lança Portnoy.

Blake se figea.

— Rien ne vous oblige à assister à une autopsie, lieutenant. Je peux comprendre que certains faits vous soient insupportables, mais, dans ce cas, attendez dehors et laissez-nous travailler.

Portnoy haussa les épaules, mal à l'aise.

— OK, c'est juste qu'elle n'avait que quinze ans !

— Vous croyez que je ne le sais pas ? Vous croyez que cela me fait plaisir de l'ouvrir ainsi ?

Portnoy garda le silence, conscient qu'il avait froissé l'agent du FBI.

— Je tiens à retrouver l'assassin de cette gamine autant que vous, et mon devoir est de ne rien laisser au hasard, vous comprenez ?

— On a notre tueur, se défendit Portnoy en désignant le cadavre du fugitif.

— Non, vous n'avez qu'un suspect. Seules les preuves matérielles irréfutables nous diront si c'est bien lui, lui rappela Blake.

— Ça va, j'ai compris. Je vous attends dehors, dit Portnoy, qui se sentait de trop.

— Ne lui en veux pas, il a une fille du même âge.

— Et moi, et toi ? On a tous des enfants. Si on se laisse submerger par ses émotions, on est bon pour la retraite. Un conseil : surveille ce type.

Logan connaissait le mépris des agents du FBI de Seattle envers les officiers de police des villes environnantes.

— C'est un super lieutenant, tout va bien.

— Si tu le dis, marmonna Blake sans trop y croire. Reprenons. La question est de savoir si cette jeune fille a été violée et, pour être honnête, je dois avouer que je n'en sais rien. Tout porte à croire qu'elle a fait l'amour avec son petit ami, sans contrainte. Mais, si elle était endormie, son violeur a pu tout aussi facilement s'introduire en elle sans déchirer ses chairs.

— Si l'homme a éjaculé en elle, c'est qu'il sait qu'il n'est pas fiché. Et si c'est son petit ami…

— Votre suspect n'est pas forcément le tueur, conclut Blake.

Logan n'aimait pas ça du tout. L'idée que l'assassin de Scarlett Whelan soit toujours en liberté était presque aussi insupportable que le fait d'avoir un innocent sur l'autre table de dissection.

— Les tueurs ne sont pas tous des génies, c'est même plutôt le contraire. Il a pu la tuer sous le coup d'une pulsion meurtrière.

— En déposant son cœur entre ses mains ?

Logan ne savait plus quoi en penser.

— Autre chose ?

— Ça vaut ce que ça vaut, mais justement, s'il a posé le cœur entre ses mains, c'est clairement un geste symbolique. Le tueur aimait cette fille. Il lui a badigeonné le corps de répulsif pour faire fuir les animaux sauvages. Il tenait à ce qu'on découvre Scarlett intacte. Il ne voulait pas qu'elle se fasse déchiqueter. Il aimait cette fille.

Logan laissa infuser ces informations un moment dans sa tête. Le mystère des dessins rupestres représentant des cartes du tarot restait entier.

— Et pour les dessins ?

— Dwayne et Mae sont sur le coup. On devrait avoir leurs résultats d'ici peu.

— OK. Quant à lui, dit Logan en désignant le suspect, tu peux conclure à une simple noyade. Je m'en porte garant.

— Je dois faire mon travail, tu le sais aussi bien que moi.

— Je sais, mais je voulais t'éviter de lui ouvrir le ventre.

— Laisse tomber, je ne suis plus à ça près.

— Pour les analyses ADN, tu les auras quand ?

— Demain.

— Matin ?

— Oui, on va essayer de faire au plus vite.

— Merci.

Logan salua l'agent du FBI en espérant que ces analyses leur apporteraient de nouvelles pistes. Pour l'heure, il devait préparer un nouveau communiqué à la presse pour parler de Sam et du rôle primordial du lieutenant Wyatt.

Pourvu que tout aille bien pour elle…

Chapitre 16

—C’est bon, vous n’avez rien. Vos bronches sont légèrement irritées, mais tout va bien, conclut le médecin.

Stephen était en boxer dans une chambre d’hôpital. Un ORL venait de l’ausculter pour s’assurer que ses poumons n’avaient pas été affectés par la noyade.

— Tant mieux, répondit-il, même s’il ne se sentait pas en très grande forme.

L’homme s’apprêtait à s’en aller quand Stephen lui demanda :

— Comment va la lieutenante Wyatt ?

— Ses paramètres vitaux sont excellents. Elle a une petite commotion au niveau de la tempe, mais rien de bien méchant. Elle devrait se réveiller dans la journée. Vous lui avez sauvé la vie.

— Non, ce sont les pompiers qui l’ont réanimée. Sans eux, elle serait morte à présent.

Le médecin apprécia d’autant plus l’acte héroïque de son patient que ce dernier se montrait modeste.

— Vos vêtements sont encore trempés, mais on peut vous fournir une tenue d'infirmier si vous voulez rentrer tout de suite.

— Oui, s'il vous plaît.

— Je vous fais apporter ça.

Trois minutes plus tard, une aide-soignante lui remettait des vêtements blancs à sa taille.

— Il faudra que vous nous les rapportiez, dit la jeune femme.

— Je ne comptais pas les garder, s'étonna Stephen.

— Excusez-moi, je voulais juste dire que les crédits sont de plus en plus réduits. Un cent est un cent, s'excusa-t-elle.

— Il n'y a pas de problème, je comprends, répondit Stephen en enfilant la tenue. Vous pourriez me conduire à la chambre de Lindsay Wyatt ?

— Elle est encore inconsciente.

— Juste une minute. S'il vous plaît.

Elle le mena un étage plus haut.

La chambre était spacieuse, le lit placé près de la fenêtre. Lindsay était allongée sur le dos, la tête reposant sur un oreiller immaculé.

Un ange. Il s'approcha d'elle et posa une main amicale sur sa joue.

— Lindsay ?

Il lui prit la main. Elle était chaude et douce.

— Elle ne peut pas vous entendre, dit l'aide-soignante. Mais elle va bien.

À cet instant, Stephen sentit une légère pression sur ses doigts. Il releva précipitamment la tête. Il n'avait pas rêvé, la jeune femme venait d'entrouvrir les yeux.

— Steph…, articula-t-elle avant d'être stoppée par une quinte de toux.

— Ne bougez pas, je vais chercher le docteur Nunn, s'empressa l'aide-soignante, tout étonnée du réveil de la miraculée.

Stephen avait peu de temps pour lui parler.

— Lindsay.

— Mais qu'est-ce que tu fais là ? Où suis-je ?

— Tout va bien. Tu as failli te noyer, mais tu es plutôt du genre « survivante ».

— Tu es devenu infirmier ?

— C'est une longue histoire, mais je voulais m'assurer que tu allais mieux.

— Comme tu vois. Qu'est-ce que tu fais là ?

— Je suis revenu m'installer à River Falls.

Lindsay n'en crut pas ses oreilles.

— Pourquoi ? Il n'y a rien pour toi, ici.

— Besoin de me ressourcer.

— Le mal du pays, je suppose. Eh bien, dans ce cas, bienvenue, mais ça ne m'explique pas ce que tu fais habillé en infirmier, dit-elle sans cacher son trouble.

Le portable de Stephen sonna. Numéro inconnu. Il décida de répondre.

— Monsieur Callahan, c'est Marion, je suis dans votre chambre. Où êtes-vous ? Je vous ai acheté des vêtements neufs…

— Je vous rejoins tout de suite, dit-il en raccrochant. Je dois y aller. Tu as un numéro ?

— Oui, bien sûr.

Elle le lui donna et, de son côté, il lui envoya le sien.

— À très vite, conclut-il alors que la porte se rouvrait et que le docteur Nunn entrait en compagnie de Logan et de Portnoy.

— Je vois que vous avez fait connaissance avec votre sauveur, dit le médecin d'un ton souriant.

— Mon sauveur ? s'étonna Lindsay.

— Bonne récupération ! lui lança Stephen avant de s'éclipser.

Il était temps de rentrer au journal.

Chapitre 17

« ... Pour l'heure, c'est tout ce que je peux vous dire, et je vous remercie, termina Logan.

— Si Sam Quinto n'est pas le coupable, cela signifie qu'il y a un tueur en série dans la ville ? Pouvez-vous nous assurer qu'il n'y aura pas de nouvelles victimes ? Qui sont les témoins qui corroborent vos dires ? »

Les questions des journalistes s'enchaînaient les unes aux autres dans un brouhaha presque incompréhensible.

L'écran de télévision s'éteignit d'un coup, et le silence revint dans la caravane.

— Ça ne sert à rien de les écouter. On n'en saura pas plus, dit Mister Moonlight.

Toujours vêtu avec style, cheveux gominés et fine moustache à la Clark Gable, haut-de-forme ultra-classe, il était le maître de cérémonie du Big Circus et l'amant d'Esméralda.

— Ça ne sent pas bon du tout, murmura la voyante, assise sur le canapé.

Mister Moonlight rajusta son nœud de cravate devant le miroir du salon.

— Non, mais on ne peut rien faire pour l'instant. Et, avec ces journalistes qui viennent fouiller dans nos affaires, on doit faire encore plus attention.

Satisfait de son reflet, il revint s'asseoir auprès de sa compagne.

— Qu'est-ce qui s'est passé, tout à l'heure ? Tu as vraiment eu une vision ? Ce serait bien la première fois !

— Je sais, mais je t'ai dit ce que j'ai ressenti. J'ignore ce que veut cet homme, mais j'ai l'impression que le malheur lui colle à la peau.

— Il a dit qu'il était venu pour un simple reportage. J'ai regardé ses articles sur le Net. Ce n'est pas un journaliste d'investigation. Plutôt un reporter de guerre, mais il a écrit quelques papiers sur les lieux les plus incroyables du monde. Je ne pense pas qu'il veuille enquêter sur nous.

Le visage soucieux, Esméralda reprit sa cigarette et en tira une large bouffée.

— Je m'inquiète pour l'autre petite. Elle aurait dû être là.

— Détends-toi, tout va bien se passer.

Esméralda regarda son homme droit dans les yeux. Un homme fondamentalement bon, un peu bizarre, mais c'était aussi pour ça qu'il était tellement attachant.

— Tu me le promets ?

— Non, mais j'aime à le croire.

Elle se pencha vers lui et l'embrassa furtivement avant de se lever pour aller rejoindre la troupe.

Le spectacle du soir aurait lieu à guichet fermé. Ils devaient tous donner le meilleur d'eux-mêmes.

Les enfants de ce pays méritaient des moments féeriques qui, elle l'espérait, resteraient à jamais gravés dans leur mémoire. Même une fois qu'ils seraient devenus des adultes cyniques, rendus amers par une vie nettement moins idéale que celle que leurs parents leur avaient vantée…

Chapitre 18

Au volant de sa voiture, Stephen était épuisé. Il avait passé une partie de la journée dans les locaux du *Daily River* à rédiger son article aux côtés de Marion et de Tara Johnson. Cette dernière avait fait un scandale en apprenant qu'ils avaient enquêté dans son dos, et le directeur avait dû convoquer une réunion pour trouver un accord. Finalement, ils étaient convenus que les articles seraient signés des seuls noms de Tara et de Stephen.

À partir de là, ils avaient travaillé en équipe, avaient recoupé leurs informations et s'étaient rendus chez des proches de la victime pour recueillir leurs impressions. Tara s'était chargée d'enquêter au campement des marginaux, afin de dresser un portrait de la jeune victime noire, suspect numéro un de la police.

Stephen avait pour habitude de réserver ses jugements. La police américaine n'était pas parfaite, mais toutes les morts provoquées en cours d'intervention n'étaient pas forcément des bavures. Témoin des événements, il était bien placé pour savoir que, en l'occurrence, celle de Sam n'était qu'un accident. Rien de plus qu'un terrible accident.

Une question restait cependant en suspens : Sam Quinto était-il l'assassin de Scarlett Whelan ?

L'article se terminait sur cette interrogation, à laquelle Stephen était toujours incapable de répondre.

Mais le manoir de sa sœur était en vue.

La tension de cette terrible journée pouvait enfin redescendre.

*

Stephen entra dans la cuisine, où Ashlyn et Beverly étaient en train de préparer le dîner.

— Ce ne sont pas tes habits de ce matin, si ? s'étonna Ashlyn.

— Je suis tombé à l'eau. J'ai dû m'en racheter d'autres.

Il avait fourré ses affaires sèches et toutes froissées dans un sac.

— Tu me montreras comment marche le lave-linge.

— C'est bon, je vais m'en occuper. Faire la lessive pour quatre ou pour cinq, tu sais, c'est du pareil au même.

— Merci.

— Mais comment ça, tu es tombé à l'eau ?

Stephen hésita, mais préféra ne pas mentir.

— J'ai sauvé quelqu'un de la noyade.

— Ça n'aurait pas un rapport avec la mort de ce SDF qui a tué Scarlett Whelan ? l'interrogea Beverly en rapprochant son fauteuil pour embrasser son oncle.

Une partie du plan de travail avait été adapté pour que l'adolescente puisse cuisiner comme toute personne valide. Avant l'accident, elle adorait préparer de bons petits plats, et son handicap n'avait en rien entamé ce talent.

— On ne peut vraiment rien te cacher, à toi.

— Je ferais une super flic !

— Oui, genre Raymond Burr, valida Stephen.

— La femme de fer ! Tu verras, maman, je vais devenir une légende.

— Pfff, n'importe quoi !

Les regards se tournèrent vers la nouvelle arrivante. Tawny se tenait dans l'encadrement de la porte.

— Tu es en retard. Je t'avais dit 19 heures.

L'adolescente de dix-sept ans contempla sa mère d'un air navré pour elle.

— C'est bon, je suis là. Vingt minutes de retard, qu'est-ce que ça change ?

— Ça change que tu n'écoutes jamais ce qu'on te dit, la reprit Beverly.

— Toi, tu ne me parles pas comme ça.

— Bon, arrêtez de vous chamailler, intervint Stephen.

— C'est elle qui me cherche, dit Tawny.

— C'est pas vrai, c'est toi qui as commencé par te moquer de moi.

— Je ne me moque pas de toi, je dis juste que tu ne seras jamais une légende. Le monde n'est pas fait pour les gens comme toi, il faut t'y faire. Il n'y a qu'au cinéma qu'une handicapée peut réussir dans la vie.

— Tawny, je t'interdis de dire ça. Tu t'excuses tout de suite auprès de ta sœur ! s'indigna Ashlyn.

Stephen adorait ses deux nièces, mais, depuis la disparition de leur père, Tawny filait un mauvais coton et, avec les années, cela ne s'arrangeait pas.

— Ce que tu dis est complètement faux, Tawny, renchérit-il. J'ai connu une femme handicapée qui faisait de l'alpinisme au Népal, un homme qui est devenu milliardaire dans l'Internet, un autre…

— C'est bon, je sais. Mais, franchement, reconnais que rien n'est fait pour les handicapés. Si on n'avait pas tout cet argent, qu'est-ce qu'elle serait devenue ?

— Une fille exceptionnelle, ce qu'elle est déjà, rétorqua Stephen.

— Ça, je le sais, mais c'est tellement injuste. Pour une Beverly qui va s'en sortir, combien doivent se résoudre à être des sous-hommes incapables de vivre normalement ?

— L'injustice du monde ne touche pas que les handicapés. Il est évident que la vie est beaucoup plus simple avec de l'argent. Avec ou sans jambes.

— Oui, tu l'as dit. Au fait, le *Daily River* compte parler de la bavure de ce matin ?

— Oncle Stephen prétend que ce n'était pas une bavure, s'exclama Beverly. Si tu ne prenais pas les conversations en route, tu l'aurais compris !

Tawny leva les yeux au ciel et se focalisa sur son oncle.

— Qu'est-ce que tu en sais, que ce n'est pas une bavure ? Tu y étais, peut-être ?

— Justement, oui. J'étais là quand Sam Quinto est tombé à l'eau. La police et les pompiers ont tout fait pour le sauver, mais, quand ils l'ont sorti, il était trop tard.

Tawny et sa sœur le regardaient maintenant avec des étoiles plein les yeux.

Stephen entreprit alors de leur raconter toute l'histoire, tandis qu'Ashlyn continuait à préparer le repas, souriante malgré l'horrible déroulement des faits.

Elle adorait son « petit frère », le seul homme à pouvoir tempérer les élans rebelles de Tawny.

— Tu as sauvé un flic ! J'aurai tout entendu, lança cette dernière.

— Sous prétexte que cette femme est policière, j'aurais dû la laisser mourir, c'est ça ? Tu ne crois pas que tu inverses l'ordre des choses ?

— Non, les flics sont des salauds. Ils usent et abusent de leur pouvoir. Rien ne prouve que ce

Sam Quinto était bien l'assassin de Scarlett Whelan. Mais, « comme par hasard », il était noir et, « comme par hasard », il est mort. Lui, il ne pourra jamais se défendre.

— Je viens de te dire que c'était un accident.

— Oui, mais c'est la police que tu as choisi de sauver plutôt que le « Noir », répliqua-t-elle en soulignant ses propos avec des guillemets imaginaires.

— Tawny, ton oncle n'est pas raciste, tu le sais très bien.

— Je n'y voyais rien. J'ai sauvé la seule personne que mes mains ont trouvée, se justifia Stephen. Tu crois que, si cela avait été Sam, je l'aurais relâché ? Tu le crois vraiment ?

Tawny baissa les yeux, mal à l'aise.

— D'accord, mais moi je dis qu'il n'est pas coupable. Ça ne tient pas debout, cette histoire.

— Au contraire, c'est clair. Il était fou amoureux de Scarlett et il l'a tuée parce qu'elle voulait le quitter, analysa Beverly. C'était un SDF. Et puis, il était recherché par la police. Ce n'est pas parce qu'il était noir que c'était forcément quelqu'un de bien. C'est toi qui fais du racisme à l'envers.

— Allez, on se calme, le repas va être prêt. Si on pouvait parler d'autre chose à table, ça me ferait très plaisir, dit Ashlyn.

Stephen accueillit cette trêve avec soulagement. Son récit lui avait remis en tête toutes les mauvaises images de la journée. Ce dont il avait envie, maintenant, c'était de les chasser au moins provisoirement pour profiter d'un repas tranquille en famille.

— Mais tu vas quand même continuer à enquêter sur cette affaire ? demanda Tawny.

— Oui, je te le promets, et toute la vérité sera faite.

— J'espère bien, dit la jeune fille.

Stephen sentit son portable vibrer dans sa poche. Il le consulta discrètement. Un SMS de Lindsay.

Ça te dit de boire un verre, ce soir ?

— Qui c'est ? s'enquit Beverly.

— Mon directeur, il veut me voir ce soir, mentit Stephen.

Il avait raconté sa journée en détail, mais il avait omis de mentionner l'identité de la policière. Ashlyn détestait Lindsay. Il n'avait aucune envie de créer des problèmes.

— Il ne s'emmerde pas, celui-là ! dit Tawny. Les patrons sont tous des cons !

Stephen soupira tout en écrivant :

Oui, le *Old Woodsman*, 21 heures ?

Un smiley lui répondit.

Chapitre 19

— Comment vas-tu, mon trésor ?

— Papa, tu nous manques ! fit Brian.

Logan entendit un petit rire derrière la voix fluette de son fils.

— Tu me passes maman ?

La journée avait été harassante. Il avait dû faire une troisième et dernière intervention médiatique sur le perron du commissariat. Cette fois, pas une seule chaîne nationale ne manquait à l'appel. Ils avaient dû installer une estrade et un cordon de sécurité pour éviter que les chasseurs de scoop ne se ruent sur lui.

— Bonsoir, Mike, tu as fini ta journée ? répondit Jessica Hurley.

— Oui, je suis en voiture. Ces journalistes m'épuisent !

— J'ai vu ça. Je t'ai trouvé plutôt bonne mine.

— Tu parles, je ressemble à un cadavre, se plaignit-il en tournant sur Mercer Way. Mais parle-moi de vous. Qu'est-ce que vous avez fait ?

En visite chez ses parents pour le week-end avec les enfants, Hurley se prêta au jeu en lui narrant les péripéties, dérisoires en comparaison des siennes, d'une journée de vadrouille avec deux adorables garnements.

— Tes parents vont bien ? demanda Logan.

Il arrivait dans leur quartier pavillonnaire. Ses jolies maisons et leurs petits jardins, alignées les unes à côté des autres. Une vue rassérénante. Avec le soleil couchant au bout de la route, c'était un spectacle que d'aucuns auraient trouvé ringard, mais qui lui convenait parfaitement. Retour à une normalité dont il avait absolument besoin.

— Oui, ils t'embrassent.

Sans que les relations soient glaciales entre lui et ses beaux-parents, Logan se sentait toujours mal à l'aise en leur présence, et il était étonné que des personnes aussi peu chaleureuses aient pu mettre au monde une fille qui était tout leur contraire.

— Tu les salueras de ma part.

— C'est déjà fait.

— Super, tu me repasses les enfants ?

Elle ne lui avait posé aucune question sur l'enquête et il lui en fut reconnaissant.

— En fait, on va passer à table. Je te rappelle après. Je t'embrasse.

— Jessie…

Mais elle avait déjà raccroché ! Logan n'en revint pas. C'était toujours pareil. Dès qu'elle allait chez ses parents, Hurley n'était plus tout à fait la même.

Habituellement si sûre d'elle, elle redevenait une petite fille obéissante. Pourtant, elle avait presque quarante ans à présent !

On reste toujours un enfant aux yeux de ses propres parents, pensa Logan, lui qui n'avait jamais connu les siens.

Il remonta sa rue et, cinq pavillons plus tard, arriva devant sa maison. Il gara son Cherokee devant le garage. Le jardinier était passé et avait tondu le gazon. Dans la douceur de ce début de soirée, l'odeur de l'herbe fraîchement coupée lui redonna le sourire.

L'allée franchie, Logan inséra la clé dans la porte. Il tourna pour l'ouvrir et se rendit compte qu'elle n'était pas fermée.

Il essaya de se rappeler ce qu'il avait fait le matin en partant, et eut un gros doute. Par réflexe, il mit la main à son étui de pistolet, mais, depuis qu'il avait des enfants, il laissait son arme au commissariat.

Se pouvait-il que quelqu'un soit chez lui ? Un cambriolage ? Ou quelqu'un voulant venger la mort de Sam Quinto ?

Arrête ta parano, un voisin aurait remarqué quelque chose… Ou pas !

Il entra et alluma la lumière.

Tout avait l'air normal. Un léger bruit, juste un souffle. Il y avait quelqu'un. Il en était sûr.

Il s'approcha de la penderie de l'entrée et l'ouvrit subitement, prêt à frapper.

— Papa ! hurla Leila en lui sautant dans les jambes.

Puis Hurley et Brian sortirent à leur tour de leur cachette.

Il prit sa fille dans ses bras, puis son fils, et regarda son épouse qui était restée en retrait.

— Mais qu'est-ce que vous faites là ?

— Tu n'es pas content ? bouda Leila.

— Bien sûr que si, mais papi et mamie ?

— Je leur ai expliqué que je devais rentrer. Ils ont compris, répondit Hurley.

— Maman a dit qu'on pourrait aller au cirque ! jubila Brian.

— Maman a dit ça ?

— Oui, c'est vrai !

Il porta ses deux enfants jusqu'au salon et les déposa sur le canapé avant d'allumer la télévision sur une chaîne de dessins animés.

— Je dois parler à votre mère, mes chéris, on revient dans pas longtemps.

Logan et Hurley passèrent dans la cuisine, alors que le générique de *Sésame Street* se faisait entendre depuis le salon.

— Tu peux m'expliquer ? Tu aurais pu me prévenir.

— Ça n'aurait pas été une surprise, et je suis certaine que tu m'aurais dit de rester.

C'est clair, se dit Logan. En vérité, il était ravi d'avoir sa femme et ses enfants auprès de lui, après cette journée cauchemardesque.

— Ta voiture ?

— Garée dans le garage de Paul et Linda.

Un couple de retraités sympathiques qui habitaient trois pavillons plus haut.

— OK. Mais, la prochaine fois, pas de surprise. J'ai failli avoir une attaque quand Leila est sortie de la penderie…

— Tu deviens trop émotif !

— Si tu avais vu ce que j'ai vu ce matin, tu comprendrais.

— Je sais, excuse-moi.

Hurley aussi avait eu droit à son lot d'horreurs au cours de sa carrière. En tant que profileuse pour le FBI, elle avait eu sous les yeux les pires dossiers, et les images de scène de crime qui allaient avec.

— Pour le cirque, franchement, ce n'est pas une très bonne idée. Je suis à plat, et demain va être une autre journée de dingue.

— Je ne compte pas y aller ce soir, il y a une représentation demain après-midi. J'irai avec les enfants.

— J'adorerais vous accompagner, mais avec ce qui se passe, ce serait malvenu.

— Je comprends, ne t'inquiète pas.

Logan regarda sa compagne. Il l'aimait comme au premier jour.

— Tu sais que s'il n'y avait pas les enfants à côté…, dit-il en la serrant contre le réfrigérateur.

— Tu ferais quoi ?

— Tu veux vraiment le savoir ?

— Oui.

Il le lui dit dans le creux de l'oreille et Hurley prit un petit air coquin.

— Ça se discute. Mais avant, juste entre nous, et après, promis, je ne t'en parle plus, tu es certain que ce Sam Quinto est bien le coupable ?

— S'il te plaît. Si j'ai pris sur moi de ne pas t'appeler de la journée, c'est justement pour ne pas te mêler à cette affaire.

— On parle d'une jeune fille retrouvée éventrée, avec son cœur dans les mains. Ça, c'est mon domaine.

— Peut-être, mais tu n'es pas habilitée à bosser sur ce dossier. Le FBI n'est pas tout-puissant. Je suis le shérif de cette ville et c'est moi qui donne les ordres. Compris ? dit-il d'un ton faussement autoritaire en la coinçant un peu plus contre le frigo.

— Qu'est-ce que vous faites ? s'exclama Leila en entrant dans la cuisine.

Logan se retourna et Hurley toussota avant d'ouvrir un placard.

— On prépare à manger. Qu'est-ce que tu préfères ? Des pâtes ?

Chapitre 20

Stephen s'était garé deux rues plus loin. La nuit était presque tombée. L'éclairage public avait pris le relais du soleil. Des passants marchaient en couple ou en famille à la recherche d'un restaurant.

Il fut envahi par un sentiment de plénitude devant cette atmosphère paisible.

Les journalistes se plaisaient à décrire un monde sordide et sans espoir, où tout n'était que catastrophes, guerres et malveillance. Mais, pour avoir bourlingué aux quatre coins du globe, il avait pu constater qu'une majorité des humains peuplant notre planète se disait plutôt satisfaite de son sort.

Contrairement aux clichés qui circulaient sur les pays en développement, les gens aimaient la vie, leur vie, malgré le peu de ressources dont ils disposaient au jour le jour.

Plusieurs études démontraient même que c'était dans les pays pauvres que les gens s'estimaient le plus heureux.

Lors d'un reportage au Burundi, Stephen avait émis des doutes sur la réalité de cette affirmation auprès d'un sage local. Celui-ci, d'un geste ample, lui avait montré la savane transformée en champs de cultures vivrières où travaillaient hommes et femmes, en lui expliquant que moins on possédait, plus on jouissait de l'essentiel.

Stephen avait alors capté le regard d'un enfant qui ne devait pas avoir plus de douze ans, et il avait relativisé l'angélisme du vieil homme.

Perdu dans ses pensées, il se retrouva devant la façade du *Old Woodsman*. Cela faisait des années qu'il n'y avait plus mis les pieds.

Il se sentit fébrile. Tant d'images remontaient à sa conscience. Que de bons moments, à rire, à chanter, à hurler à tue-tête avec sa bande d'amis et… Lindsay.

Tel un adolescent pré-pubère, il était soudain intimidé, et c'est avec une certaine émotion qu'il poussa la porte de l'établissement.

Californication des Red Hot Chili Peppers l'accueillit. L'émotion monta d'un cran. Lindsay adorait ce groupe. Il la revoyait ondulant du postérieur, moulée dans son mémorable short en jean, ce short qui avait fait fantasmer Stephen durant des semaines avant qu'il n'ait le bonheur de le lui enlever un soir d'automne…

Stephen sourit et nota que la décoration n'avait guère changé en treize ans. Énorme ventilateur fixé au plafond, images de cowboys et de grandes prairies sur les murs lambrissés. Toujours la même ambiance saloon, en mémoire d'une Amérique qui disparaissait un peu plus chaque année.

Très peu de jeunes assis aux tables, plutôt des hommes entre trente et cinquante ans, comme le tenancier. Bernie Border se tenait derrière son comptoir. Il avait pris un sacré coup de vieux. Sa barbe était devenue grise, tout comme ses longs cheveux, qui s'étaient clairsemés.

Stephen croisa son regard et s'attendait à tout, sauf à l'accueil qu'il lui fit.

— Salut, mon gars, vous êtes perdu ? demanda Bernie sans le reconnaître.

Stephen n'avait pas oublié l'humour particulier du tenancier. Bernie détestait plus que tout les costards-cravates qui tentaient de se la jouer cool en venant au bar le plus branché de River Falls. Du moins, ce qu'était le *Old Woodsman* des années plus tôt.

— Salut, Bernie, dit-il en s'installant au comptoir.

Avec son costume impeccable et ses cheveux courts, il n'était plus le jeune homme qui avait quitté River Falls.

— On se connaît ? fit Bernie, un brin suspicieux.

Puis son visage se figea comme s'il avait vu un revenant.

— Stephen Callahan ?!

Ce dernier haussa les épaules et eut un large sourire.

— J'en crois pas mes yeux ! Ah, je comprends mieux à présent !

Bernie avait élevé la voix et certains habitués s'étaient retournés vers eux.

— Comprendre quoi ?

— La plus belle de nos femmes, espèce d'enfoiré, jura Bernie en désignant du doigt une table dans le fond.

Stephen regarda dans la direction indiquée. Lindsay était assise à une table et lui faisait signe de le rejoindre.

— Interdiction de la toucher ou je te crève.

— Tu ferais ça ?

— Et comment !

— Arrête de dire des âneries et apporte-nous plutôt deux mojitos.

— Le pire, c'est que je suis sûr que cette idiote en pince encore pour toi, grogna Bernie. Ne lui brise pas le cœur. Elle ne mérite pas ça.

Le ton n'était plus léger.

Stephen n'avait jamais cherché à prendre des nouvelles de Lindsay. Peut-être aurait-il dû…

Il s'enfonça dans le bar sous l'hypnotique *Come as you are* de Nirvana.

— Tu voulais me voir ? dit-il en s'asseyant face à elle.

— J'ai appris que tu m'avais sauvé la vie. Pourquoi ne pas me l'avoir dit ? demanda Lindsay.

— Je ne t'ai pas sauvé la vie. C'est un pompier que tu dois remercier.

— Tu m'as sortie des eaux. Sans toi, je serais aussi morte que Sam Quinto.

— J'ai eu de la chance.

Le regard de Lindsay le traversa de part en part. Tellement de souvenirs, tellement de bons moments…

Un simple mouvement, et la gifle partit sans prévenir.

Stephen encaissa le coup dans un sifflement douloureux.

Un rire goguenard le fit se retourner.

Bernie s'approchait. Il posa les deux mojitos sur la table.

— Une vraie tueuse. Si tu veux, je peux t'aider, proposa le tenancier ravi à la policière.

— Ça va aller. Je suis une grande fille.

Stephen se massa la joue d'un air dubitatif. Même s'il pouvait en comprendre la raison, il avait espéré une autre entrée en matière.

— Maintenant, explique-toi.

Mille et une fois, Stephen s'était préparé à cette confrontation, mais il n'avait jamais trouvé comment s'en sortir sans paraître misérable.

— Je ne pouvais pas rester. Après le suicide de mon père, il fallait que je parte. Je ne supportais plus de vivre dans cette maison. J'ai pété les plombs.

— Ça, je sais. Ce qui m'intéresse, c'est pourquoi tu ne m'as jamais rappelée. Je t'ai laissé des centaines de messages. J'aurais pu t'aider.

— Il fallait que je coupe les ponts.

— Pourquoi ? J'étais prête à te suivre. Tu crois que c'était mon rêve de rester ici ?! ironisa-t-elle.

— Papy Joe.

Abandonnée par des parents toxicomanes, Lindsay avait été élevée par son grand-père maternel et n'avait plus jamais entendu parler d'eux.

— Tu as fait ça pour que je reste avec lui ? reprit-elle avec une pointe de sarcasme. Il était le premier à me dire de foutre le camp, de vivre ma vie. Tu le sais très bien. Il t'adorait.

Stephen noya son regard dans le verre d'alcool posé devant lui. Papy Joe, un sacré bonhomme. Vêtu d'une éternelle salopette en jean et de chemises de bûcheron. Ses cheveux longs mal peignés. Un vrai personnage qui vivait avec sa petite-fille en pleine forêt.

— Je n'ai pas eu le courage. Il fallait que j'oublie tout.

— Même moi ? Alors que je n'y étais pour rien ?

Un dommage collatéral. Voilà ce qu'elle était. Évidemment, il ne pouvait pas le lui dire. Non seulement il prendrait une seconde gifle, mais surtout il parlait à une flic.

— S'il te plaît, j'ai le droit de savoir. Dis-moi, l'implora Lindsay.

— J'ai été lâche, je suis désolé.

Lindsay enfonça son regard dans le sien :

— Ton père ne s'est pas suicidé, n'est-ce pas ? lâcha-t-elle.

La remarque le prit totalement par surprise.

— Qu'est-ce que tu racontes ? Bien sûr que si !

— Stephen, je n'ai jamais cru que l'homme que tu me dépeignais était capable de se suicider. Une brute épaisse qui terrorisait sa famille…

— Pourtant, c'est exactement ce qu'il a fait. Qui es-tu pour savoir ce qui se passait dans sa tête ? la reprit-il entre colère et stupeur.

Lindsay but une gorgée de son mojito.

— Dès que je suis entrée dans les forces de l'ordre, je me suis débrouillée pour trouver le dossier de ton père. Eh bien, il est rempli d'approximations. Si je me souviens bien, tes parents et le shérif de l'époque étaient très amis, n'est-ce pas ?

— Qu'est-ce que tu insinues ? Tu crois que j'ai tué mon père ?!

— Je crois que ton père a été assassiné, par toi, par ta sœur ou par ta mère. Un acte de désespoir, peut-être de légitime défense, mais cela n'en reste pas moins un meurtre.

Stephen se sentait sur la corde raide, mais, malgré l'alcool qui commençait à faire son effet, il avait encore l'esprit assez clair pour ne pas tout risquer pour un simple désir de rédemption.

— C'est n'importe quoi, Lindsay ! Malgré ses défauts, nous aimions mon père. Comment peux-tu dire ça ?

Les souvenirs exacts de cette terrible soirée lui revinrent en mémoire, et les larmes roulèrent sur ses joues.

Lindsay avait du mal à le croire : Stephen pleurait devant elle ! Mais de quelles larmes s'agissait-il ? De douleur à l'évocation de la perte d'un être cher, ou de remords ? Elle n'aurait su le dire.

— Désolée, je ne voulais pas t'accuser, reprit-elle un peu plus doucement.

— Mon père avait bien des ennemis, mais pas au point d'être assassiné, tout de même…

— Tu n'as même pas une petite idée ?

— Tu ne vas quand même pas ouvrir une enquête ?

— Tu n'as pas envie de savoir ?

— Non, tout cela est derrière nous. Laisse notre famille tranquille, je t'en prie.

Stephen baissa les yeux sur son verre. Lindsay était toujours aussi futée.

— Je ne sais pas et je ne veux pas savoir pourquoi mon père est mort. Est-ce que tu peux respecter cela ?

— On parle de meurtre.

— Non. *Tu* parles de meurtre. Pour moi, c'est un suicide, point final.

Plus fébrile qu'il ne l'avait été depuis des siècles, Stephen planta des yeux décidés dans ceux de Lindsay et n'ajouta rien.

— Je vais y aller, finit-il par dire.

Mais Lindsay lui attrapa la main pour le forcer à rester.

— Attends, oublions ce que j'ai dit.

Stephen frémit au contact de sa paume et maudit la destinée qui l'avait conduit à fuir la seule femme qu'il eût jamais aimée.

— Si seulement on pouvait revenir en arrière, murmura-t-il autant pour lui-même que pour elle.

— Le passé est le passé, Stephen. On doit vivre dans le présent. Tu sais, je pensais que je te détesterais en te revoyant et, à vrai dire, je crois que je t'ai pardonné.

— Je t'ai sauvé la vie.

Lindsay eut un vrai rire.

— Oui, ça doit être ça. Je suppose que tu habites chez ta mère ? ajouta-t-elle avec légèreté.

— Non, chez ma sœur.

— Ashlyn…, fit la lieutenante en écho. Je suis désolée, j'ai appris pour l'accident de ta nièce.

— Oh, Beverly a un tempérament incroyable. J'ai rarement vu une telle détermination au bonheur.

Quand j'ai le cafard, je pense à elle et je retrouve le sourire.

— Alors, trinquons au bonheur.

— Avec plaisir, dit Stephen.

Chapitre 21

Logan adorait ce moment. Installé dans un transat sur la terrasse de son jardin, il regardait les étoiles. Plus rien n'existait à part lui et l'univers. Alors que nombre de ses contemporains avaient du mal à accepter l'idée que la Terre n'était qu'une infime goutte d'eau dans l'océan universel, il aimait justement à se rappeler la vanité de sa propre existence. Quoi qu'il vive, quoi qu'il ressente, tous ses souvenirs se fondraient un jour dans le néant comme ceux des milliards d'êtres humains avant lui. Une façon personnelle de relativiser les horreurs qu'il affrontait au quotidien.

Il entendit des pas derrière lui et un sourire satisfait se posa sur ses lèvres.

— Tu penses à quoi ? demanda Hurley.

— À rien, je me dis que j'ai de la chance d'avoir une famille comme la nôtre.

Hurley ne répondit rien et lui tendit une des deux bières qu'elle tenait à la main.

Elle s'installa sur l'autre chaise longue, à côté de lui.

— Ils se sont endormis ?

— Non sans mal, mais oui, ça y est. Leila était surexcitée à l'idée de voir un ours en vrai.

Brian et Leila. Leurs deux trésors. Avant leur naissance, Logan n'avait jamais soupçonné l'intensité du bonheur qu'il ressentirait à être père. C'était, au fond, la seule chose qui comptait vraiment dans l'existence. Qui permettait de traverser toutes les tempêtes.

— J'espère qu'elle ne sera pas déçue. Tu sais, c'est un petit cirque. Rien à voir avec le Cirque du Soleil.

Ils y étaient allés tous ensemble l'année précédente. Un spectacle phénoménal, animé par des gymnastes aux talents stupéfiants.

— À son âge, elle ne peut être qu'émerveillée. Et, promis, je ne lui dirai pas ce que je pense de la captivité des animaux sauvages, assura Hurley.

— Tant qu'ils ne sont pas maltraités..., répondit Logan d'un ton évasif.

— Justement, j'ai un peu étudié ce cirque, et j'ai trouvé beaucoup de choses à redire.

Logan fit la moue et posa sa bouteille de bière sur l'accoudoir de son fauteuil.

— Tu as enquêté sur le Big Circus ?

Hurley prit un petit air désolé :

— Je sais que tu ne veux pas que je me mêle de l'affaire Scarlett, mais tu ne me feras pas croire que c'est un simple SDF qui a commis ce crime.

— Je n'ai jamais rien dit de tel.

— C'est ce que tu laisses entendre dans tes interventions devant la presse.

— Je fais mon travail. Calmer la population, éviter la panique. Après tout, c'est peut-être vraiment lui, le coupable.

— Tu n'y crois pas une seconde. Le tueur est en liberté, et tu le sais aussi bien que moi.

— J'ai mis tous mes lieutenants sur l'affaire. On passe la vie de cette fille au peigne fin. Ses amis ont été interrogés. La scientifique a fait des prélèvements. J'aurai des résultats demain. Qu'est-ce que tu veux que je fasse de plus ?

— Je ne t'accuse de rien, mais je ne comprends pas pourquoi tu refuses mes services.

— Parce que rien n'indique que j'aie besoin d'un profilage pour le moment.

Hurley était loin d'être d'accord, mais elle savait quand faire profil bas.

— Je peux tout de même te parler du Big Circus ?

— Jessie, s'il te plaît. J'ai eu une journée atroce et j'aimerais passer une soirée tranquille avec ma femme. C'est possible, ça ?

— Évidemment, mais je te dis juste ce que j'ai découvert sur le Big Circus et, si ça ne t'intéresse pas, on n'en parle plus.

— Tu ne céderas pas !

— Deux minutes et, après, on parle d'autre chose.

— Deux minutes, dit Logan en regardant ostensiblement sa montre.

Hurley but une gorgée de bière avant d'exposer sa théorie.

— Quand les journaux ont fait mention des dessins sur les parois de la caverne, représentant des cartes du tarot, j'ai tout de suite pensé aux affiches du Big Circus. Esméralda et ses dons de voyance. En plus du cirque proprement dit et des stands forains, des jeux de tir à la carabine, de pêche aux canards, il y a une tente de cartomancienne.

— Attends, tu penses que cette Esméralda a kidnappé une adolescente pour lui ouvrir le ventre et lui arracher le cœur dans un rituel satanique ?!

— Ce n'est pas ce que je dis, mais je ne crois pas aux coïncidences. Des cartes divinatoires alors qu'une voyante arrive en ville, ça ne te semble pas un peu gros ?

— Hurley, désolé de te décevoir, mais il y a déjà quatre voyantes en ville. Nous les avons toutes interrogées. Toutes ont un alibi et toutes sont formelles : la juxtaposition des dessins représentés sur les parois de la grotte n'a aucun sens particulier. C'est un maquillage grotesque pour faire passer un meurtre, voire un simple accident, en crime satanique.

C'était la conclusion à laquelle ils étaient arrivés, lui et ses équipes.

— Possible, mais pourquoi ne pas avoir interrogé Esméralda ?

— Elle n'est pas de la ville. Et tu sais aussi bien que moi que la plupart des crimes sont commis par des proches de la victime. Nous avons vérifié les alibis de toutes les voyantes de River Falls, et nous avons décidé d'exclure cette piste.

— Oui, mais écoute bien : tu savais que le Big Circus est rempli d'anciens criminels ? Tous ses membres, ou presque, ont fait de la prison.

Logan eut un rire moqueur.

— Ce sont des marginaux, Hurley, et tous les marginaux passent un jour par la case prison. C'était quoi, le motif ? Rixe, vol à l'étalage, outrage à agent ? Franchement, ça m'étonne de toi. Je croyais que tu étais toujours du côté des plus faibles.

Quoiqu'un peu surprise du peu d'intérêt que son mari manifestait pour son raisonnement, Hurley ne montra rien et répondit :

— Justement, je me demande si on ne va pas leur faire porter le chapeau quand tu auras annoncé que Sam Quinto est innocent.

— Je te l'ai déjà dit, rien ne prouve son innocence de façon irrévocable.

— Un poil pubien a été retrouvé sur la victime. S'il n'appartient pas à Sam, c'est qu'il s'agit de celui du tueur, non ?

— Pas forcément, et puis personne n'accuse le cirque, Jessie. Il n'y a que toi qui penses un truc pareil.

— Clive Larsky a été arrêté il y a quinze ans pour attouchements sur mineur. Il a fait huit ans de prison.

— Qui est Clive Larsky ?

— C'est un clown du Big Circus. Tu comprends mieux, à présent ?

— Il y a un pédophile dans ce cirque et tu ne me le dis que maintenant ! s'étrangla Logan.

— Calme-toi. Je suis certaine qu'il n'y est pour rien. J'ai refait les itinéraires du Big Circus et cherché s'il y avait des plaintes pour agressions sexuelles dans les villes qu'il a traversées. Je n'ai trouvé aucune corrélation entre les deux. Larsky se tient à carreau depuis des années. Il n'y a aucune raison pour qu'il ait commis ce crime ignoble.

— Personne n'a de raison de commettre un crime jusqu'au moment du passage à l'acte. Tout le monde peut perdre la raison sur un coup de fureur, ou péter un plomb à force de frustration.

Logan regarda de nouveau sa montre. 22 h 12. Le cirque n'avait certainement pas fini sa représentation. Il devait aller interroger cet homme et faire un prélèvement ADN.

— Rassieds-toi, dit Hurley. Tu ne vas pas y aller ce soir, quand même ?

— Au contraire. Comment veux-tu que je reste ici, alors qu'un pédophile est en liberté ?

— Il a purgé sa peine. La psy qui l'a suivi durant sa détention m'a assuré qu'il avait pris conscience de la gravité de ses actes.

— Je croyais que tu étais chez tes parents. En fait, tu as passé ta journée à travailler sur l'affaire, c'est ça ?

Hurley répondit par un sourire.

Logan regarda cette femme qu'il aimait plus que tout, et sa colère s'évanouit en un instant. Il l'aimait telle qu'elle était.

— OK, je reste ici, mais je le chope dès demain à l'aube. Et je te prie de croire qu'il va parler !

De deux choses l'une : soit Larsky était innocent et le chapitre était clos, soit les analyses du sperme retrouvé sur la petite Scarlett le désignaient comme le coupable. Si Larsky n'avait pas déjà quitté la ville, Logan aurait peut-être une chance de le coincer.

— Je veux être avec toi quand tu l'interrogeras.

— Et qui va garder les enfants ?

— Paul et Linda, ils sont d'accord.

Elle avait tout prévu. C'était ça, le problème, quand on avait une épouse comme Hurley. Logan eut un petit rire désabusé.

— Et si on parlait vraiment d'autre chose, à présent ?

— Du nouveau Tarantino, par exemple ? dit Hurley, qui connaissait la fascination de son homme pour ce réalisateur.

— Je t'aime, espèce de…

Il ne put terminer sa phrase. Une bouche amoureuse venait de se poser sur la sienne.

Chapitre 22

Dimanche 24 juin

Des rayons de lumière filtrèrent dans le salon. Stephen ouvrit un œil.

— Quelle heure est-il ?

— L'heure de se réveiller, dit Lindsay.

En simple boxer, Stephen s'assit sur le bord du canapé-lit pour attraper son smartphone. 7 h 45.

— Il n'est pas un peu tôt pour un dimanche ?

Lindsay leva le store à moitié.

— Je dois aller travailler. Désolée.

— L'affaire Scarlett…

Il avait l'impression qu'un troupeau d'éléphants galopait dans sa tête.

— Je t'ai dit que je ne te dirais rien, alors ne pose pas la question.

Il se revit au *Old Woodsman* ingurgiter mojito sur mojito et tenter de la faire parler de l'enquête. Sans succès.

— Laisse-moi dormir encore un peu, s'il te plaît. Je claquerai la porte en partant.

Stephen avait beaucoup trop bu la veille, mais il ne le regrettait pas. Cela faisait du bien de pouvoir s'abandonner. Tout oublier. Une soirée parfaite, après une entrée en matière un peu rude. Lindsay avait été adorable, comme si treize années de séparation n'avaient rien changé entre eux. Ils avaient passé la soirée à ressasser leurs souvenirs d'enfance avec délices et nostalgie. Seule ombre au tableau, elle n'avait rien voulu lâcher sur son propre passé, à part le fait qu'elle n'avait jamais gardé un homme plus de trois ans.

— C'est non. Tu es journaliste et je n'ai pas envie que tu fouilles mon appartement.

— Tu as des choses à cacher ?

— Tout le monde a des secrets, n'est-ce pas ?

La fin de soirée lui revint soudain en mémoire.

Compte tenu de son état d'ébriété, elle lui avait interdit de reprendre la voiture et lui avait proposé de l'héberger pour la nuit. Il avait accepté avec plaisir. Mais, une fois chez elle, elle l'avait repoussé gentiment quand il avait essayé de l'embrasser.

— Au fait, je suis désolé pour hier soir, s'excusa-t-il.

— De quoi ?

— Tu sais bien, quand j'ai…

Lindsay secoua négligemment la tête.

— Ça va. J'aurais presque été vexée si tu n'avais pas tenté ta chance.

— Merci.

— Allez, va prendre une douche, la salle de bains est par là.

Sans discuter davantage, Stephen se leva, attrapa ses vêtements et obéit d'un pas de zombie.

Un quart d'heure plus tard, habillé, pas rasé, sa tignasse noire encore mouillée, il émergea enfin, stimulé par une alléchante odeur de cannelle.

Stephen sourit et retrouva Lindsay en jean et t-shirt, attablée à son petit balcon qui donnait sur Green Square.

Elle tenait une tasse de café fumante à la main. Sur la petite table de jardin, une corbeille de viennoiseries, ainsi qu'un second café.

— Pas de sucre, n'est-ce pas ?

— En effet, mais je vais partir. Je ne veux pas te déranger.

— C'est bon. Tu peux rester, à condition de ne pas fouiner.

— Promis juré, dit-il en s'asseyant face à elle.

Il prit son café et en respira l'arôme avant d'en siroter une gorgée. Juste un peu de cannelle comme il adorait.

— Tu n'as pas oublié.

— Non, et ça non plus.

Elle poussa les viennoiseries devant lui.

Stephen avait plus qu'un faible pour les douceurs françaises. Il attrapa un croissant et poussa un râle de plaisir à la première bouchée.

— Alors, ils sont à mourir, non ?

— Tu es la maîtresse de maison idéale.

— Merci, mais ne t'y habitue pas trop quand même. C'est uniquement pour saluer ton retour et éviter à Ashlyn la vision de son frère complètement ivre.

Cela rappela à Stephen qu'il avait envoyé un SMS au milieu de la nuit pour prévenir qu'il ne rentrerait pas.

Un petit vent chaud traversa la rue alors que le soleil caressait les montagnes à l'horizon.

— Ton appartement est vraiment très agréable. Très bon choix.

— Oui, il était temps. J'ai emménagé il y a deux ans, grâce au soutien de l'ancien shérif. Le propriétaire est une de ses connaissances. Il m'a fait une fleur sur le loyer.

— Avec son départ, ça ne risque pas de faire monter le prix ?

— On verra bien. Mon bail court pour encore un an.

— Si jamais tu as de petits soucis, tu m'appelles.

— Je m'en sors très bien toute seule, mais c'est gentil de me le proposer.

Quand ils s'étaient connus, il n'avait que seize ans, elle quatorze. Ils avaient partagé trois années de passion juvénile. Jusqu'au drame.

Stephen sentit un léger frisson lui parcourir le dos. Il s'absorba un instant dans la contemplation du visage de cette femme qu'il avait tant aimée.

Ils avaient toujours fait l'amour soit chez lui, dans sa chambre de la grande maison familiale, soit chez elle, chez Papy Joe. C'était étrange de se retrouver dans un nouvel appartement avec elle, à prendre le petit déjeuner. L'impression d'être un vrai couple.

Stephen ne s'était jamais fixé nulle part et avait multiplié les aventures sans jamais s'attacher à quiconque. « Un cœur de pierre ! » lui avait hurlé sa dernière conquête. Pas faux, mais pas tout à fait juste. Son cœur s'était seulement arrêté de battre treize ans plus tôt.

Mais les choses avaient changé…

— Il faudra que tu m'expliques la vraie raison de ton retour, je ne crois pas une minute à cette envie soudaine de retrouver tes racines, dit Lindsay en se levant de table.

— Pourquoi te mentirais-je ? répliqua-t-il d'un ton innocent.

— Parce que tu es journaliste et que, si les journalistes disaient la vérité, ça se saurait ! se moqua-t-elle. Bon, il faut vraiment que j'aille travailler. N'oublie pas de claquer la porte en sortant.

Stephen la regarda se préparer en se demandant ce qui se serait passé s'ils étaient restés ensemble. Lindsay était-elle aussi douée avec les enfants qu'elle l'était avec lui ?

— Arrête de me regarder comme ça, dit-elle, gênée.

— On mange ensemble à midi ?

— Non, ça va être une rude journée.

— Alors, ce soir. S'il te plaît.

— Je t'appelle, mais je ne te promets rien ! dit-elle en s'éclipsant.

Stephen était revenu à River Falls pour bien des raisons mêlées, mais revoir Lindsay était peut-être la meilleure de toutes.

Sur ces pensées légères, il finit son petit déjeuner, fit la vaisselle et traîna un peu dans le salon. Il jeta un coup d'œil curieux sur les étagères de livres : Dan Simmons, George R.R. Martin, Frank Herbert et d'autres dont il n'avait jamais entendu parler. Aux couvertures, il devait s'agir aussi de science-fiction et de fantasy.

Il était en train de feuilleter *Dune* quand son portable bippa.

Marion Zucker.

Cette gamine ne sait-elle donc pas ce que signifie « dimanche » ?

— Allô ? dit-il.

— Monsieur Callahan, j'ai une info ! lâcha-t-elle, tout excitée. Venez me rejoindre au bureau !

Chapitre 23

— Allez, laisse-moi venir avec toi, insista Hurley.

— Non, hors de question. Tu l'as dit toi-même, ils ont tous un casier judiciaire. Qui sait comment les choses peuvent tourner ? Je n'ai pas envie que Brian et Leila perdent leurs deux parents.

Les bras croisés, appuyée contre le frigo de la cuisine, Hurley était à bout d'arguments. Logan avait sonné le rappel chez ses lieutenants : au programme, descente au Big Circus, arrestation et interrogatoire de Clive Larsky.

— Personne ne va mourir, à moins que tes hommes ne perdent le contrôle. Ces gens ne sont pas des tueurs. Je suis persuadée que Larsky te suivra sans résistance. Mais si tu débarques avec la cavalerie, il risque de prendre peur et de fuir comme le malheureux Sam Quinto.

— Hier, j'étais seul avec le lieutenant Wyatt. Si j'avais eu plus d'hommes avec moi, nous aurions peut-être pu le sauver.

Ils entendirent des pas dans l'escalier.

— Voilà, tu les as réveillés. C'est malin, dit Logan.

— Tu es gonflé, c'est toi qui élèves la voix !

— Je vais y aller, conclut Logan en finissant sa tasse de café. Je t'appelle dès que je l'ai ramené, et je te promets de ne pas commencer l'interrogatoire sans toi.

— Papa, pourquoi tu cries ? demanda Brian, en pyjama, en entrant dans la cuisine.

Hurley jeta un regard plein de reproches à Logan, qui soupira avant d'embrasser sa femme et de se baisser vers son fils.

— Je suis désolé, mon grand. Je n'avais pas envie de travailler aujourd'hui et je suis obligé d'y aller, alors je ne suis pas vraiment de bonne humeur. Mais, maintenant, c'est fini.

— Ce soir, on va quand même au cirque, hein ?

— Si le cirque est encore là, dit Hurley.

— Il va partir ? s'inquiéta le petit garçon.

— Bien sûr que non. Maman plaisante. À ce soir.

Logan lui caressa la joue et, sans un regard en arrière, sortit de chez lui.

Il chercha un peu de calme dans la contemplation de la rue encore endormie. Hurley avait parfois le don de le mettre en colère. Tous les couples connaissaient des moments de tension, mais Hurley le cherchait au sujet de n'importe quoi, ces derniers temps. Pourtant, il avait l'impression de faire des efforts pour que tout se passe bien.

La règle dans ce métier, si l'on voulait y survivre, était de laisser les horreurs du travail à la porte quand on rentrait chez soi. Sinon, c'était la dépression assurée et la spirale infernale de la déchéance. Hurley, elle, avait du mal à faire la distinction entre vie familiale et vie professionnelle.

Logan mit le contact et s'efforça de ne plus y penser pour se focaliser sur sa mission.

*

— Le nom de scène de Clive Larsky est Gibby le Clown, annonça le lieutenant Heldfield en reposant le prospectus du Big Circus.

— J'ai jamais aimé les clowns, lança Portnoy. Si je peux en mettre un derrière les barreaux, ce sera avec grand plaisir.

— N'importe quoi ! répliqua Lindsay.

— Si, je te jure. Et je ne suis pas le seul. Il y a un groupe sur Facebook qui demande leur interdiction pure et simple. Ils sont plusieurs millions !

— Je savais que tu n'étais qu'une mauviette !

Elle était arrivée de bonne heure au commissariat, elle aussi. Il n'y avait pas grand monde et aucun journaliste à l'entrée.

— Ne me traite pas de mauviette ! bondit Portnoy en pointant un doigt vengeur vers elle.

— Et tu ferais quoi ?

— Tu n'as pas idée !

— Je t'écoute, dit Lindsay, d'humeur badine.

Heldfield se leva pour sortir fumer une cigarette. Ce n'était pas la première fois qu'il s'en faisait la remarque, mais, depuis son divorce, Portnoy semblait vouloir se rapprocher de la lieutenante.

— Tim ! l'appela une voix au bout du couloir.

— Bonjour, shérif, répondit Heldfield en reconnaissant Logan.

— Tout le monde est là ?

— Non, on attend Jenkins et Pratter.

— Tant pis, ils nous rejoindront. Plus tôt on y sera, plus on aura de chances de le choper au saut du lit.

Heldfield écrasa sa cigarette et alla prévenir les autres.

Dans son bureau, Logan ouvrit le coffre où il rangeait son arme de service.

Ce que Hurley lui avait rapporté sur le Big Circus tournait en boucle dans sa tête. Si agaçante fût-elle parfois, il devait reconnaître qu'elle avait souvent de très bonnes intuitions.

Et si elle avait raison ? Si l'opération se déroulait mal et qu'un homme venait à mourir ? Larsky était peut-être innocent…

Il regarda son arme, puis, sans plus d'hésitation, la glissa dans son étui qu'il portait à la ceinture.

L'image de Scarlett l'avait hanté toute la nuit. Elle était plus forte que ses scrupules. Il était déterminé à prendre tous les risques pour retrouver son assassin.

On frappa à sa porte.

— Bonjour, shérif, s'annonça Lindsay.

— Bonjour, lieutenant… Qu'est-ce que vous faites là ? Je ne vous ai pas appelée.

— C'est Henry qui s'en est chargé. Il sait que je le tuerais s'il me mettait sur la touche.

— Vous avez échappé à la noyade il y a moins de vingt-quatre heures, vous avez droit à quelques jours de repos. Rentrez chez vous, lieutenant.

— Les médecins ont dit que j'allais très bien. On a une bonne constitution dans la famille. Notre sang alaskien !

Lindsay était très fière de rappeler, dès qu'elle le pouvait, que son grand-père était natif d'une petite bourgade de l'Alaska, White Forest, où l'on chassait l'ours à main nue et où l'on coupait les arbres du tranchant de la paume !

— Vous restez dans la voiture, dans ce cas.

— Hors de question, ou je vous fais un procès pour discrimination.

— Vous ne feriez jamais ça.

— Je vous ai déjà raconté que mon grand-père avait monté un syndicat de bûcherons, à son époque ?

Logan, vaincu, secoua la tête.

— OK, je vous embarque, mais vous restez près de moi, et interdiction de partir à la poursuite de notre suspect s'il tente de s'enfuir.

— Vous croyez vraiment que je le regarderai filer sans réagir ?

— Non, c'est pour ça que je veux votre promesse.

Lindsay se sentit coincée entre sa parole et son professionnalisme.

— Vous l'avez, dit-elle en croisant les doigts dans son dos.

Comportement puéril, mais qui lui avait souvent sauvé la mise.

— Prenez quand même votre arme.

Lindsay souleva sa veste pour la lui montrer.

— Très bien, on y va.

Ils repassèrent par l'open space, où douze hommes et femmes les attendaient.

— Bon, notre cible est Clive Larsky, commença Logan. J'espère que vous avez bien mémorisé la photo que je vous ai envoyée. Dans l'état actuel de l'enquête, rien ne prouve qu'il soit notre assassin. Aussi, je vous demande de ne pas tirer, même s'il essaie de s'enfuir. De toute façon, il ne pourra pas aller bien loin. Je le veux vivant et pas amoché. Est-ce bien clair pour tout le monde ?

— Et s'il tente de se défendre, s'il nous tire dessus ? l'interrogea le lieutenant Pratt.

— Vous ripostez, évidemment. Mais à cette seule condition de légitime défense. N'ouvrez pas le tir en premier.

— Et s'il prend quelqu'un en otage, on fait quoi ? On le laisse s'enfuir ? demanda le sergent Petterson.

— Non, c'est moi qui négocierai avec lui.

— Vous allez sûrement trouver ma question stupide, mais s'il est déjà déguisé en clown, on arrête tous les clowns ? intervint Portnoy.

La remarque eut pour effet de détendre l'atmosphère.

— Oui, vous m'arrêtez tous les clowns que vous voyez.

— *Yes !* dit Portnoy, rayonnant.

Tout le monde se mit à rire. Logan, lui-même, se retint difficilement.

— Allez, on y va.

*

— Je peux vous poser une question ? fit Lindsay.

Ils longeaient Sunset Street et ses magasins de pêche.

— Bien sûr, répondit Logan, au volant.

— Je me demande si on ne s'emballe pas un peu trop vite. Pourquoi ce type s'en serait-il pris à cette fille ?

— C'est justement ce qu'on cherche à savoir. S'il est innocent, je le relâche dans l'heure. Autre question ?

C'était bien la peine d'avoir laissé Hurley à la maison pour se retrouver avec son clone assis à côté de lui !

— Je me dis qu'on aurait pu attendre les résultats ADN des prélèvements pratiqués sur Scarlett Whelan, continua Lindsay. Larsky est dans les fichiers. Je suppose qu'il le sait. Dans ce cas, pourquoi aurait-il éjaculé en elle ?

Logan se mordit la langue. Il en avait parlé à Hurley la veille, mais il avait passé la nuit à ruminer et...

— Bien vu, lieutenante ! la félicita-t-il. Larsky a été accusé d'attouchements, pas de viol. Il agit peut-être avec un complice.

Il prit la CB et se mit en contact avec les autres voitures pour leur faire part d'un éventuel complice.

— ...on surveille donc quiconque tente de quitter la zone, conclut-il.

Lindsay avait comme un mauvais pressentiment. Elle était persuadée que la clé de l'énigme était ailleurs. Mais où ? Sans l'ombre d'une piste, elle chercha un argument pour refréner Logan. Faute d'inspiration, elle garda le silence en se disant que son chef avait, après tout, bien plus d'expérience qu'elle et un palmarès incroyable à son actif.

À la sortie de la ville, ils aperçurent le grand chapiteau rouge qui se dressait sur le terrain communal. Dans la lumière du matin, le cirque avait quelque chose d'étrangement familier.

Les six voitures de police se garèrent sur le parking près des semi-remorques. Puis Logan ordonna à ses subordonnés de ceinturer les lieux à distance respectable. L'espace était dégagé jusqu'à la forêt. Personne ne pourrait s'enfuir sans être vu. Larsky n'avait aucune chance de s'échapper.

Lindsay et Portnoy restèrent avec Logan pour le seconder. La pression montait.

Prenant une grande inspiration, le shérif s'avança vers les caravanes. Des hommes en maillot de corps profitaient du soleil sur le pas de leur porte.

Un instant plus tard, ils formaient un véritable comité d'accueil et jetaient des regards mauvais aux policiers.

Une femme fendit l'attroupement d'un pas décidé.

Logan la reconnut aussitôt grâce à la fiche du FBI qu'il avait pu consulter.

Esméralda. Ou, pour l'état civil : Natalia Svéroga.

— Que me vaut l'honneur d'une telle débauche de moyens ? lança-t-elle sans préambule.

Leur arrivée n'était pas passée inaperçue, et ce n'était pas plus mal.

— Je voudrais parler à Clive Larsky.

— Qu'est-ce que vous lui voulez ?

— Lui poser quelques questions. Ne vous en faites pas, il sera vite de retour.

— Vous comptez l'embarquer ? Vous pensez qu'il est pour quelque chose dans le meurtre de cette jeune fille, c'est ça ?

— Je ne peux rien vous dire.

— Vous n'avez rien trouvé et il vous faut un coupable, l'accusa Esméralda en se collant presque à lui.

— Je ne peux rien vous dire.

Lindsay aperçut les regards malveillants de la troupe qui se rapprochait pour les encercler. Si jamais l'idée leur venait de leur tomber dessus, ils étaient faits comme des rats.

— Après un SDF, un saltimbanque, ironisa Esméralda. Clive n'a rien à vous dire. Si vous voulez lui parler, il faudra revenir avec un chef d'accusation.

— Qu'il vienne me le dire lui-même.

— C'est moi qui le représente. Et permettez-moi de vous donner un conseil : ne perdez pas votre temps à chercher à nous nuire, votre tueur court toujours et il pourrait sévir de nouveau.

— Une menace ? releva Logan, qui détestait les manières de cette bonimenteuse.

— Non, l'avis d'une citoyenne qui a vu trop de bavures dans ce pays.

— Vous avez le droit d'accompagner Clive Larsky au commissariat, si cela peut vous rassurer. Vous en profiterez pour me renseigner sur les images peintes retrouvées sur les lieux du crime.

Des murmures de colère se firent entendre. La foudre passa dans les yeux d'Esméralda, qui néanmoins garda son sang-froid.

— Vous m'accusez ?

— Pourquoi accuserais-je une femme qui a été condamnée à sept ans de prison pour le meurtre de son père ?

Lindsay ne put retenir un regard étonné vers le shérif. Elle n'était absolument pas au courant. Pourquoi ne lui en avoir rien dit dans la voiture ? Cette femme était une meurtrière ?!

— Vous êtes ignoble, cracha la voyante d'un ton venimeux. Je n'ai fait que défendre ma mère et ma sœur !

Logan avait lu le rapport.

Une jeune fille de dix-sept ans avait tué son père dans son sommeil. Un homme violent qui violait et battait femme et enfants. Mais le jury, composé d'hommes en majorité, n'avait pas retenu la légitime défense. Ces bons pères de famille n'avaient sans doute pas voulu donner de mauvaises idées à toutes les femmes maltraitées du pays.

L'homme qu'il était pouvait comprendre ce geste, mais, en tant que shérif, Logan était prêt à tout pour obtenir des réponses sur son affaire.

— Si vous le dites, répondit-il laconiquement.

Lindsay lut une telle fureur sur le visage d'Esméralda qu'elle posa la main à sa hanche, prête à dégainer. Mais la voyante se racla la gorge et envoya un crachat par terre, à quelques centimètres des chaussures du shérif.

— Je pourrais vous arrêter pour outrage à un représentant des forces de l'ordre.

— Faites-vous plaisir, flic de merde !

— Arrête ! Je me rends ! tonna une voix en arrière-plan.

La troupe ouvrit alors le passage à un homme au visage tout ridé. Clive Larsky.

— Non, je vais appeler un avocat, s'écria Esméralda. Ces bouseux ne te lâcheront pas !

— Madame, s'il vous plaît, laissez-le venir avec nous. Je vous promets que nous n'avons pas l'intention de l'accuser de quoi que ce soit, s'imposa Lindsay.

— Vous êtes qui, vous ? La gentille ? Vous croyez que je ne connais pas vos méthodes ?! ironisa Esméralda.

— Ne l'écoutez pas, je viens avec vous, l'interrompit Larsky en s'avançant, les poignets tendus devant lui.

— Je ne veux pas vous arrêter, seulement vous poser des questions.

Larsky baissa les bras. Son visage était empreint d'une tristesse infinie. La légende selon laquelle il n'y a pas plus dépressif qu'un clown n'était peut-être pas complètement infondée.

— Je t'appelle un avocat. Surtout, tu ne leur parles pas. Ils n'ont rien contre toi, dit Esméralda.

— Je suis innocent, je n'ai rien à cacher.

— Justement, tu es trop innocent. Ils vont te faire avouer, je connais leurs méthodes. Ne parle pas. Tu te tais jusqu'à l'arrivée de ton avocat, insista Esméralda.

Logan eut alors la désagréable impression de faire fausse route. Et si les gens de ce cirque avaient des choses à se reprocher qui n'avaient rien à voir avec le meurtre de Scarlett ?

Mais il préféra chasser cette pensée pour se persuader qu'il tenait son coupable.

— Vous me suivez ? dit-il en regardant Larsky droit dans les yeux.

— Je viens avec lui et c'est non négociable, affirma Esméralda en dernier ressort.

Chapitre 24

Stephen entra dans les locaux du *Daily River*. Il était venu à pied, l'appartement de Lindsay étant situé à seulement trois rues de là. Il n'avait pu s'empêcher, en chemin, d'imaginer ce que serait la vie avec son ex-petite amie. Tout serait tellement parfait. Le temps n'avait rien changé à ses sentiments pour elle. Bien au contraire. Il avait quitté une adolescente et retrouvait une vraie femme, épanouie, pleine de vie et qui s'assumait totalement.

— Bonjour, lança-t-il gaiement en passant devant la réception.

— Joli scoop, répondit Betsy avec un grand sourire.

Stephen se rappela que son papier était paru dans l'édition du jour.

Un exemplaire traînait sur le comptoir.

— Je peux le prendre ?

— Bien sûr.

Lui qui avait rédigé des milliers d'articles en près de huit années de journalisme, il fut étrangement ému de voir son nom en première page du *Daily River*.

Le seul quotidien de la région. Son père y était abonné. Il se revit dans la demeure familiale, ne ratant aucun dessin de Walter Boyd, l'humoriste maison… Clayton ne le lui avait d'ailleurs pas présenté.

— Vous voulez que je prévienne monsieur Zucker ?

— Non, merci, il sait que j'arrive.

Betsy lui fit un large sourire, auquel il répondit sobrement avant d'entrer dans l'open space. Presque personne en cette journée dominicale.

Stephen monta à l'étage et traversa le couloir. La porte du bureau du directeur était grande ouverte. Marion, de dos, était en train de parler à son oncle.

Il frappa à la porte et entra.

Marion se retourna. Elle était tout excitée.

— Vous avez vu notre article ? Vous avez mis mon nom. Je suis trop contente. Je ne sais comment vous remercier.

— C'était la moindre des choses. Nous avons fait un travail d'équipe. C'est comme ça que ça marche.

— Vous n'étiez pas du tout obligé. Ce n'est pas ce qui était convenu.

Au dernier moment, Stephen avait appelé Clayton et insisté pour que leurs trois noms apparaissent, et pas seulement le sien et celui de Tara Johnson.

— En effet, mais je n'ai pas oublié que j'ai moi aussi commencé en tant que simple stagiaire.

La jeune fille se mit sur la pointe des pieds et l'embrassa sur la joue.

— Marion, s'il te plaît, la gronda Clayton en se levant de son fauteuil. Bien, je ne sais comment vous l'annoncer, mais, désolé de jeter un froid, je vais devoir vous retirer cette affaire. D'ailleurs, c'est déjà fait.

— Comment ça ? s'étonna Stephen.

— Je viens d'envoyer Tara au Big Circus. La police a effectué une descente. Je n'en sais pas plus pour le moment, mais je ne veux pas que vous vous en mêliez.

— Quoi ?! s'étrangla Marion. Mais c'est nous qui avons signé l'article. On était sur les lieux du drame. Les lecteurs ne vont pas comprendre !

— Les lecteurs se moquent de qui écrit quoi. L'important, ce sont les faits, rien que les faits, et Tara est ma fait-diversière. J'ai commis une erreur, hier, je me dois de la corriger. Elle seule signera l'article de demain. Point final.

— Tonton, s'il te plaît, tu ne peux pas faire ça. On doit trouver qui a tué cette fille.

— C'est le job de la police, la recadra-t-il. Si tu veux résoudre des affaires de meurtres, c'est au commissariat que tu aurais dû faire ton stage.

— Sauf que notre police est totalement nulle. Tu le sais aussi bien que moi !

— On n'est pas dans les États du Sud. La police connaît son travail. Mike Logan est l'un des meilleurs flics du pays, tu peux au moins lui reconnaître ça.

— Je sais ce que j'ai vu. Un pauvre garçon s'est noyé devant mes yeux ! hurla-t-elle.

— Marion, c'est comme ça et pas autrement. Si tu tiens à ton poste, tu dois apprendre le respect de la hiérarchie.

— C'est pas juste !

Sur le fond, Stephen était d'accord avec sa jeune partenaire, mais la vie lui avait appris qu'il est des moments où il faut calmer le jeu. Marion devait faire profil bas quand la situation l'exigeait.

— Si, au contraire, intervint-il. Mets-toi une seconde à la place de Tara. Tu aimerais qu'un inconnu et la nièce du patron te prennent ton sujet ?

— On ne lui a rien volé. Elle n'a pas les bonnes informations. C'est sa faute.

— Non, on doit la respecter. Ton oncle a raison. Nous aurions dû nous en tenir à notre visite au cirque.

— Si nous n'étions pas allés au campement, Lindsay Wyatt serait morte noyée. C'est ça que vous vouliez ?!

L'image de Lindsay inconsciente sur la grève revint à la mémoire de Stephen, et l'idée qu'elle aurait pu ne jamais se réveiller le fit frissonner d'horreur.

— Donc, si j'ai des informations capitales sur ce meurtre, je dois les donner à Tara ? continua Marion.

— Exactement.

— Hors de question. Elle est incompétente. C'est une arriviste. Elle n'aime rien d'autre que sa propre personne. Elle est pire que Leslie Callwin !

— Attention à ce que tu dis, Marion. Leslie a été ma plus brillante journaliste, gronda son oncle.

— Tu as l'air d'oublier tout ce qu'elle a fait pour réussir !

— Ne la juge pas, intervint Stephen. Tu ne connais pas sa vie[1].

— Et vous ?

— Moi, si. Je la connais personnellement.

— D'accord, peut-être qu'elle en a bavé, mais ce n'est pas une raison pour tout se permettre. Être journaliste, c'est avoir une éthique, des valeurs. Apparemment, vous préférez le corporatisme à la vérité. Il faut sauver le soldat Tara Johnson !

Marion sortit précipitamment du bureau.

— Je suis sincèrement désolé, ma nièce a son caractère. Je ne sais pas si elle vous l'a dit, mais ses parents ont disparu dans la forêt alors qu'elle n'était qu'une enfant.

— « Marion, l'enfant sauvage », cita Stephen. C'est donc elle ?!

1. Voir *Un Noël à River Falls*.

Il se rappela avoir lu, des années plus tôt, un article sur ce fait divers. Un couple de randonneurs avait disparu en forêt avec leur fillette. Une battue avait été organisée, mais aucun corps n'avait été retrouvé.

La police avait privilégié la thèse d'une disparition à l'étranger, la randonnée n'étant qu'un leurre pour brouiller les pistes. Seulement, quand une année plus tard un chasseur avait retrouvé la petite fille en bonne santé, portant les mêmes vêtements, certes en lambeaux, que ceux de l'enfant disparue, les enquêteurs s'étaient mis à douter. Et ils n'avaient pas réussi à en apprendre davantage, car la petite n'avait jamais rien raconté sur les conditions de sa survie, seule en forêt.

— Marion a toujours été à fleur de peau. Je ne suis pas marié et je me suis efforcé de l'élever du mieux que j'ai pu, reprit Clayton. Malgré tout, je suppose qu'après ce qu'elle a vécu…

Stephen se dit qu'il avait jugé la jeune fille un peu trop vite.

— Je comprends. Si vous n'y voyez pas d'inconvénient, j'aimerais lui parler.

— Allez-y. Moi, elle ne m'écoute jamais.

Marion s'était réfugiée dans un des bureaux vides de l'étage. Elle était assise par terre, dans un coin, les bras encerclant ses jambes repliées. Le regard vide.

— Marion, je peux te parler ?

Elle releva la tête.

— Je croyais que vous étiez de mon côté.

— Je le suis, et c'est pour ça qu'il faut que tu apprennes à me faire confiance. Il n'y a pas de vérité, uniquement des points de vue. Il faut que tu comprennes que ton oncle, autant que Tara, ou même la police, est persuadé d'avoir raison. Il faut seulement essayer d'éviter que toutes ces vérités ne s'entrechoquent et ne génèrent des conflits.

— Quand je vous ai appelé, je ne me doutais pas que mon oncle me trahirait. C'était pour vous dire que je connaissais quelqu'un qui voulait vous rencontrer. Cette personne détient une information de premier ordre sur Scarlett.

— Me parler à moi ?

— Oui, mais je suppose que ce n'est plus la peine.

Un instant, Stephen se demanda si ce n'était pas du bluff. Voulait-elle juste le tester et lui prouver qu'il voulait, tout autant qu'elle, en apprendre davantage sur le meurtre ?

— On peut toujours voir. Cela ne nous engage à rien, dit-il prudemment.

Marion fronça les sourcils.

— Ça veut dire qu'on continue ?

— Je n'ai pas dit ça. Disons qu'il y a la théorie, et la pratique.

Le b.a.-ba de tout bon journaliste est d'adapter son éthique à la réalité du terrain. Contrairement à ce qu'il avait prétendu la veille, il avait plusieurs fois sauvé des animaux, aidé des réfugiés à s'enfuir d'un camp… Oui, il y a les règles du journalisme et la réalité de ce que vous dicte votre conscience. À tort ou à raison.

Marion lui tendit la main et il l'aida à se relever.

— Où allons-nous ?

— À l'université !

Elle avait retrouvé le sourire.

Chapitre 25

— J'espère que vous êtes content de vous, dit Esméralda alors qu'ils arrivaient au commissariat.

Les journalistes s'étaient donné le mot et les attendaient sur le parking. Les flashs crépitaient, les perches cognaient les unes contre les autres, les cameramen se bousculaient pour avoir le meilleur angle de vue.

— Ce n'est pas nous qui les avons prévenus, se défendit Logan.

— C'est qui, alors ? Moi, peut-être ?!

Assise côté passager, Esméralda poussa un soupir sonore. Tout cela était lamentable. Elle était très en colère. Mais mieux valait garder le silence, la meilleure défense qui soit.

À l'arrière, le suspect, encadré par deux sergents, observait cette consigne.

Logan réussit à se garer le plus près possible de l'entrée afin d'échapper à la meute prête à les dévorer. Il venait de prendre conscience qu'il ne pouvait pas donner Larsky en pâture, du moins pas avant d'avoir la moindre preuve contre lui. Mais c'était trop tard.

C'est alors qu'il vit Hurley sortir du commissariat et s'approcher de la voiture. Elle ouvrit la portière d'Esméralda.

— Madame Svéroga, merci d'avoir accepté notre invitation. Votre aide va nous être précieuse, dit-elle d'une voix chaleureuse en la regardant droit dans les yeux.

La voyante osa croire en sa chance et espéra ne pas se tromper.

— Si mes modestes talents peuvent aider, c'est non seulement un honneur, mais un devoir de les mettre à la disposition de la police pour retrouver l'assassin de cette malheureuse jeune fille innocente.

Les journalistes s'étaient aussitôt attroupés autour d'eux.

— Que savez-vous ?

— Que veulent dire les symboles ?

— On parle de la mort, de l'amour. Un amoureux éconduit ?

— Sam Quinto était-il un voyant comme vous ?

Les questions étaient aussi stupides les unes que les autres. Logan, qui avait rejoint sa compagne, leva les mains et imposa le silence.

— S'il vous plaît, nous répondrons à vos questions plus tard ; pour l'heure et par respect pour Scarlett, je vous prierai de nous laisser travailler. Merci.

Côte à côte, Hurley et Esméralda passèrent les portes de l'entrée, escortées par les deux sergents et Larsky, auquel pas un des journalistes ne parut s'intéresser.

Logan entra en dernier et souffla un grand coup dès qu'il eut passé la réception.

— Putain de journalistes, siffla-t-il entre ses dents.

Esméralda lui jeta un regard noir et, le visage toujours fermé, se tourna vers Hurley.

— Merci pour votre intervention. Je vous dois une fière chandelle. Je peux savoir qui vous êtes ?

— Jessica Hurley, profileuse, répondit-elle en lui tendant la main.

— J'ai entendu parler de vous. Vous n'êtes pas en couple avec un flic célèbre ?

— Sa célébrité est toute relative, sinon vous l'auriez reconnu, dit-elle en se tournant vers Logan.

— Vous êtes avec ce type ? s'étrangla Esméralda.

— C'est bon, avancez, s'il vous plaît, grogna Logan en lui montrant le chemin.

Esméralda se renfrogna aussitôt.

Hurley ignorait comment s'était déroulée l'interpellation au Big Circus, mais à l'évidence ces deux-là n'étaient pas devenus les meilleurs amis du monde.

Logan fit entrer Larsky dans la salle d'interrogatoire. La voyante tenta de le suivre, mais il lui bloqua l'accès.

— Non, vous, vous restez dehors.

— Vous n'avez pas le droit ! Vous n'avez rien contre lui. Vous ne savez rien.

— Laisse tomber, je n'ai rien à cacher, dit Larsky en s'asseyant sur une chaise.

— Je t'appelle un avocat. Et rappelle-toi : pas un mot.

Logan fit accompagner Esméralda dans une autre pièce, puis, en compagnie de Hurley, revint en salle d'interrogatoire où les attendait Larsky.

Avachi sur son siège, les épaules voûtées, le visage sillonné de rides, le prévenu semblait porter toute la tristesse du monde.

Hurley prit place face à lui, tandis que Logan restait debout dans un coin.

— Bonjour, je suis Jessica Hurley. Je suis profileuse…

— Je sais, je vous connais. J'ai lu l'un de vos ouvrages.

Un suspect qui s'intéresse aux tueurs en série. Voilà qui est intéressant. Il aurait voulu s'enfoncer qu'il n'aurait pas pu mieux commencer, se dit Logan.

— Vous savez pourquoi vous êtes ici ?

— Oui, votre mari croit que j'ai tué cette pauvre fille. Mais je vous jure que jamais je n'aurais pu faire ça.

Hurley ne corrigea pas l'erreur d'appréciation : elle vivait en couple avec Logan, mais ils n'étaient pas mariés.

— Je vais vous poser une question simple : est-ce que vous avez un alibi pour la nuit de vendredi ?

Larsky posa sur elle un regard perdu.

— Non. Je dors seul dans ma caravane. Personne ne peut prouver que j'y étais.

Logan s'étonna de nouveau de l'attitude du prévenu.

— Acceptez-vous que nous fassions un prélèvement ADN ?

— Bien sûr. Je n'ai pas touché à cette enfant, je vous le jure. Esméralda me tuerait si je recommençais.

— La tentation est parfois trop forte..., intervint Logan.

Larsky tourna la tête.

— Je n'ai pas failli. J'ai payé ma dette. Je prends un traitement. Je suis guéri, je vous le jure.

— Vous avez un ordinateur, monsieur Larsky ? continua Logan.

— Pourquoi cette question ?

— Parce que je vais demander un mandat de perquisition pour fouiller votre caravane. Si nous devons y trouver des documents pédopornographiques, autant nous le dire tout de suite.

Le visage de l'homme se décomposa aussitôt.

En plein dans le mille. L'homme n'était pas aussi innocent qu'il le prétendait. Peut-être était-il un de ces criminels que leur inconscient pousse à se faire arrêter et qui laissent des traces derrière eux. Une façon de s'autopunir.

— Clive, vous devez répondre, reprit Hurley plus doucement. De toute façon, nous le saurons. Autant parler tout de suite.

Larsky baissa les yeux et des larmes roulèrent sur ses joues.

— Je ne veux pas qu'Esméralda l'apprenne. Elle me foutra dehors, et ce cirque, c'est toute ma vie. Je vous en supplie, ne lui dites rien.

La possession d'images pédopornographiques suffisait à justifier une condamnation. Qu'il ait tué ou non Scarlett Whelan, Larsky n'avait plus aucune chance de retourner dans son cirque.

— On ne lui dira rien. Vous pouvez me faire confiance, mentit Logan en s'approchant. Dites-nous tout.

En quête d'un regard amical, Larsky s'accrocha à celui de Hurley.

— Je n'en regarde quasiment jamais, je vous le promets. C'est juste des photos, pas des vidéos, je vous le jure.

Étonnant, la façon dont les malades sexuels avaient tendance à minimiser leurs forfaits. Comme si couper le son et le mouvement permettait d'ignorer la souffrance d'un enfant et suffisait à suspendre l'horreur et l'abjection.

— Je vous crois, Clive, répondit la profileuse, mais il va falloir nous parler de la nuit où Scarlett a disparu. Est-ce que vous avez vu ou entendu quelque chose ?

— Non, rien du tout. On n'est pas comme ça, au Big Circus. On ne fait de mal à personne.

— Vous saviez qu'Esméralda avait tué son père ?

— Quoi ?

— Oui, d'un coup de couteau dans le dos.

— Vous mentez ! s'emporta Larsky.

— C'est ce que vous pensez ? rétorqua Logan, qui avait entrevu une brèche.

L'homme vouait une véritable adoration à celle qui l'avait pris sous son aile. Peut-être suffirait-il de lui montrer le vrai visage de sa bienfaitrice pour qu'il lui révèle tout ce qu'il savait.

Logan sortit et revint deux minutes plus tard en compagnie de la voyante.

— J'ai appelé un avocat, il arrive, souffla cette dernière en s'asseyant à côté de Larsky.

— Chère Natalia, il semblerait que votre protégé ignore que vous avez tué votre père, insinua Logan.

— Espèce de pourriture, ragea-t-elle entre ses dents.

— Tu n'as pas fait ça ? Tu as tué ton père ?

— Clive, écoute-moi, tu dois te taire. Ils veulent nous monter les uns contre les autres. C'est comme ça que font les flics. Tu dois me faire confiance, sinon ils nous briseront tous.

— Qu'avez-vous à cacher, Esméralda ? demanda Logan. Nous savons que votre cirque est un repaire d'anciens malfrats.

— Allez vous faire voir. Je ne dirai rien.

— Ça m'étonnerait, dit Logan.

Après les aveux de Larsky, il était en droit de procéder à une perquisition dans sa caravane et dans le cirque. Une seule image pédopornographique rendrait suspecte toute la communauté. À partir de là, il y aurait bien quelqu'un pour craquer et négocier une remise de peine avant que les autres ne capitulent à leur tour.

— Vous n'auriez jamais dû venir dans ma ville, lança Logan en sortant de la pièce.

Hurley le regarda, intriguée. Qu'avait-il donc en tête ?

Chapitre 26

Le parking de l'université était désert. Personne à l'horizon.

Stephen passa le portail mécanique et se présenta à l'entrée principale, une lourde porte de fer forgé dotée d'un interphone rutilant. Il s'apprêtait à appuyer dessus quand le déclic d'ouverture retentit.

Il eut le sentiment désagréable que quelqu'un les surveillait.

Marion poussa la porte et, passant devant, entra sur le campus de l'université. À l'époque du lycée, Stephen y avait mis les pieds une ou deux fois pour assister à des matchs de football.

Face à eux, une grande esplanade centrale avec des bosquets entretenus et une vaste pelouse. Au fond, entourés d'arbres, les bâtiments où se déroulaient les cours. Sur la droite, la partie administrative et la bibliothèque.

— Vous venez ?

Stephen n'était pas à l'aise. Il n'avait rien à faire là, dans les pas d'une adolescente.

En chemin, ils avaient appris par la radio que la police avait demandé à Esméralda de l'aider dans son enquête. Certains commentateurs laissaient entendre qu'elle pourrait être suspecte. Stephen aurait donné cher pour se rendre sur place, mais il avait promis à Clayton de laisser Tara s'occuper de l'affaire.

— Maintenant qu'on est arrivés, tu peux m'en dire un peu plus sur notre mystérieux informateur ? demanda-t-il à Marion.

— Allons, soyez patient.

Au loin, des étudiants discutaient sur la pelouse du campus. L'année était officiellement terminée, mais l'université proposait une session estivale pour les volontaires désireux de parfaire leur cursus tout en profitant de la vallée.

Ils traversèrent l'esplanade jusqu'à la bibliothèque. Marion ouvrit la porte dans un léger grincement. Ils passèrent un vestibule et débouchèrent dans une immense salle, garnie de grandes tables et de chaises confortables, aux murs habillés d'étagères chargées de milliers de livres.

Personne. Pas le moindre bruit.

Stephen remonta l'allée centrale, dont le revêtement avalait le bruit de leurs pas.

— Monsieur Callahan ? l'appela une voix au-dessus de lui.

Stephen leva la tête vers la mezzanine qui surplombait la bibliothèque. Une jeune femme d'une petite trentaine d'années était accoudée à la rambarde. Brune, élancée, le visage poupon… Très loin de l'image austère d'un vieux rat de bibliothèque !

Elle était coiffée et maquillée avec soin, vêtue d'un tailleur strict mais terriblement sexy. *Un côté bon chic bon genre, tout l'inverse de Lindsay avec son jean et sa chemisette*, sourit-il intérieurement en empruntant l'escalier en colimaçon qui menait à l'étage.

— Sarah Good, je suis professeur d'histoire. Merci d'être venu jusqu'ici, dit-elle en échangeant avec le reporter une poignée de main pleine de caractère.

— D'après votre accent, vous ne semblez pas de la région, n'est-ce pas ?

— Effectivement, je viens de Louisiane.

— Pourquoi avoir choisi de vous enterrer si loin de chez vous ?

— Eh bien, que de questions d'un coup, monsieur Callahan ! Vous méfiez-vous toujours ainsi des gens ?

Marion semblait pétrifiée de honte.

— Ça dépend.

— De quoi ?

— De mon instinct.

— Vous ne pouvez pas lui parler comme ça ! souffla Marion en filant un coup de coude à Stephen. Sarah est la personne la plus droite que je connaisse.

Le reporter ne savait quoi penser. De toute évidence, sous son assurance, cette femme s'efforçait de cacher sa nervosité. Qui était-elle vraiment ?

— Marion prétend que vous auriez des informations concernant la mort de Scarlett Whelan. N'était-elle pas un peu jeune pour être votre élève ?

— Il fut un temps où je donnais des cours du soir. Scarlett avait des difficultés scolaires, je l'ai aidée pendant deux ans. Elle en avait treize quand j'ai arrêté de la voir. Une adolescente perturbée, renfermée sur elle-même.

— Vous êtes psy à vos heures ?

Sarah secoua la tête.

— Pourquoi tant d'agressivité ? Je ne vous ai pas forcé à venir, monsieur Callahan. Si votre temps est précieux, le mien l'est tout autant.

Stephen comprit qu'il l'avait blessée, mais ne modifia pas son jugement. De nombreuses jeunes femmes étaient prêtes à tout pour qu'on s'intéresse à elles. Chaque fois qu'un malheur se produisait, des tas de gens animés des meilleures intentions se pressaient devant les micros des journalistes pour dire ce qu'ils savaient de la pauvre victime. Des personnes à l'affût d'un moment de gloire.

— Excusez-moi, je vous écoute, se reprit-il.

— Scarlett semblait aller assez mal, au point que j'en ai parlé à ses parents. Ils se sont vexés et m'ont priée de ne plus revenir.

Stephen haussa les épaules, dubitatif.

— Et en quoi cette information est-elle capitale ?

— Je n'ai jamais prétendu qu'elle l'était. Vous devriez aller parler aux parents de Scarlett, monsieur Callahan. Cette jeune fille était pleine de secrets. Vous saurez peut-être les découvrir. Si j'en crois votre réputation, vous parviendrez à vos fins.

— Pourquoi ne pas avoir alerté la police ? demanda Stephen sans relever le sarcasme.

— Je l'ai fait, et c'est bien là le problème. Personne n'a pris la peine de recueillir ma déposition.

Une folle qui pensait que Scarlett avait été tuée à cause de ses secrets. Pas très convaincant.

— Eh bien, je vous remercie de cette information.

— Vous devez la croire, intervint Marion. Sarah est incroyable. Je vous assure. Il faut lui faire confiance. Elle ne se trompe jamais !

Stephen fronça les sourcils. De quoi parlait-elle ?

— Jamais ? Vous avez déjà travaillé sur d'autres affaires ?

Il vit les joues de Sarah Good rosir légèrement. Cette femme n'était pas un simple professeur, mais une de ces commères qui espionnent leur voisinage et se mêlent de tout. À éviter absolument.

— Non, je vous donne seulement mon avis sur Scarlett.

— Bien. Je vous remercie.

Stupéfait que Marion soit en admiration devant un tel personnage, Stephen tourna les talons.

Chapitre 27

— C'est un abus de pouvoir, vous n'avez strictement rien contre nous ! s'emporta Mister Moonlight.

Le chef du Big Circus avait perdu son flegme habituel : Logan venait de l'informer que la police allait perquisitionner toutes les caravanes et saisir les ordinateurs.

— Si, justement, rétorqua le shérif en lui mettant le mandat sous les yeux.

Il n'avait pas eu à parlementer longtemps pour qu'un juge le lui délivre. En avouant être en possession d'images pédopornographiques, Larsky leur avait offert plus qu'il n'en fallait pour avancer.

— Vous allez le regretter.

— Vous me menacez ?

Très droit dans son smoking d'un autre âge, avec sa petite moustache et ses cheveux gominés, l'homme conservait une certaine allure.

— Non, je vous préviens que vous perdez votre temps ici, alors que l'assassin est en liberté.

— C'est précisément pour cette raison que je n'ai pas de temps à perdre, répliqua Logan. Montrez-vous conciliant.

Il avait réuni le maximum d'agents disponibles en ce dimanche. Il devait à tout prix faire avancer l'enquête. Son flair lui hurlait que ces saltimbanques étaient louches et, faute d'autre piste, il tenait à aller jusqu'au bout.

— Vous me fouillez tout de fond en comble, ordonna-t-il en se retournant vers ses hommes. Et vous m'arrêtez quiconque essaie d'entraver notre action. Est-ce bien clair ?

Une barrière de gymnastes formait un cordon infranchissable devant les caravanes.

— Veuillez dégager et nous laisser passer. Ne nous obligez pas à employer la force, tonna Logan.

Ils étaient venus sans matériel anti-émeute, certains de pouvoir faire régner l'ordre par la seule présence d'une vingtaine de policiers en uniforme. Mais la quarantaine de sportifs aguerris, au physique imposant et au passé inquiétant qui lui faisait front commença à fissurer son assurance.

Il était temps d'aller au contact. Logan avança d'un pas décidé vers un homme, serré entre deux athlètes, qui mesurait bien une tête de plus que lui.

— Dégagez, ou je vous fais arrêter pour entrave à la justice.

L'homme garda le silence et croisa les bras sur sa poitrine avec un air méprisant.

Logan hésita à sortir son arme. En ce qui le concernait, il était sûr de pouvoir garder son sang-froid, mais il craignait qu'un de ses hommes ne tire dans le tas.

— Je ne vous le dirai pas une troisième fois : laissez-moi passer.

L'autre ne bougea pas davantage. Dans son regard, Logan lut une folle détermination.

Était-il prêt lui-même à l'affrontement ?

Certainement, surtout si ces gens avaient des choses à se reprocher, comme la mort d'une jeune fille innocente…

Il se retourna. Derrière les forces de l'ordre, la meute de journalistes les avait suivis depuis le commissariat et attendait avec délectation que les événements dégénèrent.

Logan bouillait intérieurement, mais il devait trouver un nouvel angle d'attaque. Du moins, essayer autre chose avant d'employer la force.

Il prit son téléphone et appela Hurley.

*

— OK, je lui en parle, répondit Hurley, qui raccrocha.

Larsky avait été conduit en cellule le temps que son avocat arrive. Hurley était restée seule avec Esméralda en salle d'interrogatoire.

— C'est bien vous qui êtes à la tête de ce cirque ?

— Non, je vous l'ai déjà dit, c'est Mister Moonlight. Le cirque appartient à sa famille depuis des générations. Il n'est pas plus roumain que moi, et je ne descends pas du tout de Dracula !

— D'accord, peu importe. Vous considérez ces gens comme votre famille. Vous vous occupez d'eux comme des enfants que vous n'avez jamais eus, n'est-ce pas ?

Esméralda eut un petit rire.

— Vous comptez établir mon profil psychologique ? Bon courage ! se moqua-t-elle.

— Je suis profileuse, je devrais y arriver.

— La psychologie, c'est de la merde. Une invention pour soutirer de l'argent à de pauvres bougres en détresse.

Hurley avait l'habitude de ce genre de réaction. Les gens ne supportaient pas l'idée d'être transparents, ni que leurs comportements répondent à leur passé, ce qui impliquait une limite au libre arbitre.

— Je ne vous demande pas d'argent, fit-elle remarquer.

— Il ne manquerait plus que ça !

— Nous savons que la plupart, si ce n'est la totalité, de vos employés sont d'anciens délinquants.

Des criminels qui, comme l'a souligné Clive Larsky, ont purgé leur peine. Nous savons, vous et moi, qu'il n'y a rien de plus difficile que la réinsertion : ce n'est pas parce qu'ils ont payé leur dette que la société leur pardonne leurs délits. Les criminels sexuels comme Larsky sont fichés à jamais et vous n'ignorez pas qu'il existe des associations dont le seul but est de les pourchasser leur vie durant, en indiquant leur présence à leur voisinage.

— Clive n'est jamais retombé dans ses travers. Et je peux vous assurer que j'aurais été la première à le lui faire payer.

— Il a avoué être en possession de fichiers pédopornographiques.

Esméralda hocha la tête.

— Si vous regardez sur un écran un homme en train de se faire tuer, êtes-vous pour autant un criminel ?

— Vous pensez que regarder un enfant se faire violer n'est pas un acte aussi répréhensible que l'acte lui-même ?

La voyante parut mal à l'aise. Hurley comprit que, prise au dépourvu et ne s'étant jamais doutée que Larsky avait replongé, elle jouait l'avocat du diable.

— Ne sacrifiez pas tout le cirque pour sauver Larsky, Natalia. Laissez-nous perquisitionner sa caravane. Si nous ne trouvons rien, nous le libérerons. Je ne laisserai pas un innocent aller en prison. Vous ne me connaissez peut-être pas, mais ma carrière parle pour moi.

Esméralda avait pris le temps de se renseigner au sujet de la profileuse. Les louanges ne manquaient pas. À l'évidence, c'était une femme intègre, en couple avec un homme à la réputation exceptionnelle.

— C'est ce qu'on dit aussi de votre compagnon ; pourtant, il agit comme un simple flic soucieux de plaire à une populace avide de sensationnel.

— Mon homme a sans doute beaucoup de défauts, mais aussi une grande qualité.

Esméralda attendit la suite, qui ne vint pas. Alors, elle décida de jouer le jeu et posa la question.

— Laquelle ?

— De s'en remettre toujours à moi quand la situation le dépasse. Ce qui est le cas à présent.

— Qu'est-ce qu'il vous a demandé ?

Elle avait compris que Logan avait appelé Hurley, mais n'avait rien pu entendre de ce qu'il lui disait.

— Il est sur place, prêt à perquisitionner toutes les caravanes. Il a un mandat du juge, mais vos amis forment un cordon pour lui en interdire l'accès. Le shérif a le droit de son côté et peut user de la force pour le faire respecter. Voulez-vous vraiment qu'on en arrive là ?

— Ordure ! cracha Esméralda en secouant la tête.

— Réfléchissez un instant. Que vous pensiez que nous avons tort, cela vous regarde, mais êtes-vous certaine que nous ne trouverons rien chez aucun de vos collègues ? Quelques grammes de drogue, des armes à feu non déclarées ? Le droit nous autorise à mettre en prison toute personne en infraction. Dans ce cas, vous pourrez dire adieu à votre cirque et à tout ce que vous essayez de construire depuis des années.

— Vous n'avez pas le droit, c'est du chantage.

— Ce n'est pas moi qui décide, je vous propose juste un marché. Appelez vos collègues et dites-leur de nous laisser entrer dans la caravane de Larsky, et nous nous en tiendrons là. Sinon, c'est tout le camp que nous fouillerons. De fond en comble.

— OK, on fait ça.

— Évidemment, si nous ne trouvons pas l'ordinateur de Larsky dans sa caravane, ou si le disque dur a été effacé, je considérerai notre contrat comme caduc.

— Vous êtes une belle salope sous vos airs de sainte nitouche, cracha Esméralda, dépitée.

— Où est le problème ?

— On se protège entre nous, et vous ne trouverez rien dans la caravane de Clive. Qu'il ait flanché ou non, c'est à nous de le juger. Son ordinateur est vierge et sa caravane nickel.

— Dans ce cas, vous ne me laissez pas le choix, et je vous demande d'appeler vos amis pour qu'ils n'entravent pas la procédure de perquisition. Sinon, nous les arrêterons tous, de gré ou de force.

Esméralda imagina aussitôt le carnage. Elle pensa à Rodolphe, Achille, Erwin, Adam. Des forces de la nature. Pas très intelligents, mais fidèles. Ils risquaient de perdre le contrôle.

Tant pis, elle devait tout faire pour protéger le cirque, quitte à mettre en péril sa propre liberté.

— J'ai des informations sur Scarlett. Vous laissez tomber la perquisition et je vous les donne.

— Quel genre d'informations ?

— Du genre à chercher dans la bonne direction.

— Je vous écoute.

— Non, je veux d'abord des garanties que vous tiendrez parole.

On frappa à la porte. Hurley alla ouvrir. Le sergent Meaver accompagnait un homme en complet gris, un attaché-case à la main.

— Ce monsieur dit être l'avocat de Clive Larsky, madame.

— Vous tombez à point. Entrez, je vous en prie, répondit la profileuse.

— Vous êtes Jack Bernstein ? demanda Esméralda.

— Moi-même. Et vous, Natalia Svéroga ?

— Oui, c'est moi qui vous ai contacté.

River Falls ne fourmillait pas d'avocats, et Esméralda s'était fiée à des commentaires sur le Net pour faire appel aux services de cet homme proche de la retraite.

— Bien, maintenant que les présentations sont faites, laissez-moi vous expliquer la situation, commença Hurley.

Quand elle eut fini, Bernstein approuva d'un hochement de tête.

— Si je comprends bien, madame Svéroga vous propose des informations en échange de l'abandon des poursuites contre son cirque. Cela me paraît raisonnable.

— Une fois que j'aurai recueilli le témoignage de madame Svéroga, je devrai en référer à ma hiérarchie, répondit Hurley. Mais, tout comme je sais que vous êtes un homme de parole, ajouta-t-elle, vous savez qui je suis.

La flatterie avait toujours été la meilleure façon d'amener quelqu'un à rallier son point de vue.

Elle brancha le caméscope et lança l'enregistrement.

Hurley se filma d'abord en indiquant la date et la raison de cet entretien, puis confirma l'arrêt des poursuites contre Larsky si les informations qu'Esméralda s'apprêtait à donner permettaient l'arrestation du meurtrier. Elle fit ensuite pivoter le caméscope vers Esméralda qui, la mort dans l'âme, déclara :

— Je connaissais Scarlett Whelan. Nous avions échangé par mails, puis par téléphone.

— Scarlett voulait intégrer votre cirque ?

— En quelque sorte. Elle voulait quitter sa famille pour entamer une autre vie. Elle n'était pas heureuse chez elle et j'ai donné mon accord pour la prendre sous mon aile.

Le cirque des oiseaux blessés. Un refuge pour qui ne supportait pas la vie d'un Américain moyen ou avait des problèmes avec la loi.

— Pourquoi nous le dire seulement maintenant ?

— Scarlett était mineure. Ses parents auraient pu nous poursuivre pour kidnapping.

— Vous pensez qu'ils ont pu la tuer ?

— Si je le croyais, je peux vous assurer qu'ils seraient déjà morts ! Je plaisante…, se reprit-elle aussitôt. Pour répondre à votre question : non, je ne pense pas que ce soient eux, mais je reste persuadée que Scarlett avait beaucoup de problèmes. Alors, plutôt que de perdre votre temps à nous chercher des noises ou à courir après un éventuel « tueur en série », vous devriez perquisitionner chez cette gamine, ne serait-ce que sa chambre. Vous y trouverez peut-être les raisons de son mal-être.

Hurley resta impassible, mais s'étonna intérieurement que Logan n'y ait pas pensé plus tôt. Sans doute parce que, persuadé d'avoir affaire à un crime rituel, il n'avait pas creusé la piste la plus probable, celle des proches.

— Je vous remercie de votre témoignage, dit Hurley en se levant. Je vous laisse avec maître Bernstein, je reviens tout de suite.

Chapitre 28

— Vous n'êtes pas obligé de m'accompagner, dit Marion, qui avait boudé durant tout le trajet.

— Je préfère être là. Ces gens viennent de perdre leur fille unique, et je n'ai pas envie que tu les accuses de quoi que ce soit, répondit Stephen.

Il avait tenté de la convaincre de tout laisser tomber, mais Marion n'avait rien voulu entendre. Elle lui avait assuré qu'ils devaient faire confiance à Sarah et qu'il n'aurait jamais dû la traiter avec autant de mépris. Comprenant qu'elle était prête à se rendre seule chez les parents de Scarlett, il avait donc décidé de l'accompagner, même s'il doutait que ce soit une bonne idée.

La maison des Whelan était bâtie sur Golden Hill, le quartier chic de la ville. On y accédait par une longue route qui serpentait sur la colline, d'où la vue plongeait sur River Falls et les montagnes environnantes. Le soleil projetait sur la vallée une lumière resplendissante.

La maison familiale était située tout au sommet. Une villa à plus de dix millions de dollars.

— Vous me prenez pour une idiote ? Vous pensez que je vais les accuser d'avoir tué leur fille ?

— Je n'ai pas dit ça, mais enquêter ne consiste pas à aller interroger des parents en pleine souffrance sans le moindre début de preuve.

— Mais Sarah vous l'a dit ! Combien de fois devrai-je vous répéter de lui faire confiance ?!

— Et combien de fois devrai-je te demander pourquoi ? Je ne connais pas cette femme et elle sous-entend que les parents de Scarlett sont responsables de la mort de leur fille. Entre nous, je déteste les délateurs.

Marion était écartelée entre la parole qu'elle avait donnée et la colère de se sentir humiliée.

— D'accord, je vais tout vous dire, mais je veux votre promesse que vous ne le répéterez à personne. Jamais !

Ils étaient presque arrivés. Stephen ralentit et s'arrêta le long du trottoir.

— Je te promets que je ne dirai rien. Je n'ai jamais trahi une source, tu peux me faire confiance.

Marion se mordilla les lèvres en se triturant nerveusement les doigts.

— J'ai promis de ne rien dire.

— Pourquoi Sarah Good t'a-t-elle fait jurer de ne rien révéler ? Est-ce si grave ?

Qu'avait pu faire cette fichue bonne femme pour vouloir rester dans l'ombre ? Qui était-elle vraiment ?

— Oui. Enfin, je veux dire... oui et non. Sarah essaie seulement de résoudre des affaires classées.

— Dans ce cas, pourquoi se cacher ? Beaucoup de gens aident la justice. Nous, pour commencer. Tu sais combien de journalistes ont permis à des innocents de sortir de prison ?

— Je sais, mais Sarah n'est pas n'importe qui. Pour se protéger, elle est ici sous une fausse identité.

— Elle a témoigné contre des gens puissants, la mafia ?

— Je ne peux pas vous en dire plus, mais croyez-moi : si je vous dis qu'on peut lui faire confiance, c'est que c'est le cas.

— Elle est vraiment professeur d'histoire ?

— Non, répondit Marion piteusement.

Une idée surgit dans la tête de Stephen.

— Elle n'a jamais eu Scarlett comme élève !

— Oui, mais elle connaît quelqu'un qui a été son professeur : Rebecca Carter, vous pouvez vérifier. Sarah vous a rapporté ce que cette personne lui a dit.

— Le ragot d'un ragot ! On va aller loin ! s'énerva Stephen.

— Elle savait que vous réagiriez comme ça, c'est pour ça qu'elle a préféré mentir, mais le reste est pure vérité.

Stephen serra les lèvres et reprit la route dans un silence mortel.

Il se gara devant un grand portail et hésita un dernier instant, mais Marion avait déjà bondi de la voiture pour aller sonner à l'interphone.

Petite pimbêche! se dit-il en sortant à son tour.

— S'il vous plaît, je suis fatigué. Laissez-moi tranquille, répondit une voix masculine.

— Je suis désolée. Je suis journaliste. J'ai des informations sur Scarlett, il faut que je vous parle. C'est très important.

Pourvu qu'ils n'ouvrent pas, pria Stephen en jetant un regard courroucé vers Marion.

Mais le portail coulissa, laissant apparaître une belle villa au bout d'une allée fleurie.

Marion se précipita en avant.

— Attends-moi! s'imposa Stephen.

La jeune fille ralentit.

— Je vous l'ai dit, vous n'êtes pas obligé de venir. Je m'en sortirai très bien toute seule. Je n'ai pas besoin de vous.

Stephen en avait assez.

— Dans ce cas, débrouille-toi. Mais si tu commets un impair, je te promets que tu le regretteras.

— Merci de votre confiance!

Stephen la regarda remonter l'allée et retourna l'attendre dans la voiture. Le portail se referma.

Il alluma la radio et écouta les dernières informations.

— « …en direct du Big Circus. Les forces de police se trouvent toujours dans un face à face extrêmement tendu avec les gens du cirque, qui refusent de les laisser passer. La tension est vive… Mais attendez, il semble que le shérif vienne de raccrocher son portable. Un appel du maire ? un accord pour donner l'assaut ? »

*

— Allez, on rentre tous au commissariat, ordonna Logan en rangeant son téléphone dans sa poche.

— Vous êtes sûr ? s'étonna Lindsay.

— Oui, pour le moment.

Prêts à en découdre, les membres du cirque éclatèrent de rire franchement, mais restèrent soudés au cas où.

Les journalistes s'approchèrent.

— Qu'est-ce qui s'est passé ?

— Pourquoi n'intervenez-vous pas ?

— Craignez-vous un affrontement ?

— Ce sont eux qui ont assassiné Scarlett Whelan ?

Toujours la finesse, soupira Logan en lui-même.

Sans répondre, il retourna sur le parking et, malgré la nuée qui s'était formée autour de lui, monta à bord de son Cherokee. Quand Lindsay eut claqué la portière passager, il mit le contact et quitta le terrain municipal, abandonnant le cirque et ses membres derrière lui.

— Vous pouvez me dire ce qui s'est passé ?

— Oui, Esméralda a parlé.

— Pas vraiment son genre, remarqua la lieutenante.

— C'est ce que je pense.

— Et qu'est-ce qu'elle a dit ?

— Qu'il fallait jeter un œil du côté des parents.

— Quoi ? Elle accuse les parents d'avoir assassiné leur fille ?!

— Apparemment.

Logan regarda dans le rétroviseur et le nombre de véhicules qu'il avait fait déplacer pour cette opération le remplit de colère.

— J'étais avec vous quand nous avons reçu la mère de Scarlett : elle était persuadée que sa fille avait disparu. Je ne peux pas imaginer qu'elle soit coupable.

— Pareil.

Lindsay passa sa main dans ses longs cheveux et reprit :

— Quant au père, il était effondré. Un homme complètement abattu. Vous avez vu son regard. Il ne savait pas que sa fille était morte. J'en suis convaincue.

Sur ce point, Logan ne pouvait pas en dire autant. Il avait vu trop d'hommes jurer par tous les saints qu'ils étaient innocents, avant que les faits ne démontrent le contraire.

— Je n'en sais rien.

— Ne me dites pas que vous croyez aux divagations d'une voyante qui essaie de gagner du temps ! Elle est bizarre, cette femme. Moi, si je devais parier sur un coupable, ce serait plutôt sur elle que sur Whelan.

— Vu comme ça, je suis d'accord avec vous.

Au premier coup d'œil, Logan s'était dit que cette Esméralda n'était pas quelqu'un de bien. Elle rejetait toute autorité et menait sa troupe à la façon d'une secte. Il avait bien vu comment les artistes du cirque l'écoutaient, telle une grande prêtresse des anciens temps.

Mais, ici, on était en Amérique, et ceux qui y posaient le pied devaient en respecter les lois à la lettre s'ils ne voulaient pas finir en prison.

— Vous comptez interroger Whelan ?

— Non, je veux d'abord parler à Esméralda. Après, on avisera.

*

— Bonjour, monsieur Whelan, je suis sincèrement désolée de vous déranger en de si tristes circonstances, mais j'aimerais écrire un article sur votre fille.

L'homme se tenait sur le perron de sa maison. Légèrement débraillé. Il dévisageait Marion d'un regard perdu.

— Vous êtes vraiment journaliste ? Je veux voir votre carte de presse.

Il sentait l'alcool. Un moyen comme un autre d'anesthésier la douleur.

— Bien sûr. Je suis Marion Zucker, je travaille pour le *Daily River*. Je viens juste d'être embauchée, mais vous avez peut-être lu mon article dans l'édition d'aujourd'hui.

— Vous avez quel âge ?

— Vingt-deux ans, mentit-elle.

— Entrez.

Marion passa devant et découvrit un intérieur très soigné.

— Votre épouse n'est pas là ?

— Non, elle se repose dans un centre. Elle est sous médicaments. J'aurais peut-être mieux fait de la rejoindre, d'ailleurs.

— Je comprends. Aussi, je ne vais pas vous importuner longtemps. J'aurais juste quelques questions à vous poser.

— Je croyais que c'était vous qui aviez des choses à m'apprendre. Si vous ne savez rien sur l'ordure qui a fait ça, je n'ai rien à vous dire, répondit sèchement Whelan.

Marion vit soudain de la fureur contenue traverser son regard et songea qu'elle n'aurait peut-être pas dû demander à Stephen de partir. Whelan n'avait pas le profil d'un tueur, mais, sous l'emprise de l'alcool, bien des hommes étaient capables du pire.

— Je suis certaine que Sam Quinto n'est pas l'assassin de votre fille. Et je sais que Scarlett n'allait pas bien. Vous serait-il possible de me montrer sa chambre ?

— Qu'est-ce que vous cherchez, mademoiselle ? C'est à la police d'enquêter. À ce qu'on dit, ils pensent que des gens du cirque sont coupables.

— Eh bien, à mon avis, le shérif fait fausse route.

— Et c'est du haut de vos vingt-deux ans que vous avez trouvé ça ? ironisa Whelan.

Marion vit les larmes dans ses yeux. Cet homme souffrait le martyre.

— Suivez-moi, décida-t-il soudain.

Marion se sentait de plus en plus mal à l'aise. Elle s'était crue capable de découvrir la clé de cette affaire, et Stephen avait peut-être raison : elle n'apprendrait rien d'un homme déchiré par la douleur. La chambre de Scarlett lui en dirait peut-être davantage.

Ils traversèrent le vestibule et montèrent par l'escalier principal. Un couloir. Au mur, des paysages assez banals, mais agréables.

La maison type d'une famille modèle.

— C'est ici, mais je ne vois pas ce que vous comptez y trouver, déclara Whelan en ouvrant la porte.

Une chambre comme celle de la plupart des adolescentes. Quelques livres sur une étagère, une accumulation de babioles et de peluches. Des posters de starlettes de la chanson aux murs.

— Je sais que Scarlett n'allait pas bien, ces dernières années.

— Qu'est-ce que vous racontez ?! Ma petite chérie était la plus heureuse des filles. Elle ne manquait de rien.

Marion comprit alors que mener un entretien était un art. Elle qui s'était imaginée un nombre incalculable de fois en train d'interroger des personnes comme une vraie détective, trouvant toujours le bon angle, la question qui fait mouche, elle se jugeait bien maladroite.

Si seulement Stephen avait été là !

— Je comprends. J'ai appris que vous lui faisiez donner des cours de rattrapage, et je me demandais si elle avait du retard en classe.

— Je vois, dit Whelan, qui se détendit soudain.

Marion fut soulagée. Elle avait touché en plein dans le mille.

— Vous pouvez m'en dire plus ?

— Vous avez parlé à Rebecca, n'est-ce pas ?

— Je ne cite jamais mes sources, protesta Marion.

Whelan s'approcha d'elle, le regard menaçant.

— Vous venez chez moi, soi-disant pour faire le bien, et vous me harcelez de questions. Je connais votre genre.

Marion recula et sentit la peur monter en elle.

— S'il vous plaît, arrêtez. Je veux juste faire un papier et je crois que j'ai tout ce qu'il me faut.

Whelan approcha un peu plus. Marion buta contre le bureau de Scarlett.

— Vous croyez que j'ai tué ma petite fille, hein ? C'est bien ce que vous pensez ?

— Non, je n'ai jamais dit ça, se défendit Marion.

Whelan bondit sur elle et lui prit le visage entre ses mains.

— Ma fille était tout pour moi, et tu oses me traiter de tueur ! Tu ne sais pas ce qu'est l'amour d'un père pour sa fille. Ton père ne t'a jamais aimée !

Le souvenir de ses parents disparus revint comme un flash à Marion. C'étaient des gens bien. Son père n'était certainement pas un alcoolique incapable de se contrôler.

— Lâchez-moi ou je hurle !

— Tu peux hurler, petite garce, il n'y a personne d'autre que moi dans cette maison.

— J'ai mon collègue qui attend dans la voiture. Il ne va pas tarder à me rejoindre si je ne reviens pas.

Whelan eut un petit rire désinvolte.

— Mais bien sûr. Vous venez à deux, mais l'autre attend tranquillement dans la voiture ! Et pourquoi ce « collègue » n'est-il donc pas venu ?

Whelan lui posa une main sur un sein, et Marion sentit tout son corps se tétaniser d'horreur.

— Lâchez-moi, je vous en prie…

Whelan avait l'air totalement ailleurs. La douleur pouvait rendre fou le plus droit des hommes.

— Oh, que non, petite garce.

Il lui attrapa les cheveux et lui tira la tête en arrière avant de la plaquer contre le mur.

Marion était incapable de hurler. Une peur comme elle n'en avait jamais éprouvé lui coupait le souffle.

Whelan colla soudain sa bouche sur la sienne.

Coincée contre le bureau, Marion se saisit du premier objet qui lui tomba sous la main, un petit vase en cristal dont elle frappa le crâne de son agresseur aussi fort qu'elle put.

Surpris, Whelan poussa un cri et desserra suffisamment son étreinte pour qu'elle parvienne à s'échapper.

Marion tremblait de tous ses membres. Elle voulut hurler, mais sa gorge nouée par le stress ne pouvait émettre le moindre son. Rassemblant ses forces, elle réussit à traverser la chambre, mais trébucha et s'effondra près de la porte.

*

Stephen éteignit la radio. Il ne supportait plus la logorrhée insipide et improductive de sa consœur qui gardait l'antenne pour déverser des évidences sans intérêt.

« Le shérif vient d'arriver au commissariat », « je le vois sortir de sa voiture », « est-ce qu'il va parler ? », « eh bien, non, il rentre directement à l'intérieur »...

Il avait parfois du mal à penser qu'il avait la même carte de presse que ce genre de journaleux !

Stephen s'alluma une cigarette en se demandant pour la énième fois ce qu'il faisait là. Il était à deux doigts de partir et d'abandonner Marion chez les Whelan. Cette gamine capricieuse, prête à croire les divagations d'une folle en mal de reconnaissance, méritait de rentrer à pied ou d'appeler un taxi.

Il se jura de mener son enquête sur Sarah Good et tira une large bouffée de sa cigarette. Soudain, une idée lumineuse lui traversa l'esprit. Il attrapa son téléphone et appela Lindsay. Trois sonneries plus tard, elle décrocha.

— Stephen ?

— Oui, désolé de te déranger, je...

— Écoute, ce n'est vraiment pas le moment, je viens tout juste de rentrer au commissariat. Je ne peux pas encore te dire pour ce soir.

Il sourit et la reprit aussitôt :

— Non, en fait, j'ai besoin d'un service, mais ça peut attendre.

— Quel genre de service ? demanda Lindsay, subitement méfiante. Si c'est à propos de mon affaire, je ne te dirai rien. Absolument rien.

— Non, je veux juste un renseignement sur une femme.

— Une femme ? s'amusa Lindsay. C'est quoi, cette histoire ?

— Un témoin vient de nous refiler des informations et prétend que les parents Whelan ne seraient peut-être pas très clairs.

Il y eut un silence.

— Allô ? dit-il.

— Excuse-moi, mais ton témoin ne serait pas Natalia Svéroga, plus connue sous le nom d'Esméralda ?

— Pourquoi ?

— Parce qu'elle vient de nous dire la même chose. Je ne sais pas comment tu as fait pour obtenir ces informations, mais, quoi qu'il en soit, je ne te dirai rien sur elle. Je te rappelle ce soir.

— Lindsay…

Trop tard, elle avait raccroché. Lui qui attendait des réponses, il se retrouvait face à encore plus de questions. Pourquoi Esméralda prétendait-elle que les parents Whelan étaient bizarres ? Quel rôle jouait-elle dans cette affaire ? Tout de même, drôle de coïncidence…

Et si Esméralda disait vrai, Sarah n'avait peut-être pas tort ? Les Whelan étaient peut-être vraiment louches !

Stephen appela Marion sur son portable. Après cinq sonneries, il tomba sur le répondeur. Il hésita et préféra ne pas laisser de message.

Elle me boude, trop contente de me clouer le bec, estima-t-il.

Il jeta sa cigarette par la vitre baissée et, prenant son mal en patience, ralluma la radio.

*

— C'était qui ? demanda Portnoy en rejoignant Lindsay dans le couloir.

— Ça te regarde ?

— Oui, tout me regarde quand il s'agit de toi.

Lindsay secoua la tête en souriant. Elle avait lié avec le lieutenant une relation de complicité qui ne franchissait jamais le seuil de l'indiscrétion.

— Ta copine. Elle voulait savoir si tu rentrais ce soir.

— Très amusant, ronchonna Portnoy en ouvrant la porte de la salle où se trouvaient Hurley et Esméralda.

— Où est le shérif ? s'enquit Hurley en les voyant passer la porte.

Tout le monde connaissait sa relation avec Logan, mais devant témoin elle se devait de rester professionnelle.

— Il arrive, il est avec le maire au téléphone.

— Le maire ! J'ai bien envie de lui dire un mot, moi aussi ! s'exclama Esméralda en se tournant vers maître Bernstein. Vous savez que l'eau n'est pas potable sur le terrain ? On a été obligés de négocier avec un fermier du coin pour abreuver nos bêtes. Ce n'est pas ce qui était prévu dans le contrat.

Jolie tentative de revenir à un réel moins pesant ou de faire diversion, se dit Hurley. *Comme si c'était possible !*

— J'en prends note, madame Svéroga, mais pour l'heure je crois qu'il y a plus important, répondit Bernstein.

La porte se rouvrit et Logan entra à son tour. Il avait l'air épuisé. Il s'essuya le front et prit place à côté de Hurley. Ses deux lieutenants étaient restés debout en silence.

— Bien. Madame Svéroga, il est temps que nous parlions. Jessica Hurley m'a fait part de vos soupçons concernant la famille Whelan. Vous pouvez comprendre que, sans la moindre preuve, il est hors de question que je lance une accusation contre eux, sur les simples ragots d'une voyante.

— Ce ne sont pas des ragots. Les preuves, je les ai.

— Où sont-elles ?

— Laissez-moi parler, intervint l'avocat. Ma cliente a eu un échange de mails avec Scarlett Whelan. La jeune fille voulait quitter River Falls en toute discrétion.

— Scarlett était mineure, cela aurait été un enlèvement, dit Logan.

— C'est pour cette raison que nous avons passé un marché. Nous vous aidons dans l'enquête et, de votre côté, vous n'engagez aucune poursuite.

— Ça reste à voir.

— Non, nous avons conclu un accord avec une représentante du FBI, ici présente, qui a été validé par sa hiérarchie à Seattle.

— Ils ne sont pas habilités sans mon assentiment.

Logan détestait quand Hurley profitait de ses relations privilégiées avec le FBI pour passer par-dessus lui.

— Ils ont dit que vous seriez d'accord.

Un portable sonna. Logan grogna avant de prendre conscience qu'il s'agissait du sien.

Nathan Blake. Il se leva, marmonna une excuse et sortit de la pièce. Il se cala contre le mur du couloir.

— Allô ? Nathan ?

— Mike, je viens de recevoir les résultats d'analyse ADN du sperme trouvé sur la victime.

Logan sentit son cœur s'emballer.

— Tu as une correspondance ?

— Oui, répondit Blake, laconique.

— Sam Quinto ? demanda Logan, qui voulait encore y croire.

S'il était le dernier avec qui Scarlett avait eu des relations sexuelles, il pouvait être le tueur. Dans le cas contraire, cela l'innocentait de façon quasi certaine.

— Non, ce n'est pas le sien.

Et merde ! ragea Logan en lui-même.

Un innocent était mort noyé en voulant échapper à la police.

Il imaginait déjà la presse s'acharner contre lui. Il avait intérêt à trouver rapidement l'assassin de la gamine.

— Et je suppose que tu n'as pas de nom, dit-il, défaitiste.

Il connaissait Blake par cœur. Son ton était totalement différent quand il avait une réponse ou quand il n'en avait pas.

— Au contraire. Je sais qui a violé Scarlett.

— Tu as dit toi-même que rien n'indiquait le viol.

Blake n'avait pas parlé de pénétration forcée, ce qui laissait le doute subsister.

— Je peux t'assurer qu'il s'agit bien d'un viol.

— Écoute, je ne suis pas d'humeur à jouer aux devinettes. Dis-moi ce que tu as trouvé.

Il entendit Blake prendre une grande inspiration avant de déclarer :

— L'ADN du sperme a des génomes communs avec celui de Scarlett. Pour être clair, elle a eu des rapports sexuels avec un membre de sa famille. Étant donné qu'elle n'a ni frère, ni grand-père, ni oncle à River Falls…

— Son père ! conclut Logan, horrifié.

*

Marion se redressa aussi vite qu'elle avait chuté. Mais, derrière elle, Whelan se relevait aussi.

Oubliant sa terreur, elle réussit à sortir de la chambre et se précipita dans le couloir.

— Tu n'as aucune chance, sale morveuse !

Elle courut jusqu'à l'escalier.

— Pour qui tu te prends, salope ? Venir m'insulter chez moi !

Marion s'obligea à ne pas l'écouter.

Tu vas y arriver, tu y es presque, se répétait-elle en descendant les marches quatre à quatre.

Elle parvint au rez-de-chaussée.

Oui, tu vas le faire.

Le temps s'écoulait comme au ralenti. Plus rien n'existait. Elle était mue par un instinct primaire de survie. Surtout, ne pas se retourner. Ne pas penser à ce qui pouvait arriver si…

Une main la tira violemment par sa veste, ce qui lui fit perdre l'équilibre. Elle tomba douloureusement sur le carrelage.

Elle était dans le vestibule. La porte d'entrée était à deux mètres. Mais l'imposante silhouette de Whelan se planta au-dessus de son visage ruisselant de larmes.

Non, ce n'est pas possible. Pas moi !

Un cri terrible surgit enfin de sa gorge. Un hurlement qui ne demandait qu'à sortir.

Whelan se pencha sur elle. Dans un réflexe, Marion réussit à lui envoyer un coup de pied en plein dans l'entrejambe.

Mais le coup n'était pas assez puissant pour qu'il s'effondre, tordu de douleur. Whelan recula et se plaça entre elle et la porte, le regard complètement halluciné.

Bourrée d'adrénaline, Marion parvint à se relever et courut jusqu'au grand salon. Mais il lui attrapa les cheveux et la poussa sur le canapé. En chutant, elle se griffa le genou contre la table basse.

Dans l'instant qui suivit, Marion sentit le corps de Whelan tomber sur le sien. Une envie de vomir la submergea. Elle était en train de vivre le plus horrible cauchemar de son existence.

— Je vous en supplie, je vous…

Mais sa gorge se noua et elle se mit à pleurer.

— Je ne vais pas te tuer, oh non, tu vas voir ce que je sais faire.

Marion se débattit avec l'énergie du désespoir, mais Whelan était beaucoup trop fort. Elle sentit une main lui passer sous les fesses, et elle se remit à hurler.

Whelan prit un peu de recul et lui assena une gifle d'une violence inouïe.

Une douleur insupportable irradia tout son visage.

À califourchon sur elle, son violeur commença à déboutonner son pantalon.

— Essaie encore de hurler et je t'étrangle, la menaça Whelan sans la quitter des yeux.

— Non, je vous en prie, je ne dirai rien, je vous en supplie, bredouilla-t-elle.

— Bien sûr que tu ne vas rien dire, mon petit trésor, murmura-t-il d'une voix soudain doucereuse, tandis qu'il sortait son sexe et se collait contre elle.

Marion ferma les yeux. Elle savait qu'elle n'avait plus aucun espoir. Ne pas s'effondrer. Accepter son sort et croire de toutes ses forces qu'il ne la tuerait pas après avoir commis son forfait.

Mon Dieu, si vous existez…

Et, soudain, un terrible fracas de verre brisé retentit dans le salon.

Marion rouvrit les yeux. Une des statues du jardin venait d'atterrir sur le sol. Puis une ombre mouvante enjamba les restes de la baie vitrée pour se ruer vers eux.

Whelan tenta de se redresser, mais, avec son pantalon à moitié baissé, il faisait une proie facile.

Stephen bondit sur lui et lui envoya une droite en plein plexus solaire. Les deux hommes partirent en arrière et s'étalèrent sur la table basse, qui explosa à son tour en mille éclats de verre.

Stephen était envahi d'une rage comme il avait espéré ne jamais plus en ressentir. La rage des terrains de guerre où son métier l'avait conduit. La rage de se retrouver impuissant face aux femmes maltraitées, pétries de douleur, esclaves sexuelles enchaînées, mortes à l'intérieur.

Il ne laisserait jamais une telle horreur se commettre ici.

Il attrapa Whelan à la gorge et serra aussi fort qu'il put.

Je vais le tuer, je vais le tuer, se répétait-il, nourri par une haine qui jaillissait du tréfonds de son être.

Whelan cessa brusquement de se débattre et Stephen relâcha légèrement sa prise. Mais l'autre lui envoya un coup violent dans les côtes.

— Attention ! hurla Marion.

Whelan avait saisi un cendrier et se redressait pour le lui jeter en pleine figure.

— Crève, ordure !

D'un coup, le regard surpris de Whelan devint vitreux. L'homme tomba comme une masse, inconscient.

Encore ivre de rage, Stephen contempla Marion, totalement débraillée, le visage ensanglanté, un tisonnier à la main.

— Je l'ai tué ? dit-elle d'une voix atone, sans bien se rendre compte de ce qu'elle venait de faire.

Stephen se pencha sur Whelan. Le cœur battait encore, mais une rigole de sang coulait de son cuir chevelu.

— Non.

Marion poussa un nouveau cri et s'apprêtait à le frapper encore quand Stephen s'interposa.

— Ne fais pas ça : il doit payer pour ses crimes, mais pas de cette façon.

— Je veux qu'il meure, il doit mourir, il a voulu me violer !

Stephen s'approcha d'elle et, avec des gestes lents, posa sa main sur la sienne pour lui reprendre le tisonnier avec douceur.

Marion éclata en sanglots et se laissa tomber sur le canapé, le visage dans ses mains.

À ce moment, une sirène de police retentit. Stephen se détendit légèrement.

— Tout est fini, Marion, tout est fini, la rassura-t-il sans quitter des yeux le corps inerte de Whelan.

Il était prêt à le frapper au moindre mouvement.

*

Logan, Portnoy et Lindsay sortirent du Cherokee.

Une voiture était garée contre le portail de la villa des Whelan. Quelqu'un avait voulu en bloquer l'accès ou entrer sans autorisation…

Lindsay monta sur le capot, puis sur le toit, pour observer les lieux. Pas un bruit. Pas un signe de vie.

— J'entre ?

— Oui, répondit Logan, mais Henry passe devant. Toi, tu le couvres.

Lindsay garda pour elle son agacement – ce côté chevaleresque que les hommes se sentaient obligés de manifester en cas de danger – et laissa son collègue passer le premier avant de sauter par-dessus le portail.

Arme pointée devant eux, ils avancèrent sans bruit, à l'affût du moindre mouvement derrière les fenêtres. Rien de pire qu'un homme retranché, dans l'attente de faire un carton.

Mais rien, pas un bruit.

Ils poussèrent la porte d'entrée, qui s'ouvrit lentement.

Lindsay jeta un regard vers Portnoy.

— S'il est armé, on le bute, OK ?

Elle savait ce que Whelan avait fait à Scarlett, et elle avait décidé de ne prendre aucun risque avec cette pourriture.

C'est alors qu'une frêle jeune fille apparut.

— Je la connais ! s'exclama Portnoy en se précipitant vers Marion.

Elle avait la bouche en sang et un hématome sur la joue.

— Qu'est-ce qui s'est passé ? s'inquiéta Lindsay.

Marion était en état de choc. Incapable de parler, elle désigna l'intérieur de la maison. Puis elle s'écarta pour les laisser passer et, d'un geste mécanique, appuya sur le bouton qui actionnait le portail pour que la police puisse entrer.

Lindsay s'était élancée dans l'entrée sans attendre Portnoy.

— Il y a quelqu'un ?

Elle passa le vestibule et aperçut…

— Stephen ?!

Le salon était sens dessus dessous. Vitres brisées, meubles retournés.

— Qu'est-ce que vous foutez là ? tonna Portnoy en rejoignant sa collègue.

Il vit Whelan allongé sur le sol, immobile, la tête baignant dans une flaque de sang. Aussitôt, il redressa son arme, prêt à faire feu.

— Whelan a tenté de violer ma consœur, expliqua Stephen en levant les mains en l'air.

— Ça n'explique pas ce que vous foutez ici !

— Je suis journaliste, j'ai ma carte de presse dans la poche.

Lindsay gardait le silence. Stephen comprit qu'il valait mieux éviter de dire qu'ils se connaissaient.

Pour tout le monde, il était le gars qui avait sauvé la vie d'une flic en détresse. Pas son ancien petit ami.

— Journaliste. Vous m'en direz tant, grogna Portnoy. Montrez-moi votre carte. Et pas de mouvement brusque, j'ai la gâchette facile.

Il y eut un grand remue-ménage dans l'entrée. Logan et quatre autres policiers investissaient la maison.

— Sécurisez les lieux !

— Il n'y a personne d'autre que nous ! cria Stephen, qui venait de sortir son portefeuille.

Logan entra dans le salon.

— Vous ?!

— Ce type est journaliste, comme la petite. Du moins, c'est ce qu'il prétend.

Stephen ouvrit son portefeuille et tendit sa carte de presse.

Logan contourna le corps de Whelan et la lui prit des mains.

— Stephen Callahan, *News of Washington*... Vous connaissez Leslie ? demanda-t-il, dubitatif.

— Leslie Callwin. Oui. Je sais que c'est une amie de votre compagne et la marraine de Brian, si je ne m'abuse.

Logan lui rendit sa carte.

— C'est bon, baissez vos armes, dit-il à l'attention de ses subordonnés.

Whelan gémit. Il n'allait pas tarder à reprendre connaissance.

— Au moins, il n'est pas mort, commenta Logan.

— Non, et je vais tout vous expliquer.

— J'y compte bien. Henry, passe-lui les menottes. Vous autres, embarquez-moi tout ça.

— Pas Marion. Je vous en prie. Conduisez-la à l'hôpital, plaida Stephen.

— Whelan a tenté de la violer, ajouta Lindsay en venant à son secours.

Logan fit la moue.

— D'accord. Mais vous ne la lâchez pas des yeux. Lindsay, je te charge de l'interroger.

Les forces de police commencèrent alors la fouille systématique de la maison.

*

Lindsay se dirigea vers Marion, qui était restée près de l'entrée, perdue dans ses pensées.

— Marion ?

La jeune fille redressa la tête.

— On va te conduire à l'hôpital.

Aucune réaction.

— Il faut que tu nous donnes le nom d'une personne à contacter. Tes parents ?

Marion imagina la réaction de son oncle, et la honte la submergea.

— J'ai besoin d'un nom, insista Lindsay.

— Je suis majeure.

Portnoy, qui s'était approché, en doutait. Comme il doutait toujours de l'identité de ce prétendu Stephen Callahan.

— Tu as une carte d'identité ?

Marion lui tendit un document passablement fatigué.

Portnoy l'observa minutieusement. La photo datait de plusieurs années.

— Marion Zucker… Vous êtes l'enfant sauvage ? demanda-t-il soudain.

Les traits du visage, le nom, l'âge. Tout cela avait créé un déclic dans sa mémoire.

Lindsay fronça les sourcils. Elle se souvenait de l'histoire de cette enfant retrouvée dans la forêt, plus d'un an après avoir disparu avec ses parents.

— Oui, répondit Marion d'une petite voix.

— Venez, dit Lindsay aussi chaleureusement qu'elle le pouvait.

— N'appelez pas ma famille. Je ne veux pas qu'ils sachent.

— D'accord, mais il va falloir qu'on parle. Il est nécessaire que vous nous racontiez tout ce qui s'est passé, et comment vous vous êtes retrouvée ici. D'accord ?

— Oui.

Émue par la détresse de la jeune fille, Lindsay lui passa une main maternelle sur le front.

— C'est fini, lui dit-elle. C'est fini.

Chapitre 29

Stephen attendait dans la salle d'interrogatoire depuis plus d'un quart d'heure. Il avait dû subir l'humiliation d'arriver menotté et encadré par deux policiers au commissariat, sous les yeux ébahis des représentants de la presse massés devant l'entrée.

Le shérif lui avait interdit de s'expliquer.

Ses « chers collègues » devaient s'en donner à cœur joie, et l'accusaient peut-être même déjà d'avoir tué Scarlett. « Un serial killer journaliste ! » Il imaginait sans peine les gros titres et les articles racoleurs piétinant sa carrière, interrogeant l'authenticité de ses reportages et la réalité de son courage…

La porte s'ouvrit enfin sur Hurley et Logan. La profileuse prit place face à lui, le shérif resta debout et posa le journal du jour sur la table.

— Bel article. Félicitations, ironisa Logan.

— Merci.

— Qu'est-ce que vous faisiez là-bas, hier ?

— Mon travail. Je suis journaliste.

— Et, comme par hasard, vous étiez au bon endroit, au bon moment. Aujourd'hui aussi. Quelle coïncidence !

— Je suis un bon journaliste. Mes articles ont été distingués par plusieurs prix.

Stephen ne se laissait pas faire. Logan ne l'en détesta que davantage. Quelle arrogance, alors qu'on l'avait pris la main dans le sac !

— Tant que Whelan n'aura pas recouvré ses esprits, reprit le shérif en lui tournant autour tel un vautour, vous êtes aussi suspect que lui, compris ?

— Je peux tout vous expliquer, répondit Stephen.

— Allez-y. Et soyez précis : j'ai horreur qu'on me prenne pour un idiot. Ce n'était pas très malin de me cacher qui vous étiez, hier.

— Tout le monde sait que vous n'aimez pas les journalistes, je n'ai donc pas jugé utile de me présenter. Je venais en plus de sauver l'une de vos agents.

— À moins que vous n'ayez voulu sauver la vie de Sam Quinto. Que savez-vous de lui ?

— Absolument rien. Des amis m'ont informé que vous aviez fait une descente dans le camp de SDF et que vous poursuiviez l'un des leurs.

— Je veux le nom de votre informateur.

C'était Marion, qui tenait certainement ses informations de Sarah Good. Stephen était à deux doigts de lui révéler son nom, mais son professionnalisme prit le dessus.

— Je suis désolé, mais je suis contraint au secret de mes sources.

— Il s'agit du meurtre d'une jeune fille.

— Allons, vous savez aussi bien que moi que je n'ai rien à voir avec cette histoire.

— Cela reste à prouver, répliqua Logan.

Stephen avait du mal à garder son calme. Il préféra se concentrer sur la profileuse, qui n'avait pas dit un mot depuis qu'elle s'était assise en face de lui.

— Je vais tout vous raconter.

— Je vous écoute, dit posément Hurley.

— Je suis grand reporter au *News of Washington*...

— Je connais votre palmarès. Leslie Callwin m'a beaucoup parlé de vous. Elle adore votre travail.

— Vous l'avez appelée ?

— Oui. Elle m'a confirmé que vous aviez quitté Portland pour une vie plus paisible à River Falls.

Le coup du gentil et du méchant flic. Classique. Mais Stephen voulut croire que Hurley était sincère.

— Quand je suis passé au *Daily River* hier matin, mon intention était d'écrire un article sur le cirque. Je l'ai remarqué vendredi, en arrivant...

— Comme par hasard..., répéta Logan avec la certitude que ce type était en train de mentir.

Stephen marqua un bref silence et poursuivit, sans relever le sarcasme du shérif :

— Toujours est-il que je me suis rendu sur place, mais que la troupe s'est montrée réfractaire à toute idée de reportage. C'est là que mon informateur m'a appelé.

Il relata alors comment Marion et lui s'étaient retrouvés dans les bois où, par chance, ils avaient pu sauver Lindsay Wyatt d'une mort certaine.

Puis il raconta comment, le matin même, ils avaient reçu une information sur le passé douteux du père de Scarlett.

— Et je dois vous croire sur parole. Qu'est-ce qui me dit que vous n'êtes pas le complice de son assassin ?

Stephen s'était juré de ne pas balancer Sarah Good, mais il devait rendre crédible son récit. Alors, autant lâcher un nom.

— Rebecca Carter. Elle a donné des cours à Scarlett et a arrêté subitement, parce qu'elle trouvait suspect le comportement des parents.

— Nous allons vérifier cela.

— Vous pouvez. C'est pour cette raison que nous sommes allés interroger Whelan.

Logan cessa de tourner en rond et frappa du poing sur la table. Hurley ne cilla pas.

— Expliquez-moi comment votre collègue a pu se faire agresser si vous étiez avec elle.

C'était là que le bât blessait.

Désolé, Stephen dit la vérité : il n'était pas sûr de sa source et avait failli renoncer à aller voir Whelan. Mais Marion avait insisté et il l'avait laissée y aller toute seule.

— Je le regrette sincèrement. Quand mon informateur m'a rappelé pour me confirmer que Whelan était suspect, j'ai essayé d'appeler Marion. Comme elle ne répondait pas, je me suis inquiété. J'ai déplacé ma voiture devant le portail pour pouvoir sauter par-dessus, et vous connaissez la suite.

Logan émit un bruit de bouche. Il détestait ce type, mais il avait tendance à le croire. Cela lui posait pourtant un autre problème.

— Votre indic est quelqu'un de chez nous, n'est-ce pas ?

— Non ! fit Stephen avec un mouvement de recul que Logan et Hurley interprétèrent aussitôt comme un signe d'assentiment.

— Vous vous êtes engagé à dire la vérité, insista Hurley.

— J'ai droit à un avocat ?

Hurley eut un sourire amusé.

— Non.

— Ce n'était pas vraiment une question, la défia Stephen.

— Je sais, mais ce n'est pas nécessaire. Vous n'êtes inculpé de rien. Je vous crois, comme je crois que votre indicateur est de la police et que nous finirons par trouver qui il est.

Du simple bluff. Ils n'avaient aucune chance de remonter jusqu'à Lindsay, à moins de pirater son smartphone. Mais ils n'en avaient pas le droit sans l'intervention du juge, qui ne leur en donnerait jamais l'autorisation. Protection des sources... même si, depuis le Patriot Act, les choses avaient beaucoup changé.

Mais le pire, c'était que Lindsay ne lui avait lâché aucune info !

— Alors, je peux partir ?

— Oui. Nous vous prierons cependant de rester dans les parages. Nous aurons sûrement d'autres questions à vous poser. Nous avons également besoin de votre déposition sur le sauvetage du lieutenant Wyatt, intervint Logan.

— Cela va de soi, dit Stephen en se levant.

— Je peux vous demander votre avis ? s'enquit Hurley.

— À quel sujet ?

— Vous pensez que c'est Whelan qui a tué Scarlett ?

Stephen s'attendait à tout, sauf à cette question.

— Cela me paraît évident, répondit-il spontanément.

— Très bien, merci.

Stephen ne bougea pas. Hurley avait piqué sa curiosité.

— Ce n'est pas votre avis ? Vous pensez qu'il est innocent ?

— Au revoir, monsieur Callahan.

— Je pourrais vous aider, je suis de la ville.

— Nous vous remercions de votre collaboration, conclut Hurley.

— Si vous pouviez éviter de parler à la presse dès que vous serez sorti, en mémoire de Scarlett et pour protéger votre collègue…, ajouta Logan.

— Je peux quand même proclamer mon innocence ? Je suis entré ici menotté.

Logan eut un petit rire sec.

— Allez-vous-en.

À peine Stephen eut-il quitté la salle d'interrogatoire que Logan se pencha vers sa compagne.

— Qu'est-ce que c'est ce délire à propos de Whelan ? Bien sûr qu'il est coupable !

Hurley détestait jouer les Cassandre et aurait préféré que tout fût aussi simple.

— Ça ne colle pas. Le rituel, les cartes divinatoires… Whelan n'a rien d'un adepte de secte.

— Ça, c'est toi qui le dis. On va d'abord l'interroger et, s'il est coupable, je te jure qu'il va parler.

— J'espère que tu as raison, répondit Hurley, qui en doutait sérieusement.

Chapitre 30

— Avez-vous de vrais pouvoirs de divination ?

— Est-ce que les cartes ont parlé ?

— Si Tom Whelan est le tueur, Sam Quinto est donc innocent ?

Esméralda leva les mains devant la foule de journalistes massés devant le commissariat. Elle prit un air très solennel, goûtant intérieurement cet instant de gloire médiatique. Si tragique que soit la situation, elle avait une revanche à prendre sur le shérif et ses hommes qui l'avaient traitée comme une moins que rien.

— S'il vous plaît, le moment est mal choisi pour de telles questions. Je peux seulement vous dire que c'est avec un sens profond de mon devoir de citoyenne que j'ai proposé de collaborer avec les services de police pour retrouver l'assassin de Scarlett Whelan. J'ose croire que mon aide leur a été précieuse.

— Vous avez eu une vision ? demanda une jeune femme en tendant son micro si près qu'Esméralda crut un instant qu'elle allait se faire assommer.

— Je ne peux rien dire, cela est confidentiel. Mais je tiens à remercier la police, qui fait le maximum pour résoudre cette affaire. À présent, je vous prie de me laisser passer, je suis extrêmement fatiguée.

Et la question qu'elle attendait arriva :

— Vous allez annuler votre représentation du jour ?

Esméralda prit le temps d'une longue pause mélodramatique.

— J'ai longtemps hésité, répondit-elle, mais vous savez ce qu'on dit : « *The show must go on.* » Rendre le sourire aux habitants de cette ville meurtrie est tout ce que je souhaite. Par ailleurs, nous avons décidé de reverser les bénéfices de la représentation de ce soir à une association pour l'enfance en danger.

Le regard perdu sur la foule, elle crut soudain reconnaître un visage et se sentit défaillir. L'instant d'après, il avait disparu.

Mister Moonlight la soutint d'une main ferme.

— Je vous en prie, ça suffit, dit-il en entraînant sa compagne.

Esméralda se laissa guider jusqu'à la voiture. Elle était certaine d'avoir déjà vu ce visage, mais incapable de se rappeler où et pourquoi il lui faisait si peur.

— Sandy, chuchota-t-elle dans un souffle.

— Ne craque pas, murmura Mister Moonlight en démarrant. Nous ne sommes pour rien dans cette histoire.

Chapitre 31

— Comment tu te sens ? demanda Lindsay.

Son téléphone coincé contre l'épaule, elle roulait sur un petit chemin de terre qui conduisait aux vieilles fermes, à la périphérie de la ville. Les derniers habitants vivaient difficilement en autosuffisance sur des terrains trop petits, un décret leur ayant interdit toute extension pour protéger la forêt alentour.

— J'ai connu mieux. Mais j'ai connu pire, répondit Stephen à l'autre bout du fil.

— Tu as dit que tu me connaissais ?

— Non, bien sûr que non. Je crois qu'il vaut mieux garder ça pour nous. Pour l'instant.

— C'est clair.

Elle aurait dû parler de son passé à Logan, mais comment imaginer qu'ils vivraient une telle matinée ? C'était trop tard, maintenant. Le shérif ne comprendrait pas pourquoi elle lui avait caché sa relation avec Stephen et trouverait son silence suspect.

— Comment va Marion ?

— Elle va bien. Pas de fracture de la mâchoire, mais un bel hématome. Tu lui as sauvé la vie.

— Non, au contraire. Tout est ma faute, j'aurais dû l'accompagner.

— Tu parles comme un vieux flic.

— Flic, journaliste, deux faces d'une même médaille.

Lindsay sourit en passant devant un champ de tournesols.

— Vous avez prévenu son oncle ? reprit Stephen.

— Oui, il est venu la chercher. Il a été adorable.

— Il a parlé de moi ?

— Non. Et toi, comment ça s'est passé avec Logan ?

Portnoy lui avait fait un topo sur ce qu'il avait réussi à grappiller, mais Lindsay préférait les informations de première main.

Stephen résuma son entretien et lui fit part de la dernière question de Hurley, suggérant que Whelan n'était pas le tueur.

— Elle est complètement paranoïaque ! Déformation professionnelle, s'amusa Lindsay. Elle voit des tueurs en série partout. Malheureusement, Whelan est juste un père indigne qui a tué sa fille. Dès qu'il aura repris connaissance, il parlera. Je t'en fais la promesse.

— Mais si elle avait raison ?

— Elle a tort. River Falls a connu suffisamment de tarés. Il ne peut pas y avoir deux tueurs en série dans une si petite ville.

Stephen garda le silence. Il y avait un monde entre les statistiques et la réalité.

— On se voit ce soir ?

Lindsay émit un petit rire de gorge.

— Tu ne perds vraiment pas le nord, toi ! Non, je dois retourner au boulot après le déjeuner et je ne sais pas à quelle heure je rentrerai. Surtout, je vais être sur les rotules.

— Dans ce cas, je te rappelle très vite.

— J'y compte bien.

Elle raccrocha alors que la ferme de Papy Joe apparaissait à l'horizon. Le havre de paix où elle avait passé toute son enfance et son adolescence.

Cette vieille ruine menaçait de s'effondrer, mais, renforcée de l'intérieur, elle tenait bon, année après année, malgré les tempêtes de neige et les vents violents. Selon la légende, les familles du coin s'étaient installées bien avant que la première pierre de River Falls ne soit posée.

À cet endroit, la forêt s'arrêtait net sur une clairière de quelques hectares. Lindsay passa le portail aux battants entrouverts, contourna un vieux tracteur et alla se garer à côté d'une Buick qui avait dû être rutilante dans les années 1950. À présent, elle faisait le bonheur des poules qui y avaient trouvé refuge.

Un vieil homme en salopette, chapeau informe sur la tête, barbe blanche et fourche à la main, sortit de la grange et s'approcha de sa voiture, le visage fermé.

— Bonjour, Lindsay, je suis content que tu aies pu te libérer pour venir voir ton vieux grand-père.

— Je serai toujours là pour toi, papy, tu le sais, mais, ces derniers temps, je n'ai pas eu une seconde à moi, s'excusa-t-elle. Alors, c'était quoi, cette chose si importante ?

Son grand-père lui avait envoyé un message lui demandant d'un ton sec de passer au plus vite. Elle l'avait aussitôt rappelé, mais il avait exigé de lui parler face à face.

Un aboiement joyeux annonça l'arrivée d'un magnifique labrador.

— Viens par ici, dit Lindsay en se baissant pour lui caresser l'échine.

Gambit aboya de plaisir et resta collé dans les jambes de son ancienne maîtresse.

— Lindsay, il faut qu'on parle.

— Comme tu es mystérieux ! fit Lindsay en se redressant. Tout va bien, non ?

Papy Joe sortit la une du *Daily River* de la poche de sa salopette.

— C'est quoi, ça ?

Lindsay lui prit le papier des mains. Dès les premières lignes, elle comprit le problème.

— Tu aurais pu mourir. Ils disent que ton cœur s'est arrêté de battre, que tu as été transportée à l'hôpital. Pourquoi ne m'as-tu rien dit ?

— Les journalistes exagèrent toujours. J'ai été inconsciente quelques minutes seulement. Rien de grave, mentit-elle.

— Tu es tout ce qu'il me reste sur cette bonne vieille terre, tu n'as pas le droit de mourir, Lindsay. Pas avant moi !

Comme s'il comprenait la situation, Gambit émit un aboiement d'une tristesse absolue.

— Je suis désolée, je ne voulais pas t'inquiéter.

— Ben, c'est raté ! ronchonna Papy Joe. Je savais qu'un jour ça arriverait. Tu dois démissionner. Ce n'est pas un métier pour une fille.

— Papy, ne recommence pas.

— Mais bien sûr que je vais recommencer ! Tu as failli mourir ! Regarde-toi, tu es belle comme un cœur et tu n'es pas encore mariée. Toutes les filles de ton âge le sont, et elles ont des enfants. Tu veux vraiment que la lignée des Wyatt s'arrête avec toi ?

Lindsay avait déjà eu mille fois cette conversation. C'était Papy Joe ! Toujours à lui faire la morale… même si ça partait d'une bonne intention.

— Non, évidemment, mais pas avec n'importe qui !

— Ne dis pas de bêtises ! Mais tu ne me feras pas croire que tu manques de prétendants. Qu'est-ce que tu attends ?

Sous ses vieux airs bougons, elle savait qu'il s'inquiétait sincèrement pour elle.

— Un homme que tu n'auras pas envie de tuer à la carabine, dit-elle en l'embrassant sur la joue.

Un vol de palombes passa dans le ciel. Lindsay se rappela les cours de tir de Papy Joe dans les champs. Elle avait tué sa première bécasse à huit ans. « Un don de Dieu », lui avait-il assuré, fier de sa petite-fille.

— Oui, parlons-en. Je suis loin d'être sénile, quoi que tu en penses.

— Je n'ai jamais pensé une chose pareille.

Papy Joe se dirigea vers la vieille maison en bois.

— J'ai lu l'article jusqu'au bout, et tu sais ce que j'ai trouvé ?

— Je ne vois pas.

— Stephen Callahan. Cette fripouille est revenue et, comme par hasard, tu manques de mourir.

— Ne me dis pas que tu y vois un rapport !

— Je crois que ce type est nocif, et je suis certain qu'il te veut du mal.

— Ne dis pas ça.

— Tu oublies dans quel état tu étais quand il t'a laissée tomber ?

— Je suis une grande fille maintenant, papy. Laisse-moi gérer ma vie privée comme je l'entends, s'il te plaît.

— Pourquoi est-il revenu ? Il te l'a dit ? l'interrogea-t-il en ouvrant la porte de son logis.

Lindsay entra derrière lui, suivie de Gambit.

L'odeur particulière de la maison lui évoqua, comme chaque fois, un flot de souvenirs emplis de nostalgie. Elle avait adoré vivre ici.

— Il a été embauché par le *Daily River*.

— Explique-moi comment un type aussi connu peut avoir envie de s'enterrer dans une ville comme la nôtre.

— Parce que c'est la sienne. Je suppose qu'il en avait assez de Portland et de voyager au bout du monde…

Elle marqua un silence.

— En quoi ça te gêne que je le revoie ? Je fais ce que je veux, bon sang !

— Sa famille est maudite, ne t'approche pas d'eux.

On y était ! La malédiction des Callahan ! N'importe quoi !

— Papy, tu sais que je t'aime plus que tout, mais je déteste quand tu te mêles de mes affaires. Alors, je t'en prie, parlons d'autre chose. S'il te plaît…, dit-elle en prenant sa voix de petite fille.

Papy Joe avait encore un tas d'autres remontrances à lui faire, mais devant ce regard il n'avait pas la force de lutter.

— Tu as de la chance que ta grand-mère soit morte, car je te jure qu'elle, elle ne t'aurait pas lâchée. Bon… tu as le temps de déjeuner avec moi ?

Logan avait demandé à ses troupes de rester sur le pont, mais, avec ce qu'elle avait subi la veille, Lindsay savait qu'elle pouvait profiter de sa famille sans qu'on lui en fasse le reproche.

— Qu'est-ce que tu nous as préparé ?

— Tu vas voir, tu vas adorer, dit Papy Joe avec un grand sourire.

Chapitre 32

Sur la longue route qui menait au manoir de sa sœur, Stephen pensait encore à Lindsay, alors qu'il avait raccroché depuis cinq minutes. Il avait beau se répéter qu'aucun avenir n'était possible entre eux, une partie de lui voulait la reconquérir.

Qu'est-ce qui t'arrive ? On ne construit jamais rien sur les cendres du passé.

Il déboucha du couvert d'arbres centenaires et s'engagea dans l'allée. Son cœur faillit s'arrêter quand il reconnut la Porsche qui était garée à côté de la voiture d'Ashlyn.

Non, Ashlyn, tu n'as pas fait ça ?!

Les mains serrées sur le volant, il s'apprêtait à faire demi-tour quand les enfants sortirent pour l'accueillir.

Sa mâchoire se crispa et une colère sourde l'envahit. Il était à deux doigts de perdre son sang-froid.

Je n'y arriverai pas.

Lucas frappa à la vitre. Stephen se força à sourire et descendit de voiture.

— Bonjour, tonton.

— Bonjour, toi.

Il prit le petit garçon dans ses bras et lui embrassa les deux joues.

— Il paraît que tu as arrêté le tueur de Scarlett ? lança Tawny, qui arrivait à son tour. Comment ça s'est passé ? Il a vraiment tenté de violer ta collègue ?

— Tu pourrais d'abord dire « bonjour » et me demander si je vais bien, tu ne crois pas ?

— OK. Bonjour, tu vas bien ? répéta docilement l'adolescente surexcitée. Alors, tu l'as frappé ? Il paraît qu'il est à l'hôpital, inconscient !

— Tawny, s'il te plaît, laisse-moi respirer un instant.

Stephen ne risquait pas de l'abreuver de détails. Pas question de nourrir la fascination morbide de sa nièce pour le mal, ou que ses confidences se retrouvent dans la seconde sur les réseaux sociaux.

L'ombre envahit le perron. Un nuage passait devant le soleil. Mauvais présage ?

— Allez, viens, tonton, on a une surprise pour toi ! cria Lucas en attrapant la main de Stephen.

Ils entrèrent dans la maison.

— Je suis contente de te voir, dit Ashlyn en s'avançant vers lui pour l'embrasser. Avec tout ce qui s'est passé, je n'étais pas sûre que tu parviendrais à te libérer.

— On est dimanche, et je serai toujours là pour toi.

— C'est gentil.

Stephen ébouriffa les cheveux de Lucas, qui ne l'avait pas lâché.

— C'est toi qui as appelé maman, ou elle est venue d'elle-même ? relança-t-il à l'adresse de sa sœur.

Ashlyn eut l'air gêné.

— Elle m'a appelée pour me demander si je t'avais vu. Je lui ai dit la vérité et lui ai proposé de passer, ça va ?

— Bien sûr.

De toute façon, il ne pourrait l'éviter éternellement.

— C'est quoi, le problème avec mamie ? intervint Tawny. On n'est pas stupides, on sait bien que tu l'évites.

— On a eu des différends, mais à présent tout va bien.

— C'est à cause de la mort de papi ?

— Mais qu'est-ce que tu vas imaginer ! se moqua son oncle. Lucas, elle est où, mamie ?

— Là-haut. Attrape-moi, si tu peux !

Le petit garçon partit en courant dans l'escalier. Stephen s'élança à sa poursuite et faillit le rattraper dans le couloir du premier étage. Lucas poussa un cri de jubilation et se précipita dans le grand salon.

Stephen entra tout essoufflé dans la pièce. Sa mère était assise dans un fauteuil club à côté de Beverly, installée dans son fauteuil roulant.

— Bonjour, tonton, l'accueillit Beverly.

Stephen l'embrassa et se tourna vers sa mère, qui s'était levée.

Cinquante-deux ans. Pas un cheveu blanc, et sans l'aide d'aucun artifice. Un port altier. Une condition physique parfaite. Il vit dans son regard qu'elle était aussi troublée que lui.

Treize ans sans se voir, et presque autant sans se parler.

— Bonjour, maman. Si j'avais su que tu venais, je t'aurais apporté des fleurs, dit-il pour briser la glace.

— Cela n'a aucune importance. C'était une surprise. Je suis tellement contente de te voir.

Eleanor prit son fils dans ses bras. Stephen réprima un mouvement de recul et se laissa faire.

Il avait toujours admiré cette femme. Une mère merveilleuse...

Eleanor tremblait imperceptiblement contre lui.

Mais pourquoi avait-elle fait un si mauvais choix ?

Stephen entendit renifler discrètement. Beverly avait les yeux pleins de larmes.

— Qu'est-ce qui se passe ? s'inquiéta-t-il en s'écartant de sa mère.

— Je suis contente que vous vous soyez réconciliés, répondit la jeune fille en s'essuyant les yeux.

— Mon trésor, il ne faut pas pleurer. C'est un beau moment, intervint Ashlyn, bouleversée, qui avait assisté à la scène.

— Pourquoi vous pleurez ? demanda Lucas.

— Des histoires de grands, cherche pas à comprendre, dit Tawny, aussi émue que les autres.

Si le rire est communicatif, les larmes le sont tout autant, surtout quand il s'agit de proches.

Seul Stephen semblait impassible. Pourtant, ces retrouvailles inattendues faisaient vaciller ses certitudes. Si seulement tout pouvait aller autrement…

— Bon, c'est pas tout, qui vient m'aider à préparer le repas ? proposa Ashlyn.

Pas de réponse.

— Hé, les filles, je vous ai parlé.

— Pourquoi ce serait toujours nous ? Lucas ne fait jamais rien, ronchonna Tawny.

— C'est pas vrai ! se rebiffa le petit garçon.

— Tout le monde descend. Laissez votre oncle avec mamie.

Contre mauvaise fortune bon cœur, les trois enfants se plièrent à la volonté de leur mère et quittèrent le salon.

Stephen s'approcha de la fenêtre.

— Tu m'as tellement manqué…, commença Eleanor Callahan.

Stephen couvait un tel ressentiment qu'il craignait, s'il ouvrait la bouche, qu'un chapelet de reproches n'en sorte et ne brise cette fragile paix des braves.

— Je suis contente que tu sois revenu, poursuivit sa mère. Ashlyn m'a dit que tu comptais rester quelque temps ?

— Oui, répondit-il, laconique, en détournant le regard vers le jardin.

Le soleil avait disparu et de lourds nuages tapissaient le ciel.

— Tu ne veux toujours pas me parler ?

— Maman, c'est tout simplement impossible. Et tu le sais très bien.

— Je suis tellement désolée. Si j'avais pu imaginer que nous en arriverions là…

— Il fallait réfléchir avant de tromper papa !

Eleanor s'approcha de la fenêtre.

— Ton père répétait que notre famille était maudite. Mais aucune malédiction ne pèse sur nous. La vie n'est pas aussi simple que le prétendent les contes, c'est tout.

— Comme c'est facile. Ce n'est pas toi qui as son sang sur les mains.

Il serra les poings, assailli par un flot d'images incontrôlables datant de plus de treize longues années.

— Je donnerais tout pour que tu n'aies pas eu à faire ça. Je suis tellement désolée.

— Maman, je n'ai aucune envie de parler du passé. Tout est fini entre nous. Rien de ce que tu pourras dire ou faire ne changera ma décision.

— Je comprends ta douleur, Stephen. Et je te jure que je vendrais mon âme au diable pour qu'il en soit autrement.

— Maman, s'il te plaît.

Elle posa sa main sur son bras.

— Stephen, tu es mon fils, je t'aime.

— Arrête ! siffla-t-il.

Préférant en rester là, il quitta le salon sans un mot de plus et redescendit au rez-de-chaussée pour retrouver le reste de la famille.

Ashlyn et ses enfants étaient en grande conversation dans la cuisine.

— Je suis contente que vous vous reparliez, mamie et toi, lança Tawny. Mais raconte-nous, maintenant !

— Qu'est-ce que tu veux savoir ?

— Si tu as voulu tuer ce salaud !

— Allons, on ne parle pas de cette façon, protesta Eleanor, qui les avait rejoints à son tour.

Stephen décida soudain de jouer le jeu. Simuler la bonne entente pour le bien de la famille. Du moins, lorsqu'ils étaient tous réunis...

— Ta grand-mère a raison. Je peux t'assurer que tuer quelqu'un ne résout aucun problème, bien au contraire.

Eleanor reçut le message caché, et Stephen fut satisfait de la voir baisser les yeux.

— Certaines personnes ne méritent pas de vivre, affirma Tawny.

— Qui es-tu pour en juger ? intervint Ashlyn, qui battait des œufs pour une omelette. Seul le Seigneur a ce pouvoir. Le jour viendra où nous serons tous jugés.

— Moi, je dis que tout homme mérite un procès. Même le pire des criminels, se prononça Beverly.

— D'accord avec toi, approuva Stephen en se félicitant de la maturité de sa nièce de quinze ans. Les victimes ont besoin que la justice cherche à comprendre les motivations des coupables.

— À quoi ça sert de savoir pourquoi le père de Scarlett a violé et tué sa fille ? relança Tawny.

— À comprendre d'où vient le mal. Malgré tout ce que j'ai vu, je ne crois pas que les monstres existent, répondit Stephen. Il est probable que Whelan lui-même ait subi des traumatismes pendant l'enfance. Peut-être a-t-il été victime d'un viol, ou de brimades diverses.

— Tous les enfants naissent purs, assura Ashlyn. Bon, Tawny, va mettre le couvert, s'il te plaît.

— Attends, on discute.

— Je vais le faire, se proposa Eleanor.

— Parfois, au cours d'un procès, on découvre que le coupable idéal ne l'était pas forcément. Ce n'est pas toi, hier encore, qui affirmais que Sam Quinto était innocent ?

Tawny fut forcée de confirmer d'un air penaud.

— Tout être humain a droit à un procès équitable, proclama sa sœur.

— OK, mais s'il est prouvé qu'il est vraiment coupable et qu'il ne regrette pas ses actes, alors je dis qu'on doit le tuer.

Comment expliquer que la violence entraînait toujours la violence, que la mort appelait la mort...

— Les pays où l'on commet le plus de meurtres sont ceux où la peine de mort existe encore. J'ai suffisamment roulé ma bosse pour le savoir.

— Ce sont aussi les pays où il se vend le plus d'armes, confirma Beverly.

— Si je comprends bien, le jour où je me ferai violer, pas la peine de compter sur vous pour me venger ! s'indigna Tawny en attrapant le plat de salade.

Stephen lui jeta un regard outré.

— Ne l'écoute pas, elle dit n'importe quoi ! J'ai l'habitude, dit Ashlyn, conciliante. Allez, on passe à table.

Beverly passa la première, suivie d'Ashlyn et de Stephen.

Dans la salle à manger, Eleanor était déjà assise à côté de Lucas, avec qui elle bavardait paisiblement.

Ashlyn s'installa en bout de table et se releva aussitôt, comme prise d'une idée géniale :

— Je vais chercher mon appareil, je vais faire une photo !

Stephen n'osa pas la contrarier et prit place à côté de Beverly.

— Tonton, mamie veut nous inviter au cirque. Tu viens avec nous ? demanda Lucas.

— Au cirque ?

— Oui, je veux voir les lions !

Chapitre 33

— Vous avez assuré, shérif, le félicita Amy en déposant deux repas commandés sur Internet devant Logan et Hurley.

— Merci, répondit Logan alors que la sergente retournait à l'accueil.

— Je rêve, ou elle t'a fait un clin d'œil ? souffla Hurley.

— Arrête, elle est extrêmement fière de travailler avec le meilleur flic du pays, c'est tout !

Hurley fit la moue et refréna une pointe de jalousie – un sentiment qu'elle n'avait jamais éprouvé. Elle entama sa salade et son McChicken tandis que Logan déballait deux Big Mac et des Nuggets.

— Mmmmm, c'est vraiment trop bon, marmonna-t-il entre deux bouchées. Y a pas à dire, McDo est au-dessus des autres.

— Si tu savais ce qu'il y a dedans, répondit Hurley en jetant un regard sceptique sur son sandwich.

— Tu n'étais pas obligée de rester. Je t'ai dit que tu pouvais rentrer.

L'alerte avait été levée et la plupart des agents étaient retournés chez eux pour déjeuner. Le coupable présumé du meurtre de Scarlett était sous surveillance à l'hôpital, toujours inconscient. Tout convergeait pour démontrer la culpabilité de Whelan. Des clés USB avaient été découvertes dans une boîte fermée par un petit cadenas, cachée dans le grenier. Il avait suffi d'un premier visionnage pour comprendre la dépravation de l'homme. Des scènes ignobles d'enfants livrés à des pervers.

En y repensant, Logan trouva son Big Mac moins à son goût et avala une rasade de Coca pour faire passer l'amertume qu'il avait dans la bouche.

— Je sais que tu es persuadé d'avoir bouclé cette enquête, répondit Hurley. Mais tu ne m'enlèveras pas de l'esprit que cette affaire est bizarre.

— Tu ne vas pas recommencer, s'impatienta Logan en posant les pieds sur son bureau.

Il avait baissé les stores aux trois quarts pour dissuader tout journaliste de prendre des photos au téléobjectif. La pièce baignait maintenant dans la pénombre.

— Il faut interroger sa femme, continua Hurley.

— Qu'elle soit complice ou non ne changera rien, commenta Logan en mordant dans son sandwich. Elle est sous surveillance, si cela peut te rassurer.

Placée en centre de soins après plusieurs crises d'hystérie, madame Whelan était désormais aussi suspecte que son époux.

— Je cherche seulement à comprendre la logique de cette mise en scène dans la grotte. Ça ne colle pas avec le profil du couple.

Logan faillit avaler de travers. Il toussa, but une gorgée et regarda sa compagne.

— Qu'est-ce que tu sais de ces gens ?! Tu ne les as même pas interrogés !

— Leur façon de vivre, leurs voisins. Les Whelan n'ont rien de mystique. Il y a quelque chose qui nous échappe. Tant que je ne saurai pas ce que c'est, je ne lâcherai pas l'affaire.

— Attends la confession de Whelan, il sera toujours temps d'aviser ensuite.

Hurley piqua sa fourchette dans sa salade, dont elle se força à mâchouiller une feuille avant de repousser le tout d'un air dégoûté.

— Moi, ce qui me pose problème, c'est plutôt ce journaliste : Stephen Callahan, enchaîna Logan. Je ne crois pas une seule seconde à son histoire de retour aux sources.

— Pour le coup, je suis d'accord avec toi. Il n'est pas net, mais cela ne veut pas dire qu'il est lié à des faits crapuleux.

Logan se perdit dans ses pensées. Il n'avait pas le sixième sens de Hurley, mais suffisamment de métier pour sentir quand on le menait en bateau.

— Tu crois qu'il est impliqué ? le relança Hurley.

— Callahan sauve deux femmes en deux jours. Si ça continue, il va devenir le héros de la ville.

— Ne me dis pas que tu es jaloux ! Tu as eu assez d'honneurs pour en laisser un peu aux autres.

— Le pompier pyromane, expliqua Logan en secouant la tête. Le sauveur qui crée les conditions de son acte héroïque. Qui sait ce qu'il faisait sur les terrains de guerre ? Ce ne serait pas le premier journaliste à falsifier les faits au bénéfice de sa propre gloire.

— Pourquoi pas. Mais, dans le cas présent, comment pouvait-il savoir que ta lieutenante allait se noyer, ou que Whelan violait sa fille depuis des années ?

— Pour Lindsay, c'est peut-être un coup de chance, ou pas. Il était sur place, n'oublie pas. Quant à Whelan, Callahan est de River Falls. Ils se connaissent peut-être depuis des années. Callahan est peut-être lui-même un pédophile. Dans quel pays est-il allé, déjà ? La Thaïlande ?

— Je vais appeler Leslie. Même s'ils n'ont pas souvent collaboré, elle connaît tout le monde au *News of Washington*.

— Demande-lui aussi si c'est un mystique. Et, surtout, qu'elle reste discrète.

Hurley eut un petit sourire en coin.

— Tu vois que tu doutes.

Logan attrapa une serviette en papier pour s'essuyer les mains.

— Non, mais on m'a toujours dit que, pour qu'un couple tienne, il faut laisser croire à sa femme qu'elle a raison.

— Sale type ! En plus, on n'est même pas mariés.

— La faute à qui ?

Logan lui avait plusieurs fois demandé sa main, ne serait-ce que pour les enfants. Mais Hurley avait toujours refusé, prétextant attendre le bon moment...

Quelqu'un frappa à la porte vitrée. L'agent Blake. Logan lui fit signe d'entrer.

— Bon appétit, dit l'expert scientifique.

— Tu as mangé ? s'enquit Hurley.

— Non, pas encore.

— Si tu veux mon McChicken et ma salade, ils sont à toi.

— Non, je tiens à la vie. Tu n'imagines même pas ce qu'il y a dedans ! Si vous aviez ouvert autant d'estomacs que moi, vous feriez gaffe à ce que vous ingurgitez.

— N'exagère pas, tempéra Logan en attrapant son deuxième Big Mac par bravade.

— Tu sais que la malbouffe est le plus grand tueur en série de notre époque ? Tout le monde est au courant, mais personne ne fait rien.

— Écoute, si tu es venu me couper l'appétit, tu peux repartir, grogna Logan.

Depuis qu'il avait arrêté de fumer, il s'accordait quelques plaisirs contestables. Et pas question qu'on les lui rogne.

— Je suis venu te dire que je repars à Seattle pour les analyses. On a fini les prélèvements dans la maison des Whelan.

— Parfait.

Le regard de Blake était irrésistiblement attiré par les frites qui dépassaient de leur cornet.

— Vas-y, fais-toi plaisir, je n'en parlerai à personne, dit Logan.

Blake s'approcha et en prit une avant de l'engouffrer dans sa bouche.

— Pourquoi est-ce que c'est si bon ? lança-t-il en en reprenant une autre.

Hurley éclata de rire. De vrais gamins !

La psychanalyste en elle savait que, face aux grands maux, le cerveau a besoin de décompresser. Un peu de légèreté les aidait à supporter l'horreur de leur travail.

Pourvu que tout soit vraiment fini, se dit-elle en se décidant à reprendre de sa salade.

Chapitre 34

— Ce type se prend pour le plus grand flic du pays ! La bonne blague, ricana Peter Walsh.

— C'est un gros nullard qui a juste le cul bordé de nouilles, confirma Bonnie Walsh à côté de lui.

Installés dans le canapé du salon du deuxième étage de leur manoir, ils regardaient les informations télévisées.

— C'est clair. Regarde-le faire le fier. Il croit avoir tout compris. Quel idiot !

Bonnie se lova un peu plus contre son homme et passa une main câline sous son t-shirt.

— On n'a vraiment pas eu de chance avec cette fille. Tu te rends compte ? Son père la violait !

Peter eut un petit rire sarcastique.

— Au moins, on a mis fin à son calvaire. Elle aurait quand même pu nous remercier !

Bonnie fit descendre sa main vers son pantalon.

— Hé, qu'est-ce qui t'arrive ?

Il était tout mou, vraiment pas son genre.

— Quoi ?

Peter repoussa tendrement Bonnie et l'allongea sur le canapé.

— Tu sais qu'on va peut-être crever tout à l'heure ? dit-il en se déshabillant.

— On s'en est toujours sortis, mon amour. Il n'y a aucune raison que ça change.

Peter regarda Bonnie se dévêtir à son tour.

Tellement magnifique, tellement parfaite. Aucune femme ne lui arrivait à la cheville.

Et le doute le saisit. Peut-être ferait-il mieux de tout laisser tomber et d'oublier sa vengeance ? Continuer comme avant. Discret, dans l'anonymat le plus total. Ça pourrait durer des années encore…

Mais la tentation de rendre coup pour coup était trop forte. *Elle* devait payer pour ce qu'elle avait fait. Et tant pis, si cela devait finir aujourd'hui. Il ne se laisserait pas prendre et mourrait en héros.

— Je t'aime, toi, tu le sais ?

Et, voyant le sexe de son mari se dresser au garde-à-vous, Bonnie le crut sans hésiter.

— Oh, que oui !

Elle finit d'enlever sa petite culotte et se retrouva nue sur le canapé.

Peter regarda l'heure. 13 h 3. Dans quatre heures, ils seraient morts ou vivants.

C'était peut-être la dernière fois qu'ils faisaient l'amour. Il se jeta sur elle et la pénétra sans préambule. Bonnie poussa un petit cri de surprise, qui se transforma bientôt en hurlement de plaisir.

Chapitre 35

Debout devant la fenêtre de sa chambre, Stephen ne savait plus quoi penser.

À son grand étonnement, le repas s'était déroulé dans une ambiance familiale très chaleureuse. Sa mère avait été aux petits soins pour lui. Et, s'il n'avait pu s'empêcher de lui lancer quelques piques sous le regard désapprobateur d'Ashlyn, elle les avait encaissées sans réagir. Les enfants avaient fait comme si de rien n'était et, peu à peu, les tensions s'étaient évanouies.

Stephen s'était bel et bien laissé prendre au jeu de la petite famille modèle.

Beverly et Tawny avaient remis l'affaire Scarlett Whelan sur le tapis, avec en filigrane le fonctionnement de la justice américaine, ses travers et ses qualités. Quand le débat avait porté sur la pédophilie au sein de l'Église, Ashlyn s'était défendue comme elle avait pu et Stephen était venu à sa rescousse en rappelant que les errements de certains individus ne pouvaient condamner toute une communauté.

Bref, ils avaient conversé comme si aucun nuage ne les avait jamais menacés.

Eleanor était restée en retrait. Un sourire sincère posé sur son visage.

À la fin du repas, Stephen avait prétexté un coup de fatigue pour s'éclipser et remonter au deuxième étage. Il avait fait en sorte d'éviter une nouvelle confrontation avec sa mère.

Sa colère s'était dissipée, mais elle restait tapie en lui. Il n'avait pas voulu courir le risque de rompre leur fragile armistice.

Savoir pardonner. C'était le leitmotiv d'Ashlyn depuis des années. Et aussi : *Maman avait le droit de refaire sa vie avec un autre homme*.

Si seulement les choses avaient pu être aussi simples…

Il se souvenait du jour où sa vie avait basculé comme si c'était hier. Il se revoyait prendre le fusil, les yeux pleins de larmes et le cœur en détresse. Il n'avait pas eu le choix…

N'y pense plus, tu ne peux rien changer.

Un hurlement assourdi le figea soudain sur place.

Il se tenait prêt à bondir quand le hurlement résonna de nouveau.

Stephen sourit. Une femme était en train de jouir.

Pourvu que les enfants ne l'entendent pas.

Il ouvrit la fenêtre et scruta la forêt qui s'étendait au-delà du jardin.

Leurs plus proches voisins étaient les époux Walsh. Peter et Bonnie. Des gens plutôt discrets. Sans enfant. Qui ne recevaient jamais, selon Ashlyn.

Un couple fusionnel qui devait penser que la vie n'avait d'intérêt qu'à deux, et que toute intrusion dans ce précieux tête-à-tête entraverait leur bonheur.

Une certaine idée de l'existence, finalement pas si éloignée de la sienne.

Stephen adorait ses nièces et son neveu, mais il n'avait aucune envie de fonder une famille. Le monde était déjà surpeuplé, inutile d'en rajouter.

Les gémissements s'étaient tus. Stephen regarda le ciel. Les nuages s'étaient chargés de pluie. En se remettant à son bureau, il dut allumer la petite lampe pour y voir clair.

Un orage d'été n'allait pas tarder à éclater.

Il alluma son ordinateur et se brancha sur Internet. Après avoir fait craquer les articulations de ses doigts, il pianota sur le clavier le nom « Sarah Good » dans la barre de recherche.

— Montre-moi qui tu es, souffla-t-il en appuyant sur la touche « Entrer ».

Des images apparurent dans le coin droit de son écran. Des photos et un tableau du XVIIe siècle représentant une femme avec la corde au cou.

Stephen cliqua sur le premier lien et grogna dans sa barbe.

Sarah Good était une des sorcières de Salem. Accusées par des enfants manipulés d'être des suppôts de Satan, elles avaient toutes fini pendues sous le regard des habitants.

La « Sarah » qu'il avait rencontrée avait donc pris un pseudonyme. Se voyait-elle dans la peau d'une femme accusée à tort ? Mais accusée de quoi ? De sorcellerie ?!

Il attrapa son téléphone et appela Marion.

Quelqu'un décrocha.

— Allô, Stephen ?

Une voix masculine.

— Oui ? répondit-il, sur la défensive.

— Excusez-moi, c'est Clayton. Votre numéro s'est affiché à l'écran. Marion est dans sa chambre, elle se repose. Elle est en état de choc.

Stephen se détendit.

— J'appelais pour prendre de ses nouvelles.

— Elle va bien, juste un gros hématome sur le visage. Heureusement, il y a eu plus de peur que de mal. Je ne saurai jamais comment vous remercier.

— J'ai fait ce que tout le monde aurait fait à ma place, Clayton, je n'ai rien d'un héros.

— Allons, ne soyez pas modeste, vous lui avez sauvé la vie. Je n'ose imaginer ce qui se serait passé si Marion était restée seule chez ce type.

Stephen ne voulait plus y penser. Il attrapa son paquet de cigarettes et rouvrit la fenêtre pour s'en griller une.

— Je peux lui parler un instant ?

— Je vais aller voir si elle dort. Dans ce cas, je lui dirai de vous rappeler.

— C'est aimable à vous.

Il reporta son regard sur le manoir des Walsh, qu'il devinait à travers la ramure des grands arbres. *Être journaliste est un métier de voyeur qui ne s'assume pas*, disait l'adage. Stephen n'était pas loin de le croire.

— Allô ? fit une petite voix fragile.

— Bonjour, Marion, c'est Stephen. Excuse-moi de te déranger, mais j'ai quelque chose à te demander. Ce n'est peut-être pas le moment ?

— Non, c'est bon, tout va bien.

— Tu es sûre ?

— Mon oncle exagère, vous savez. Il m'interdit de sortir. C'est à la limite de la séquestration, plaisanta-t-elle.

— Je voulais savoir comment tu te sens.

— Ça va aller.

— Je vais te donner un conseil. Avant que tu le rejettes, je te demande de me faire confiance.

— Vous me faites presque peur avec vos grands airs.

Stephen sourit.

— Tu devrais te faire aider. Il faut que tu parles à quelqu'un de ce qui t'est arrivé aujourd'hui.

— Vous voulez que j'aille voir un psy ?

— C'est ça.

— Je suis l'enfant sauvage. J'ai passé ma vie entre leurs mains. Plus jamais je n'y retournerai.

Le ton était sec et sans appel.

— Je comprends, mais si tu veux en parler avec moi, si tu as des angoisses…

— Arrêtez, j'ai déjà mon oncle sur le dos. Dites-moi plutôt ce que vous voulez savoir.

Il hésita et se sentit misérable. La pauvre gamine avait failli se faire violer et tout ce qu'il trouvait à faire, c'était lui soutirer des informations sur son enquête.

— Vous voulez savoir qui est Sarah Good ?

À croire qu'elle lisait dans ses pensées.

— Non, je sais qui est Sarah Good. Une des sorcières de Salem. Je veux savoir qui est la femme que tu m'as présentée.

Marion garda le silence.

— Je ne peux rien vous dire. Je suis désolée.

Stephen s'attendait à cette réponse et avait prévu la riposte.

— Dans ce cas, peux-tu la joindre et lui demander de me rappeler, s'il te plaît ? Il faut que je lui parle.

— Je ne vous promets rien. Elle est très secrète.

— Merci, c'est gentil.

— De rien, je vous dois bien ça.

— Tu ne me dois rien du tout. Repose-toi bien, et à très vite.

— On se voit demain ?

Stephen eut un vrai sourire.

— Tu crois que ton oncle va accepter ?

— Il a intérêt. À demain.

Elle raccrocha et Stephen regarda son téléphone en tirant sur sa cigarette. Quelle sacrée personnalité.

À moitié persuadé que Sarah Good ne l'appellerait pas, il se mit à faire les cent pas dans sa chambre.

Cinq minutes plus tard, son portable émit le bruit caractéristique d'un SMS.

Rendez-vous 1243 Beaver Street dans une demi-heure.

Chapitre 36

Lindsay entra dans l'hôpital, se fit indiquer à l'accueil la chambre de Whelan et se dirigea vers l'ascenseur.

Les portes se rouvrirent sur le couloir du deuxième étage. Deux agents en faction se tenaient devant une porte. Elle accéléra le pas et salua ses collègues.

— Logan est arrivé ?

— Non, mais l'avocat du suspect est là.

Quand le shérif l'avait appelée pour lui signaler le réveil de Whelan, elle était déjà en voiture, sur le chemin du commissariat. Elle avait simplement dévié sa route.

— OK.

Elle entra sans frapper.

Allongé sur son lit, Whelan discutait avec un homme élégant qu'elle reconnut aussitôt.

— Maître Stanley Warren, dit-elle en tendant la main vers lui.

— Lui-même, et vous êtes ?

— Lieutenant Wyatt.

— C'est vous qui comptez interroger mon client ?

— Oui, cela pose-t-il un problème ?

— Non, au contraire, répondit Warren d'un ton légèrement condescendant.

Lindsay le connaissait de réputation. Un des plus grands avocats de Seattle. Quelques années plus tôt, un acte d'une bravoure exemplaire lui avait valu la une de tous les journaux. Il était allé parlementer, sans arme, au mépris du danger, avec un tireur fou, suicidaire.

— Je peux savoir ce que vous faites ici ?

— Mon client, monsieur Whelan, est accusé à tort d'un crime qu'il n'a pas commis, lâcha-t-il avec une pointe de mépris.

— Vous plaisantez, nous avons toutes les preuves ! s'étrangla Lindsay.

— Vous êtes sûrement trop jeune pour le savoir, mais je suis déjà venu ici, il y a huit ans. Votre shérif, ce Logan, voulait mettre sous les verrous un pauvre garçon innocent que les faits ont par la suite entièrement disculpé[1].

Comment Lindsay aurait-elle pu oublier la première fois qu'elle avait vu Warren ? Elle avait vingt-deux ans à l'époque, et venait d'intégrer les services de police en tant que simple agent.

Elle l'avait vu sortir d'un hôtel en compagnie de Jessica Hurley.

---

1. Voir *Un Noël à River Falls*.

Son collègue d'alors lui avait fait promettre de ne pas en parler. Logan ne devait pas savoir. Ne jamais se mêler de la vie privée de ses supérieurs : voilà ce que Discoll lui avait enseigné, ce soir-là. Le lieutenant étant désormais à la retraite, seule Lindsay savait ce qui s'était passé. Hurley avait-elle continué à tromper Logan ?

— River Falls vous manquait donc à ce point ?

— C'est moi qui suis le suspect dans cette affaire ? s'étonna Warren.

Lindsay aperçut alors une alliance à son doigt. Marié, mais cela ne prouvait rien. Les hommes et la fidélité !

La porte se rouvrit sur Logan… et Hurley.

— Vous ?!

Le shérif n'en revenait pas. Au palmarès des hommes qu'il détestait sur cette planète figurait Warren, cet avocat prétentieux, imbu de lui-même.

— Shérif, le salua Warren avec un sourire circonspect. Jessica.

Hurley, en retrait, manqua défaillir.

— Maître Warren, dit-elle en se ressaisissant.

Mais Lindsay avait remarqué sa gêne. Si le lieutenant Discoll lui avait appris que, dans le doute, il valait mieux ne rien dire, à présent elle savait que son intuition était la bonne.

La très renommée et respectée Jessica Hurley n'était pas la femme parfaite que tout le monde pensait.

— Je peux savoir ce que vous faites ici ? attaqua Logan. Mais j'oubliais : dès qu'il y a des journalistes et une affaire bien sordide, Monsieur sort du terrier. Vous ne valez pas mieux que ceux que vous défendez.

— Une chose est certaine : je ne mets pas des innocents en prison pour me faire réélire.

— Je n'ai jamais...

Logan s'arrêta net. L'avocat le provoquait afin de créer un incident dont il pourrait se servir pour mieux défendre son client. Plus jeune, il se serait certainement laissé prendre au piège, mais, les années aidant, il avait appris à se contrôler.

— Maître Warren, vous savez qui est cet homme et ce qu'il a fait ? demanda Hurley d'un ton impassible.

— Oui, Jessica. Je sais de quoi vous l'accusez, mais je prouverai qu'une fois de plus vous avez tort. Mon client est innocent. Il vient de perdre sa fille dans des circonstances odieuses.

Logan eut un petit rire méprisant.

— Nous ne sommes pas à l'audience, maître. Gardez vos effets de manche pour le prétoire, même s'ils ne serviront à rien. Nous avons toutes les preuves dont nous avons besoin pour faire croupir votre client en prison.

Lindsay regarda le suspect. Il avait l'air ailleurs, comme si la conversation ne le concernait pas. Un vrai psychopathe.

— Vous n'avez aucune preuve, répliqua Warren.

— L'ADN a parlé. Cet homme a violé sa fille. Sans compter les vidéos pédophiles que nous avons trouvées à son domicile.

— Elles ne sont pas à moi, je ne sais pas qui les a mises là ! réagit soudainement Whelan.

Tout le monde sembla surpris de son intervention.

— Et le sperme que nous avons retrouvé sur votre fille ?

— Je ne sais pas de quoi vous parlez ! Je ne comprends pas. Je ne me souviens pas.

— Ah non, pas l'amnésie !

— On m'a attaqué chez moi. Un homme et une jeune fille. C'est ce qu'on m'a dit. Il paraît que je me suis défendu...

— Arrêtez tout de suite, votre système de défense est pathétique.

— Vous croyez ? rétorqua l'avocat. Deux individus sont entrés sans crier gare chez mon client. Qu'est-ce qui prouve que ce journaliste n'a pas laissé ces vidéos pour le faire inculper ? Ces vautours sont prêts à tout pour un scoop !

— Il a tenté de violer Marion Zucker, s'emporta Lindsay.

— Faux, cette fille ment pour se faire un nom. Une stagiaire en mal de gloire, voilà ce qu'elle est !

— Comment peux-tu défendre un tel individu, Stanley ? explosa Hurley. Tu sais bien qu'il est coupable !

— Tiens, tu m'appelles par mon prénom, à présent ? C'est gentil, releva Warren. Mais restons sérieux. Rien ne prouve que monsieur Whelan soit coupable. Bien au contraire. Et je vous le prouverai à l'audience.

— Votre femme parlera, ne croyez pas qu'elle vous couvrira ! lâcha Lindsay, écœurée par l'attitude de l'avocat.

Logan envoya un regard noir à sa lieutenante. Ne jamais dévoiler ses cartes trop tôt !

— Ma femme ? Vous plaisantez ! Vous...

— Taisez-vous, l'interrompit Warren. Madame Whelan est en froid avec son mari. Elle veut demander le divorce, et je la soupçonne de vouloir faire accuser son mari de pédophilie à son propre avantage. Elle a très bien pu récupérer du sperme de son époux pour l'introduire dans l'anus de sa fille après l'avoir tuée !

— Mais bien sûr, c'est ça ! réagit Whelan. C'est sûr !

Hurley était stupéfaite. Où était passé le jeune avocat qui défendait la veuve et l'orphelin ? L'argent et la gloire l'avaient-ils à ce point rendu insensible ?

— Tu ne peux pas défendre cet individu ! s'offusqua-t-elle. Pas de cette manière !

— Tout homme a le droit d'être défendu. Si mon client est coupable, à vous de le prouver, mais ne comptez pas sur moi pour vous faciliter la tâche.

Le portable de Logan sonna. Il en profita pour sortir. Il aurait été capable de commettre un meurtre !

— Oui ?

— Shérif, c'est Henry. Vous avez écouté les informations ?

— Je n'ai pas eu le temps, je suis avec Whelan.

— Faites-le tout de suite, lui conseilla Portnoy.

Logan retourna dans la chambre et, sans dire un mot, attrapa la télécommande et alluma la télévision.

Une femme en pleurs s'exprimait devant le commissariat, où les journalistes avaient planté leur forêt de micros.

— ...je vous en supplie, rendez-moi ma petite fille !

En sous-titre était écrit en lettres rouges : « Un nouvel enlèvement à River Falls ! »

Chapitre 37

Stephen s'arrêta devant l'adresse et fut pris d'un doute. Il vérifia sur son smartphone. 1243, Beaver Street, c'était bien là.

Il poussa la porte et entra dans la salle de boxe.

Il en reconnut les bruits caractéristiques. Le claquement du cuir contre le cuir. Les encouragements des entraîneurs à leurs poulains.

Il passa le vestibule et eut une vue d'ensemble sur la salle. Un ring, des sacs d'entraînement accrochés au plafond, des punching-balls sur pied. Une quinzaine de personnes en ce début de dimanche après-midi. Apparemment que des hommes.

— Allez, ta gauche, protège ton visage de ta gauche, et envoie-lui une droite! tonna un homme près du ring.

Deux boxeurs coiffés d'un casque de protection s'entraînaient avec fougue. Des adolescents à peine pubères.

D'autres tapaient dans des sacs de sable avec méthode ou sautaient à la corde, le visage couvert de sueur.

Fasciné par ce sport où s'échangeaient les coups, Stephen avait beaucoup pratiqué la boxe. Une survivance d'une époque où l'on canalisait la violence en la dramatisant sur scène. *Panem et circenses*. N'empêche, le ring l'attirait irrésistiblement...

— Vous cherchez quelqu'un ? fit une voix dans son dos.

Il se retourna d'un bloc pour faire face à un homme qui le dépassait d'une tête. Un cou de taureau. Pas le genre qu'on a envie d'avoir comme ennemi.

— Oui, Sarah Good, répondit Stephen.

— Il n'y a pas de Sarah Good ici.

— Une brune. Cheveux mi-longs, trente, trente-cinq ans.

L'homme eut un regard méfiant.

— Vous êtes qui ? Je connais votre tête.

— Sharky, laisse tomber, c'est pour moi.

Sarah quitta son sac de sable et s'avança vers eux. En sueur, les cheveux retenus par un bandana et vêtue d'un survêtement noir, c'était une tout autre personne que la femme élégante qu'il avait rencontrée la veille.

— Ça y est, je vous remets. Je vous ai vu aux infos. Vous êtes le type qui a sauvé Lindsay.

— Vous connaissez Lindsay Wyatt ?

Sharky eut un gros rire.

— Si je la connais ! C'est moi qui lui ai tout appris. Une vraie tigresse. Karen ne fait pas le poids à côté, se moqua-t-il en assenant une petite droite dans l'épaule de « Sarah ».

Cette dernière fit la moue.

— C'est bon, tu peux nous laisser, grogna-t-elle en indiquant d'un geste à Stephen de la suivre.

Ils traversèrent la salle et montèrent jusqu'aux vestiaires. Des hommes étaient en train de se changer. Leurs corps musclés rappelèrent à Stephen le physique qu'il avait quand il pratiquait ce sport. Jamais il n'aurait imaginé que Lindsay prendrait la relève.

— Alors, Karen, tu t'es enfin trouvé un mec ? la nargua l'un des boxeurs.

L'homme ôta son slip sans aucune gêne pour passer sous la douche. La jeune femme lui adressa un doigt d'honneur sans s'arrêter.

Ils passèrent une porte et grimpèrent encore deux étages. Karen saisit les montants d'une échelle posée contre un mur, qu'elle fixa sous la trappe de service.

— À vous l'honneur.

Stephen monta le premier et déboucha sur le toit de l'immeuble. Il découvrit une vue panoramique de River Falls : l'agglomération, la forêt et, au loin, le mont Rainer.

— On vient ici quand on a envie d'être tranquilles, dit la jeune femme.

— Comment dois-je vous appeler ? Sarah, Karen, ou votre vrai prénom ? demanda-t-il.

— Karen. Karen Hodgson.

— Je suppose que je dois vous croire sur parole.

Elle essuya la sueur sur son front et avança de quelques pas vers le vide.

Une trouée dans la couverture nuageuse laissa percer quelques rayons de soleil, qui éclairèrent soudain, tel un projecteur, une partie de la forêt dans une étrange et mystérieuse mise en scène.

— Mon nom ne vous dit rien ?

Stephen était resté prudemment en arrière. Si courageux fût-il dans la vie, il avait une peur instinctive du vide.

— Non, il devrait ?

— Possible. On m'a accusée d'avoir tué mes parents et mon petit frère. J'avais quinze ans. Toutes les preuves étaient contre moi. J'ai eu droit au pire des avocats et j'ai fait huit années de prison alors que j'étais mineure. Sans la Cour suprême, qui a aboli la peine de mort à l'encontre des mineurs en 2005, je ne serais plus de ce monde.

Stephen n'en croyait pas ses oreilles. Il n'avait aucun souvenir de cette affaire, mais il n'était pas surpris : l'Amérique connaissait régulièrement ce genre de drame.

— Sans l'initiative du Projet Innocence du Mississippi, reprit Karen, j'aurais fini mes jours derrière les barreaux. Un groupe d'étudiants en droit a choisi mon dossier et cherché à établir la vérité. Je ne vais pas vous refaire toute l'histoire, mais ils ont réussi à prouver mon innocence. Cela fait sept ans qu'on m'a libérée.

— Qui était le coupable ?

— Aucune idée, on a juste prouvé que je n'avais pas commis ces assassinats. À l'époque des faits, le shérif de Bâton Rouge était bien content de clore cette affaire avec un coupable idéal.

Stephen comprenait mieux sa méfiance envers les forces de police.

— C'est pour ça que vous avez tenu à me rencontrer, moi, qui suis journaliste ?

— Non, répondit Karen en se retournant.

Un pas en arrière et elle s'écraserait une bonne vingtaine de mètres plus bas.

— S'il vous plaît, venez par ici, demanda Stephen en lui tendant la main.

— Vous avez peur que je tombe ? Ne craignez rien. Je sais ce que je fais.

Stephen pria pour qu'aucun coup de vent ne la fasse chuter.

— C'est Marion qui a insisté pour que je vous parle. Cette fille est brillante et a le cœur sur la main. Elle fera une grande journaliste si son oncle ne la déforme pas.

— Je n'en doute pas. Elle est admirable.

— Vous lui avez sauvé la vie, ce matin. Je crois que j'aurais été capable de tuer, si j'avais appris qu'elle était morte.

Aucune trace d'humour ni de dérision, juste l'énoncé d'un fait.

Stephen se sentait de plus en plus mal à l'aise.

— Qui êtes-vous, Karen ? Que cherchez-vous ?

— La même chose que vous.

Stephen eut envie de sourire. Karen était loin de se douter de ses motivations réelles – elle l'aurait pris pour un fou.

— À savoir ?

— La vérité, réparer les injustices.

La fébrilité gagna Stephen. Que savait-elle vraiment de lui ?

— Vous, les journalistes, c'est ce que vous faites, non ?

Il approuva de la tête et sentit la pression diminuer. Elle ne savait rien.

— Et comment réparez-vous les injustices ? Vous voulez devenir journaliste ?

Karen le regarda, parut hésiter et finalement se lança.

— Sarah Good est un pseudonyme. J'appartiens à un groupe de personnes qui rouvrent des dossiers judiciaires sur des affaires jugées, mais où le doute subsiste. Nous enquêtons, nous cherchons des preuves à charge ou à décharge. Quand nous avons réuni un dossier complet, nous l'envoyons à la presse et à la police.

— Je n'ai jamais entendu parler de ça, mentit Stephen.

— Nous nous appelons « Les Détectives anonymes ». Nous souhaitons conserver notre anonymat pour pouvoir travailler en toute sérénité.[1]

— Merci de votre confiance.

Karen eut un petit sourire triste.

— Je n'ai strictement aucune confiance en vous, monsieur Callahan. Vous êtes un homme plein de mystères et de secrets.

— Je ne comprends pas.

— Votre père. Un bien étrange suicide…

— C'est pourtant ce qui s'est passé.

Pouvait-elle connaître la vérité ? Non, c'était impossible. Personne ne la connaissait. Absolument personne. À part sa mère et son beau-père.

— Je n'y crois pas un seul instant, reprit Karen. Tout comme je ne crois pas à la disparition de votre beau-frère. Les gens de votre entourage ont une fâcheuse tendance à mourir ou à disparaître, monsieur Callahan.

— Vous vous rendez compte de l'absurdité de ce que vous dites ? plaisanta-t-il.

— Oui, tout à fait, dit-elle en le regardant droit dans les yeux.

Stephen n'aimait pas du tout le tour que prenaient les événements.

1. Voir *Ne crains pas la Faucheuse.*

— Si j'étais un tueur, comme vous paraissez l'insinuer, dit-il, il me suffirait de vous pousser, et hop, plus de Karen Hodgson. Il me suffirait d'affirmer à la police que vous vous êtes suicidée. J'ai sauvé deux jeunes femmes en deux jours, personne n'imaginerait que je vous ai tuée.

Cherchait-elle réellement à prouver qu'il était un tueur ?

— Votre père était une ordure, un homme qui battait sa femme et terrorisait sa famille. Ce n'est pas une grande perte. Quant à votre beau-frère, c'était un alcoolique notoire qui trompait sa femme du soir au matin. Il a provoqué un accident de la route qui a rendu sa fille handicapée à vie. Certains ont pu penser qu'il méritait la mort.

Elle avait monté un dossier contre lui ! Les Détectives anonymes enquêtaient sur lui !

— Avez-vous conscience de la portée de vos accusations ?

— Oui, malheureusement.

Malgré sa peur du vide, Stephen s'avança vers elle et la foudroya du regard.

— Pour qui vous prenez-vous ? Vous allez envoyer un dossier au FBI ? Vous qui avez été accusée à tort, vous êtes prête à agir de même contre moi ?

— Ça n'a rien à voir. Je n'ai tué personne. Et si c'est également votre cas, vous serez lavé de tout soupçon.

— Mais personne ne m'a jamais accusé de quoi que ce soit !

Emporté par son indignation, Stephen s'était encore rapproché de Karen qui, instinctivement, posa un pied en arrière et perdit l'équilibre.

Stephen vit son visage se décomposer sous l'effroi.

Elle allait mourir. Elle n'avait aucune chance de s'en sortir.

Dans un geste désespéré, Karen tendit les mains en avant. Stephen bondit et réussit à agripper les doigts de sa main gauche, qu'il tira vers lui de toutes ses forces pour la ramener sur le toit. Mais, déséquilibré à son tour, il partit en avant.

Il n'eut même pas le temps de hurler de terreur… et se réceptionna tant bien que mal sur la passerelle de l'escalier de secours, accolé à la façade du bâtiment.

Allongé sur le dos, il vit apparaître au-dessus de lui le visage de Karen et fut parcouru d'un rire nerveux.

— Ça va ? demanda-t-elle.

Le sang bouillonnant dans ses veines, Stephen était incapable d'articuler un mot. Karen lui tendit la main et l'aida à remonter sur le toit.

— Vous saviez que vous ne risquiez rien. Vous saviez que j'avais le vertige. À quel jeu jouez-vous ?

— Je voulais voir si vous êtes bien le héros pour lequel vous vous faites passer.

— Je ne suis pas un héros. Comment avez-vous pu penser que je laisserais mourir quelqu'un sous mes yeux ?

— Je suis désolée, vous avez raison, dit Karen. Vous n'êtes pas un héros, vous êtes seulement suicidaire.

Stephen s'assit pour reprendre ses esprits, plus déstabilisé que jamais par cette femme qui avait le don de mettre le doigt là où cela faisait mal.

Ils furent soudain tous deux tirés de leurs pensées. Leurs portables avaient bipé en même temps.

Un SMS de Marion.

Une autre fille a été kidnappée !

Chapitre 38

— Où est-elle ? demanda Logan en entrant dans le commissariat, le visage fermé.

— Dans la salle de réunion, répondit Portnoy.

Ils remontèrent l'open space d'un pas vif, sans que personne émette le moindre commentaire.

Lindsay marchait derrière eux. Elle n'avait jamais vu le shérif dans un tel état. Il n'avait pas décoché un mot du trajet, l'oreille tendue vers les informations égrenées à la radio. Un silence pesant avait envahi l'habitacle.

Ils entrèrent dans la salle de réunion. Une femme était assise près d'une fenêtre. Les yeux rougis. La sergente Nielsen se tenait près d'elle et la réconfortait du mieux qu'elle pouvait.

— Sergente, fit Logan.

Nielsen hocha la tête et quitta la pièce.

— Madame Robinson, continua-t-il, il va falloir que vous me répétiez tout ce que vous avez déjà dit. Vous en sentez-vous la force ?

— Shérif, dites-moi que vous allez la retrouver, dites-le-moi, le supplia la mère éplorée.

— On va tout faire pour, je vous le promets.

Logan prit une chaise et s'assit face à elle. Lindsay et Portnoy restèrent debout, en retrait.

— Je ne veux pas qu'elle meure. Sandy est une fille merveilleuse. Je n'ai pas toujours été une bonne mère, mais ce n'est pas facile. Mon mari et moi avons divorcé il y a quatre ans. La vie est dure, vous comprenez ?

— Oui, répondit-il en ravalant son agacement. Dites-moi pourquoi vous pensez que Sandy a été enlevée.

— J'ai trouvé ça dans sa chambre, dit-elle en sortant une lettre de sa poche.

Logan prit la feuille de papier :

Maman, je suis désolée. Je m'en vais. Ne sois pas triste, je te contacterai très vite, mais n'essaie pas de me rechercher. Je pars avec Scarlett. Tout va bien se passer. Je te promets que je te rappelle très vite.

Gros bisous,

ta Sandy qui t'aime

— Quand avez-vous trouvé cette lettre ?

— Ce matin. Sandy est allée dormir chez son père. On a la garde alternée. Je l'y ai conduite vendredi soir. C'est en rangeant sa chambre que j'ai trouvé la lettre.

— Excusez-moi de vous reprendre, mais je ne comprends pas. Si votre fille a fugué avec Scarlett vendredi soir, comment pouvait-elle être chez son père jusqu'à hier ?

— Justement, j'ai appelé mon ex-mari, qui m'a avoué qu'il avait laissé sortir Sandy vendredi et qu'elle n'était pas rentrée depuis.

— Et il ne s'est pas inquiété ? Il n'a pas jugé bon de vous téléphoner pour savoir si elle était chez vous ? s'étonna Logan.

Madame Robinson prit un air contrit.

— Notre relation est très difficile. On ne se parle plus depuis le divorce.

— Il va nous falloir l'adresse de votre ex-mari. Nous allons devoir perquisitionner votre domicile. Vous êtes d'accord ?

— Bien sûr, demandez-moi tout ce que vous voulez. Je veux juste qu'on retrouve ma fille vivante.

— C'était une amie proche de Scarlett Whelan ?

— Oui et non. Elles se connaissaient depuis peu de temps.

Logan ne cessait de penser à Whelan. Avait-il également abusé de cette jeune fille ? Les avait-il tuées toutes les deux ?

Il mourait d'envie d'aller en personne secouer cette ordure. Mais il devait agir avec le plus de discernement possible. Hurley était encore sur place à l'hôpital, autant lui laisser l'affaire.

— Donnez-moi l'adresse de votre ex-mari, s'il vous plaît.

— Je peux vous y accompagner, si vous voulez.

— Non, ce n'est pas la peine. Vous allez suivre le lieutenant Portnoy et des agents chez vous pour qu'ils fouillent la chambre de votre fille. Peut-être y découvriront-ils d'autres indices qui nous aideront à la retrouver.

— J'ai déjà cherché.

— Vous avez ouvert son ordinateur ?

— Non, elle a un code secret.

— Nous saurons le faire sauter, la rassura Logan. Donnez-moi l'adresse de votre ex-mari, s'il vous plaît.

Logan attendit qu'elle la lui ait donnée et qu'elle soit sortie, escortée de Portnoy, pour appeler Hurley.

*

— Très bien... OK... Je l'interroge et je te rappelle.

Hurley raccrocha et retourna dans la chambre de Whelan, où se trouvait toujours Stanley Warren.

— Bien, monsieur Whelan, puisque votre avocat est ici, j'espère que vous allez pouvoir répondre à mes questions.

— Mon client vous a déjà tout dit, et nous ne dirons rien de plus jusqu'à l'ouverture du procès.

Hurley garda son calme et s'approcha du suspect.

— Monsieur Whelan, quoi qu'en dise votre avocat, vous n'avez aucune chance de vous en sortir. Je vous rappelle que vous êtes accusé du viol et du meurtre de votre fille.

— Mon client vous a déjà dit qu'il était innocent, et nous le démontrerons à l'audience, intervint Warren.

Hurley ne se laissa pas distraire et ne lâcha pas Whelan des yeux. Il était primordial d'observer son regard et sa réaction instinctive quand il entendrait ce qu'elle avait à lui dire.

— Avez-vous tué Sandy Perkins ?

— Quoi ?! Vous délirez complètement. Je ne connais pas cette fille. Ni elle, ni aucun membre de sa famille. Sa mère vous a dit qu'elle me connaissait ? Elle m'accuse d'avoir tué sa fille ? Je croyais qu'elle avait juste disparu.

— Vous avez retrouvé son corps ? demanda Warren.

— Non. Pour le moment, on parle seulement de disparition inquiétante.

— Dans ce cas, rien ne prouve qu'elle n'a pas simplement fugué. Vous savez combien de jeunes filles fuient le domicile familial tous les ans ?

Plusieurs centaines par jour, répondit mentalement Hurley. *Des dizaines de milliers par an*.

— C'est vrai, ça, renchérit Whelan. Vous n'allez quand même pas me mettre sur le dos toutes les disparitions d'enfants du pays !

— Jessica, cette accusation est ridicule, protesta l'avocat. Madame Perkins…

— Madame Robinson, elle a divorcé.

— Madame Robinson, reprit l'avocat, est une mère inquiète, et on peut la comprendre. Mais gardons la tête froide. Si j'en crois les médias, Sandy a quinze ans. Peut-être a-t-elle seulement fugué.

Madame Robinson avait eu l'intelligence de ne pas parler de la lettre aux médias. Hurley se demandait s'il était judicieux d'en faire part à Whelan.

— Si nous apprenons que vous connaissiez Sandy Perkins, si nous obtenons des témoignages confirmant que vous vous êtes rencontrés, votre parole ne vaudra plus rien, assena-t-elle. Vous pourrez dire tout ce que vous voudrez au jury, je leur ferai écouter cet enregistrement dans lequel vous assurez ne pas connaître Sandy Perkins.

— Tu as enregistré notre conversation ? s'insurgea Warren.

— Oui, j'en ai le droit. Ton client est en garde à vue.

Jessica rempocha son smartphone – sur lequel elle n'avait rien enregistré du tout. Un bon coup de bluff pouvait débloquer toutes les situations.

— Ne parlez plus. Surtout, plus un mot, dit Warren à son client.

— Je vous conseille plutôt de parler, rétorqua Hurley. Si vous nous aidez à retrouver Sandy, vous pourrez peut-être négocier un arrangement. Mais si vous gardez le silence, vous n'échapperez pas à la perpétuité. Je vous en fais la promesse.

Whelan regarda son avocat et reprit la parole.

— Je ne connais pas de Sandy Perkins, mais je peux vous parler des amies de Scarlett. Dora, Melany, Juliett, celles-là je les connais, mais pas Sandy Perkins ! Suis-je assez clair ?

L'homme avait l'air sincère. Mais la nuance entre « être » et « avoir l'air » était aussi capitale qu'entre « être en liberté » et « être derrière les barreaux » !

— Écoutez, je vous laisse cinq minutes avec maître Warren. Nous sommes prêts à vous proposer un marché, mais vous devez nous dire où se trouve Sandy, d'accord ?

— Vous êtes bouchée ? Je ne sais pas où est cette fille !

Hurley le regarda en essayant de cacher tout le mépris qu'elle ressentait pour lui et sortit de la chambre.

Cinq minutes plus tard, Warren en sortit à son tour.

— Alors ? demanda Hurley.

— Il ne sait rien, et je le crois.

— Stanley, c'est stupide. On a la preuve que Scarlett et Sandy étaient amies.

— Comment ça ? Quelle preuve ?

— Tu la verras au procès, dit-elle en lui renvoyant son argument à la face.

— Je sais que ce type est une ordure, répondit l'avocat en perdant de sa superbe.

— Alors, pourquoi le défendre ?

— Pour deux raisons. La première est que je suis persuadé qu'il n'a pas tué sa fille.

— Tu viens de dire toi-même…, le reprit Hurley en s'interrompant brusquement. Tu penses qu'il l'a violée, mais qu'il n'est pas le tueur ?

— Oui. Cela ne minimise en rien son acte. Le viol est aussi terrible que le meurtre, mais en droit Whelan n'encourt pas les mêmes peines. Je déteste Whelan pour ce qu'il a fait à sa fille, mais il n'en reste pas moins que, s'il ne l'a pas tuée, le tueur court toujours. Ton bon shérif ferait mieux de chercher le vrai coupable que de perdre son temps avec un coupable tout désigné.

Hurley détesta entendre ses propres doutes dans la bouche de son ancien amant.

— Tu disais que tu avais une deuxième raison.

Warren lui fit son regard de chien battu.

— Tu me manques.

— Arrête, s'il te plaît.

— Ça fait six mois. Je deviens fou.

— Je t'ai dit que c'était fini, chuchota-t-elle de crainte qu'on ne les entende. C'était de la folie. Je suis en couple et tu es marié.

— Je ne te demande pas de le quitter. J'ai compris que tu ne le feras jamais. Mais, bon sang, qu'est-ce que ça coûte qu'on se voie ? Tu as un tas de raisons de venir à Seattle. Ton mec n'en saura jamais rien, c'est notre secret à nous.

Hurley avait envie de le frapper. Cet homme la rendait folle. Folle de désir et de culpabilité. Le sexe a ses raisons que la raison ignore !

— Laisse tomber, j'ai dit non. C'est fini.

Warren fit semblant de la croire. Il avait perçu son hésitation.

— Très bien, c'est toi qui vois, mais appelle-moi tout de même quand tu repasseras par Seattle. On peut dîner entre amis.

— N'y compte pas trop, dit Hurley, distraite par une idée qui venait de lui traverser l'esprit.

Elle reprit son portable et s'éloigna de Warren.

*

— Oui, possible. Mais, jusqu'à preuve du contraire, Whelan est mon suspect numéro un, répondit Logan.

— Tu permets que j'aille sur place ?

— Si je te l'interdis, ça changera quoi ?

Hurley ne répondit pas.

— OK, mais fais attention à ce que tu dis. Je ne veux pas qu'on apprenne l'existence d'une lettre.

— Merci. Je t'aime.

Logan adorait ces mots d'amour. Plus de dix ans de vie commune et pas un nuage à l'horizon. Il avait une sacrée chance. La plupart de ses collègues étaient divorcés.

Il rangea son smartphone et se reconcentra sur son volant. Ils approchaient de l'adresse indiquée par madame Robinson.

— Je sais que je ne devrais pas vous poser la question, mais je peux connaître la théorie de votre compagne ? l'interrogea Lindsay.

— Bien sûr. Jessica se demande si le lien entre Scarlett et Sandy ne serait pas qu'elles étaient toutes les deux abusées par leur père.

Depuis qu'elle l'avait vue rougir dans la chambre d'hôpital, la profileuse était sacrément descendue dans son estime, mais Lindsay devait reconnaître que la thèse était intéressante. Pourtant, elle formula une autre hypothèse.

— À moins que Sandy n'ait voulu aider Scarlett à fuir son père et que ce dernier les ait rattrapées alors qu'elles s'enfuyaient.

— Pas idiot, et je dois dire que je préfère votre théorie.

Lindsay eut du mal à cacher sa satisfaction et détourna le regard sur la rue, alors que Logan se garait en bordure de trottoir.

Arthur Perkins habitait sur Cold Avenue, au quatrième et dernier étage d'un petit immeuble fraîchement retapé.

Logan appuya sur l'interphone. Lindsay avait appelé pour prévenir de leur arrivée et Perkins avait promis de les attendre. Si Hurley avait raison, leur hôte se serait fait la malle.

Mais Perkins leur répondit et déclencha l'ouverture de la porte. Quatre étages plus haut, il les accueillit sur le seuil de son appartement.

Il semblait abattu. Le regard vitreux, il sentait l'alcool à plein nez. Il portait un jogging négligé et un t-shirt des Metallica.

— Vous avez des nouvelles de ma fille ? demanda-t-il en les faisant entrer dans le salon.

Un modeste appartement d'environ soixante mètres carrés, suffisant pour un homme seul et sa fille un week-end sur deux.

— Pas encore. On va devoir vous poser quelques questions. Tâchez de vous souvenir le plus précisément possible de ce qui s'est passé ce vendredi.

— Je vais essayer, mais je ne suis pas certain de pouvoir vous être d'une grande utilité.

Il s'installa sur le canapé, où un chat somnolait paisiblement. Logan et Lindsay prirent place sur les fauteuils qui faisaient face à la baie vitrée donnant sur la rue.

— Excusez-moi d'aller droit au but, mais pouvez-vous me dire à quelle heure votre ex-femme a déposé Sandy chez vous ?

— Ce devait être 19 heures, 19 h 15, à peu près.

— Comment avez-vous trouvé Sandy ? Avait-elle l'air inquiet, perturbé ?

— Non, comme d'habitude. Je dirais même qu'elle semblait plutôt contente. Elle m'a demandé si elle pouvait passer la nuit chez une copine. J'ai accepté, dit-il en allumant une cigarette.

Logan pensa à son propre paquet qui dormait dans la poche intérieure de sa veste. Ne pas céder à la tentation, malgré l'envie qui le taraudait dans les moments de tension.

— Vous la laissez souvent sortir ?

— Le week-end, pas de problème. Je ne veux pas dire du mal de sa mère, mais elle est trop stricte avec elle. Sandy a besoin de liberté. Peut-être que c'est moi qui suis trop cool.

L'homme ne paraissait pas particulièrement inquiet. Pas du tout angoissé, alors que tout le monde était à la recherche de sa fille. Avait-il pris des médicaments ?

— Vous connaissez le nom de son amie ?

— Oui, enfin non. Elle me l'a dit, mais j'ai oublié.

— Elle vous a donné un numéro de téléphone, je suppose, une adresse ? enchaîna Lindsay.

Perkins prit un air tout à fait désolé.

— Non, je lui fais confiance, et elle ne m'a jamais trahi.

— À part que, hier, elle n'est pas revenue. Vous n'avez pas essayé de la joindre ?

— Si, mais Sandy fait ça tout le temps. Ici, elle est libre de ses mouvements.

— Elle n'a que quinze ans.

Perkins se cala dans son canapé et fit la grimace.

— Vous êtes ici pour me donner des conseils sur l'éducation de ma fille, ou pour tenter de la retrouver ?

— Vous n'avez pas l'air bien inquiet.

Perkins eut un petit rire moqueur.

— Mon ex-femme est à moitié folle. Je suis sûr que Sandy va très bien et qu'elle va revenir dès qu'elle saura quel ramdam elle a déclenché. Je la connais bien. Il ne lui est jamais rien arrivé.

Peut-être était-il temps de lui parler de la lettre qu'elle avait laissée. Logan soupesa le pour et le contre, et se lança.

— Votre fille a laissé une lettre à sa mère lui expliquant qu'elle partait et qu'elle la rappellerait dans quelques jours.

— Ha ! Je vous l'avais bien dit, c'est juste une fugue. Elle va revenir.

Lindsay trouvait les réactions de ce père de plus en plus étranges.

— Vous pouvez nous montrer sa chambre ? demanda Logan.

— Oui, suivez-moi.

— Excusez-moi, je peux emprunter votre ordinateur ? intervint Lindsay.

— Pourquoi ?

— J'ai besoin d'Internet. Une simple recherche, j'en ai pour une seconde.

La lieutenante remarqua aussitôt la gêne de Perkins, et son intuition se transforma en certitude.

— Oui, venez, on va aller sur celui de ma fille. Elle en a un dans sa chambre.

— Non, j'ai plutôt envie de consulter le vôtre.

Perkins se figea, l'air mauvais.

— Je ne comprends pas.

— En fait, je crois que je vais emporter votre ordinateur, si vous le permettez.

— Non, je ne vous le permets pas.

— Pourquoi ?

— Il y a des fichiers privés qui ne vous concernent pas. Je connais mes droits.

— Il me suffit d'un mandat pour l'emporter.

— Si c'est ce que vous voulez, demandez-en un.

Logan comprit enfin où voulait en venir sa lieutenante. Mais tous les hommes consultaient des sites pornographiques…

— Très bien, c'est vous qui voyez.

Des gouttes de transpiration suintaient du front de l'homme. Logan prit son téléphone et appela le juge Hawthorne, qui lui avait déjà délivré le mandat pour le père de Scarlett.

L'homme de loi répondit sans le faire attendre. Aussitôt, Logan lui expliqua la situation. Perkins se décomposait à vue d'œil.

— Merci, on vous attend, coupa-t-il en raccrochant.

Plus de doute. Ce type cachait quelque chose, et peut-être pas simplement des visites sur des sites pornographiques…

— Je vais vous le chercher. Pas la peine d'en faire toute une histoire, rétorqua Perkins. Moi aussi, je veux qu'on retrouve ma fille.

Il se dirigea vers une armoire, ouvrit la porte, plongea la main à l'intérieur et se retourna, soudain armé d'un revolver qu'il pointa sur le shérif.

La détonation retentit.

Logan sentit son cœur rater un battement, puis vit du sang couler sur le visage de Perkins. Stupéfait, il tourna la tête vers Lindsay, qui rangeait son arme dans son étui.

— Toujours se fier aux femmes, dit-elle tandis que sa main se mettait à trembler.

C'était la première fois qu'elle tuait un homme. Quand elle avait vu Perkins ouvrir l'armoire, elle n'avait pas voulu prendre le moindre risque. Sans son intervention, à présent, deux corps de policiers joncheraient le sol de l'appartement.

Le téléphone de Logan se mit à sonner...

*

Portnoy sentit les premières gouttes tomber et râla de plus belle. La veille, ils avaient fouillé la zone autour de la grotte où le corps de Scarlett avait été découvert, et voilà qu'ils devaient remettre ça sous la pluie. Quelle vacherie !

— Vous croyez vraiment qu'il l'aurait abandonnée si loin du premier corps ? demanda le sergent Morris.

Cela faisait plus d'une demi-heure que ses hommes et lui avançaient dans les fourrés. Les pompiers et des volontaires les avaient rejoints pour leur prêter main-forte et une vraie battue s'était organisée.

— Je n'en sais rien, mais il ne faut jamais penser de façon rationnelle quand on se met dans la tête d'un tueur. Ces types sont des cinglés. Aucune logique, juste de la folie.

Les gouttes s'étaient transformées en averse et le sol sous leurs pieds était devenu collant et visqueux.

Sous le couvert des arbres, il faisait presque nuit et Portnoy regretta de ne pas avoir pris de torche avec lui.

Il rabattit une mèche de cheveux trempée qui lui tombait sur les yeux et poursuivit sa progression.

Il commençait à ne plus y croire. Peut-être Sandy avait-elle fugué et était-elle déjà de retour chez elle ? Non, Logan l'aurait appelé ou lui aurait envoyé un SMS…

Portnoy regarda son téléphone. Une barre. Bientôt, il ne capterait plus rien.

À distance respectable, une armée anonyme avançait avec méthode, quadrillant la forêt alentour.

Si un corps se trouvait là…

— Ici ! cria soudain quelqu'un.

Morris et Portnoy échangèrent un regard sans rien dire et accélérèrent le pas.

Un petit attroupement s'était formé près d'un immense chêne.

Sous une pluie battante, protégé par les branches de l'arbre séculaire, le corps de Sandy gisait crucifié sur le tronc. Nue, les pieds coupés au niveau des chevilles. Les orbites vides.

Une abomination.

— Regardez ! dit un des volontaires qui s'était approché du chêne.

Des dessins. Des cartes du tarot.

Portnoy eut envie de hurler sa colère, mais, comme tout le monde, il garda son calme, puis il appela Logan.

*

Hurley venait de se garer. Elle s'apprêtait à couper le moteur quand la radio diffusa la terrible nouvelle.

Elle n'en crut pas ses oreilles. Non seulement Sandy avait probablement été victime elle aussi de viols répétés de la part de son père, mais elle avait fini de la même atroce façon que Scarlett… Torturée et assassinée !

Jusqu'au dernier moment, Jessica avait voulu croire qu'il ne s'agissait que d'une fugue. Mais la réalité avait rattrapé ses faibles espoirs.

Elle serra les dents et frappa des deux poings le volant de sa voiture.

Le monde était tellement désespérant. Parfois, elle avait envie de tout arrêter, de tout quitter. De partir vivre loin, loin de cette civilisation qui l'écœurait.

Hurley renifla un grand coup et se ressaisit. Elle éteignit le contact, attrapa son parapluie et sortit sur le parking improvisé du terrain communal. La représentation dominicale du Big Circus devait avoir lieu dans une heure.

Pas certain que grand monde y assiste, se dit-elle.

Elle contourna le chapiteau et se retrouva du côté des caravanes.

Accueillie par des regards méfiants, elle exhiba sa carte de consultante du FBI.

— Excusez-moi, je souhaiterais parler à Natalia Svéroga.

Une main lui effleura le dos. Hurley se retourna en sursautant.

— Suivez-moi, je vous en prie, dit Esméralda d'un air absent.

La voyante était apparue comme un fantôme.

Hurley lui tendit son parapluie.

— C'est gentil, mais ça ira, répondit Esméralda en se dirigeant sous la pluie vers une des caravanes, guère plus luxueuse que ses voisines.

Les directeurs de ce cirque ne s'arrogeaient apparemment aucun privilège.

Esméralda fit entrer la profileuse. Hurley découvrit un intérieur confortable et plutôt mignon. Très kitsch, mais pas désagréable à l'œil.

La voyante alluma une bougie et traversa la caravane pour se rendre dans la partie cuisine.

— Vous buvez quelque chose ? Du vin ?

— Avec plaisir.

Elle sortit une bouteille de sous l'évier et deux verres, qu'elle posa sur une petite table circulaire.

Hurley l'observa tandis qu'elle faisait sauter le bouchon. Habillée sobrement, pas encore maquillée, les cheveux ramenés en chignon bataille, Esméralda n'était plus que l'ombre de la femme qu'elle avait interrogée quelques heures plus tôt.

Elles trinquèrent et portèrent leur verre à leurs lèvres. Dès la première gorgée, la profileuse sentit son corps se détendre.

— Un vin argentin. Les meilleurs, commenta Esméralda d'un ton détaché.

— Pas faux.

Elles burent en silence. Comme deux amies qui se seraient retrouvées après une longue absence.

— Qu'est-ce que vous voulez ? lança soudain Esméralda en brisant ce moment de fraternité.

— Sandy Perkins. On a retrouvé son corps, répondit Hurley en revenant à la froide réalité.

— J'ai appris. C'est terrible.

— Vous la connaissiez, n'est-ce pas ?

Esméralda ne démentit pas.

— Pourquoi ne pas nous en avoir parlé ce matin ?

— Ça n'aurait rien changé. Les faits ont prouvé qu'on ne pouvait pas la sauver.

— Vous ne pouvez pas l'affirmer. Sandy aurait pu être encore vivante !

Esméralda baissa la tête et se resservit un verre.

— Sans doute. J'ai eu tort.

— Dites-moi tout.

— Vous ne comptez pas m'arrêter ?

Le FBI pouvait recourir à de nombreux motifs pour mettre les gens sous les verrous. Obstruction à la justice, rétention d'informations, suspicion de terrorisme… toutes sortes de délits qui pouvaient faire tomber jusqu'au plus innocent des citoyens.

— Je ne sais pas, répondit Hurley.

Logan deviendrait fou quand il apprendrait qu'elle avait rendu visite à Esméralda sans le prévenir. Mais elle connaissait ce genre de femme. Aucune pression ne la ferait plier, bien au contraire. Seule une démarche pleine d'empathie pouvait l'amener à parler.

— Scarlett et Sandy étaient victimes d'inceste depuis bien des années, commença Esméralda.

— Comment le savez-vous ?

— Je connais des gens qui gèrent un site contre la maltraitance. Sur leur forum, de nombreux adolescents viennent raconter l'horreur de leur situation. Ce site est là pour les soutenir et les aider à déposer plainte en se portant partie civile. Hélas, trop peu d'enfants ont ce courage. Ils cohabitent avec un monstre dans leur propre foyer. À cette peur-là, ils préfèrent souvent le suicide ou la fugue, plutôt que la justice.

Hurley connaissait le calvaire que ces enfants devaient traverser. En plus de leurs parents, ils devaient affronter la communauté, qui prenait bien souvent parti pour les adultes et les accusait de mensonges.

— Ni le suicide ni la fugue ne sont une solution. Quand ils n'attentent pas à leurs jours, ces ados prennent le premier bus en partance et se retrouvent à Los Angeles ou Miami. Démunis, clandestins, ils font de mauvaises rencontres et finissent sur le trottoir ou accros à la drogue, si ce n'est pas les deux.

— Et c'est là que vous intervenez, n'est-ce pas ?

— Oui. Nous récupérons ceux qui n'en peuvent plus. Nous leur trouvons des endroits où ils seront accompagnés.

— Quel genre d'endroit ?

— Des familles d'accueil, mais nous nous passons de toute autorité judiciaire.

— Pourquoi ?

— Parce que nous n'avons aucune confiance en ce système. L'administration étatique est un monde froid qui se contente de placer les enfants sans vraiment étudier les dossiers, dans des familles souvent plus fortunées que les leurs, mais qui ne sont pas forcément meilleures. L'argent ne fait pas les bons parents. Loin de là.

— Vous ne croyez pas que vous avez une vision un peu biaisée de la société ?

Esméralda lui renvoya un regard glaçant.

— D'aussi loin que je me souvienne, mon père a abusé de moi. Le jour où j'ai décidé de porter plainte, l'administration m'a placée dans une famille de « belles personnes ». Un couple d'ingénieurs, parfait sous tous rapports. Mon nouveau « père » n'a pas tardé à me violer à son tour. J'ai essayé d'en parler, mais personne ne m'a crue. Il était trop bien pour ça, vous comprenez ?

Hurley se rappela soudain qu'Esméralda avait été accusée de meurtre.

— Vous l'avez tué ?

— J'ai seulement voulu me défendre. Je n'avais que seize ans. Personne n'a le droit de toucher à notre corps sans notre consentement.

Des larmes longtemps retenues s'étaient mises à rouler sur ses joues. Esméralda prit son verre et le finit d'une traite.

Hurley ne savait quoi penser. Se substituer aux services sociaux pouvait sembler venir d'une bonne intention, mais avec quelles garanties que ce ne serait pas pire que le système légal ?

— Vous savez tout, ajouta Esméralda. Si vous voulez m'arrêter, faites-le, mais sachez que d'autres que moi prendront le relais.

Hurley termina son verre. Elle était extrêmement perplexe. Elle avait surtout besoin de réfléchir.

— Je vous remercie de votre franchise, Natalia. Pour l'heure, je n'ai aucune intention de vous arrêter ou de parler à quiconque de ce que vous m'avez confié.

Esméralda lui prit la main.

— Je ne crois pas à la voyance…, se défendit la profileuse.

— Dans ce cas, pourquoi avoir peur ? Laissez-vous faire.

Hurley n'aimait pas ça.

— Vous avez une peau très douce et une très belle ligne de vie. Vous allez vivre longtemps et vos deux enfants, un garçon et une fille, vous feront de très beaux petits-enfants.

Hurley fronça les sourcils. Esméralda eut un petit rire.

— Vous allez… non, vous avez rencontré un homme. Vous allez tout quitter pour lui.

Hurley retira brusquement sa main.

— Ce n'est pas drôle.

— Qu'est-ce qui vous prend ? Je ne fais que lire ce que je vois !

— Alors, vous voyez mal. J'aime mon mari !

— Ce n'est pas à moi que vous devez le dire. Les lignes ne se trompent jamais, rétorqua Esméralda en se levant. Vous n'avez plus rien à faire ici. Au revoir.

Hurley sortit précipitamment de la caravane.

La pluie tombait toujours aussi dru. Elle avait oublié son parapluie chez la voyante. Tant pis, elle ne remettrait plus jamais les pieds chez cette femme qui prétendait lire en elle.

Chapitre 39

Marion entra trempée dans le *Old Woodsman* et repéra aussitôt Karen et Stephen qui jouaient au billard, dans le fond.

Elle traversait la salle quand une voix l'apostropha :

— Hé, vous, venez par ici !

— Quoi ?

— Je veux voir votre pièce d'identité, expliqua Bernie. Vous avez quel âge ?

— Largement celui de boire de l'alcool si ça me chante, mais je n'en bois pas de toute façon, répliqua sèchement Marion.

— Elle est avec moi, intervint Stephen, sa canne de billard à la main.

— Cette gamine a plus de vingt et un ans ?

Marion lui adressa un regard outré.

— Arrête tes conneries, Bernie, je me porte garant.

— Désolé, mais les flics sont pointilleux. Je vous offre quelque chose pour me faire pardonner, mademoiselle ?

— Un jus d'orange, s'il vous plaît.

— OK, un petit jus d'orange pour la jeune fille, enchaîna Bernie. Je vous l'apporte.

— On aurait pu se voir ailleurs, glissa Marion à Stephen en se dirigeant vers la table de billard. C'est un vrai repaire de rednecks, ici.

L'Américain moyen, blanc, fier de son pays et de sa patrie, limite raciste, écoutant du rock et buvant de la bière du matin au soir, et surtout pro-armes.

— Ne sois pas méprisante. Moi, je les aime bien.

— Vous plaisantez ? s'étrangla Marion.

— Non, personne n'est parfait. Si on ne devait aimer que les gens respectables, on n'aimerait pas grand monde.

Marion secoua la tête et s'avança vers Karen. À moitié allongée sur le billard, cette dernière s'apprêtait à tirer une boule dans un trou opposé.

— Une seconde, s'il te plaît.

Karen frappa un coup sec et sa boule vint taper le numéro 8, qui disparut dans le trou.

— Et voilà, vous me devez vingt dollars.

Stephen fit la moue, mais dut avouer sa défaite et lui tendit un billet.

— Sarah, expliquez-moi…

— Tu peux m'appeler Karen. Je lui ai tout raconté.

— Mais pourquoi ?

— Parce que j'ai décidé de lui faire confiance.

— Mais on ne sait pas…

Marion se mit à rougir, comprenant sa bévue.

— On ne sait pas quoi ? la reprit Stephen.

— Allons parler plus loin, proposa Karen.

Sous les notes de *John Wayne* de Billy Idol, ils prirent place en fond de salle, à l'abri de toute oreille indiscrète.

Bernie posa un jus d'orange et deux mojitos sur leur table avant de s'éclipser.

— Je peux comprendre ce qui se passe ?

Stephen l'avait appelée à la suite de son SMS et lui avait demandé de les rejoindre.

— Je lui ai tout dit. Il sait tout.

— Tout… vous voulez dire tout, tout ?

— Oui, il sait que je travaille avec les Détectives anonymes. Il connaît ma véritable identité, et il sait que je pense qu'il a tué son père et son beau-frère.

Marion rougit davantage.

— On n'en sait rien, on n'a pas de preuves, s'émut Marion en se tournant vers Stephen. Je vous jure que je ne le pense pas. Moi, je crois que vous êtes innocent.

— C'est gentil, et tu as raison, je suis innocent. Tu me vois tuer quelqu'un ? ironisa-t-il.

— C'est impossible, Karen. N'oubliez pas qu'il m'a sauvée, et qu'il a aussi sauvé une policière hier, insista Marion.

— On va dire que je n'ai pas encore de certitude, sourit Karen.

— Il n'en reste pas moins que tu as enquêté sur moi, lança Stephen à sa jeune collègue.

— Je suis désolée. J'aurais dû vous en parler. Je voulais juste savoir pour le suicide de votre père. Et si cela n'en était pas un ?

— Il n'y a aucun doute possible, laisse tomber.

— Oui, mais…

— Arrête ! Comme l'a dit très justement Bernie, tu es très jeune. J'ai plus de dix ans de plus que toi et une expérience que tu n'es pas près d'avoir. Laisse tomber ces histoires de Détectives anonymes. Laisse la justice faire son travail.

— Mais la justice se trompe tout le temps !

— Tu ne crois pas que tu exagères ?

— Je veux dire, quand elle se trompe, il faut des gens comme nous pour réparer ses erreurs. C'est pour ça que je veux être journaliste.

— Oui, mais tu dois agir dans la légalité, pas dans l'ombre.

— Les lois sont faites par les hommes, elles n'ont rien d'immuable, intervint Karen. Ce qui est illégal un jour est légal le lendemain, mais ce qui est juste l'est pour toujours.

Stephen fit la moue et attrapa son mojito.

— Ça veut dire que vous ne comptez plus travailler avec moi ? reprit Marion.

— Je n'ai pas dit ça. Seulement, je ne veux pas que tu t'égares. Oublie tes idées de justicière. Si j'ai appris quelque chose depuis que j'ai quitté River Falls, c'est que le bonheur est auprès des siens. Il faut s'occuper de soi et de ceux qu'on aime avant de s'occuper des autres.

— C'est très égoïste. Je ne suis pas comme ça.

— C'est seulement réaliste. Ce que tu fais pour les autres, jamais ils ne te le rendront. En revanche, ce que tu fais pour tes proches, là, oui, ils te le rendront en amour, et c'est tout ce qui compte dans la vie. Crois-moi.

— On peut très bien allier les deux.

Stephen haussa les épaules.

— Laisse tomber, Marion. Il ne nous aidera pas, dit Karen. Tu t'es trompée sur lui, mais je ne t'en fais pas le reproche. Quand on ne s'implique pas, on ne risque pas de se tromper.

Stephen ne releva pas l'affront. Ne jamais céder à la provocation.

— Non, je suis sûre que vous ne laisserez pas faire ça.

— Quoi ? demanda Stephen.

— Laisser le tueur en liberté. On doit trouver qui a fait ça. C'est horrible, ce qui est arrivé à Scarlett et Sandy !

— La police enquête. Ce n'est pas de mon ressort. Et j'ai promis à un petit garçon de neuf ans de l'emmener au cirque cet après-midi. D'ailleurs, ajouta-t-il en regardant sa montre, si je ne veux pas être en retard, il faut que j'y aille.

— Vous plaisantez, vous n'allez pas au cirque avec tout ce qui se passe ?

— *The show must go on !*

Il sortit son portefeuille et posa deux billets de dix dollars sur la table.

— C'est pour moi.

Puis il quitta le bar sans un regard en arrière. Bernie le vit partir sans comprendre. Comment pouvait-on abandonner deux aussi jolies jeunes femmes ?!

Stupéfaite, Marion se tourna vers Karen.

— Je suis persuadée que le coupable est toujours en liberté. On doit l'arrêter avant qu'il ne recommence.

— Ne t'inquiète pas, je ne vais pas te laisser tomber, répondit Karen.

Elle n'avait pourtant aucun début de piste concernant l'identité et les motivations du tueur.

Chapitre 40

Peter regarda Bonnie se préparer. Tellement belle, tellement parfaite.

— Tu sais, finalement, je préfère que tu restes ici, dit-il en croisant son regard dans le miroir de la salle de bains.

— Certainement pas. Je viens avec toi

Elle finit de poser son rouge à lèvres et pinça la bouche pour répartir harmonieusement la couleur.

— Je peux le faire tout seul. Si jamais ça tourne mal, je ne veux pas que tu meures.

— Et si tu meurs, tu crois que je pourrai vivre sans toi ?

Elle se retourna et mit ses mains sur les épaules de son homme.

— Tu es toute ma vie. Si tu meurs, je meurs.

Comme elle était désirable. Et s'il abandonnait tout ? Oublier sa vengeance et continuer comme avant. Des enlèvements discrets, des immigrés, des enfants en perdition, des anonymes que personne ne recherchait jamais.

Des milliers de disparitions étaient signalées à travers les États-Unis chaque année. Peter savait que, pour la plupart, les disparus finissaient assassinés par des hommes et des femmes comme Bonnie et lui, qui les kidnappaient et les torturaient jusqu'à ce que mort s'ensuive. Que Dieu soit béni pour tous ces inconnus qui avaient la malchance de croiser leur chemin !

Combien étaient-ils à traquer ces pauvres hères ?

Les criminologues estimaient le nombre de tueurs en série à près d'un millier. Peter pensait qu'ils étaient bien plus nombreux à agir dans l'ombre. L'homme est un animal, un prédateur comme les requins. Excité par le goût du sang. Pourquoi forcer la nature ? Il y avait tant de plaisir à infliger la mort.

Et c'était tellement simple. Pourquoi s'en priver ?

Une étude avait prouvé qu'un quart des accidents de la route étaient volontaires. Le désir de tuer est inscrit en chacun de nous.

D'ailleurs, il en aurait mis sa main à couper, les industriels provoquaient sciemment d'atroces souffrances en introduisant des substances toxiques dans les produits de consommation courante, par pur sadisme.

Le plaisir de voir mourir un être humain était inégalable. Un tel sentiment de plénitude vous envahissait…

—À quoi tu penses ?

— À la chance que j'ai eue de te rencontrer.

L'acte fondateur qui avait tout changé. En un regard, ils avaient compris qu'ils étaient faits l'un pour l'autre.

Il sentit une main sur sa braguette.

— Dis donc, faut pas gâcher ça, dit Bonnie en appréciant son sexe durci.

Elle se mit à genoux et lui prodigua la plus belle fellation de sa vie.

Chapitre 41

Hurley était folle de colère quand elle entra dans le bureau de Logan.

— Tu peux m'expliquer ?!

Comprenant qu'ils étaient de trop, Lindsay et Portnoy s'éclipsèrent aussitôt.

— Qu'est-ce qui t'arrive ? Calme-toi.

— Tu parles, tu as failli mourir !

Elle avait appris ce qui s'était passé chez Perkins, quelques heures plus tôt.

— Tu portais ton gilet, au moins ?

— Calme-toi, je t'en prie. Non, je n'avais pas mon gilet, mais personne ne pouvait imaginer qu'il tenterait de nous tuer.

— Tu te rends compte que tu aurais pu mourir !

Ému par ce subit accès de colère, Logan se leva de son fauteuil et prit Jessica dans ses bras.

— J'ai déconné. Je te promets que je ne le ferai plus.

Hurley ne put retenir ses larmes et l'embrassa passionnément.

Logan se laissa faire, mais, quand il croisa les regards malicieux de ses agents derrière la vitre de son bureau, il repoussa doucement sa compagne.

— Ce n'est pas vraiment le lieu.

— Je sais, excuse-moi, mais j'ai eu tellement peur. Je ne veux pas te perdre.

Les paroles de la voyante résonnaient encore dans la tête de la profileuse. Non, elle ne quitterait jamais cet homme qui lui avait donné les deux plus beaux enfants de la terre. Warren pouvait aller pourrir en enfer. Elle n'avait que faire de ses mots doux, il n'y avait pas que le sexe dans la vie !

— Tu te sens capable de rentrer toute seule, ou tu veux que je te fasse raccompagner ? demanda Logan.

— Tu plaisantes ?

— D'accord, tu m'appelles dès que tu es arrivée.

— Attends, tu ne crois quand même pas que je vais rentrer ? Tu as besoin de moi, ici.

— Ce n'est pas la peine. Ça va aller. Tout est fini.

Hurley ouvrit de grands yeux.

— Mais non, rien n'est fini ! Whelan n'est pas le coupable. Surtout avec ce second meurtre. Ça ne rime à rien, enfin !

— Assieds-toi et calme-toi, répéta Logan en se rasseyant dans son fauteuil. Je vais te dire ce qui s'est passé, d'accord ?

— D'accord, concéda-t-elle sans enthousiasme.

— Ce matin, Esméralda nous a expliqué que Scarlett avait prévu de les rejoindre pour fuir son père incestueux. Puis madame Robinson a trouvé la lettre de sa fille et nous avons découvert que Perkins abusait sexuellement de Sandy. Il me semble donc évident que Sandy et Scarlett se connaissaient et qu'Esméralda ne nous a pas tout dit. Elle attendait non pas une, mais deux jeunes filles pour les emmener loin de leurs parents. Par malheur, les pères se connaissaient : ils les ont pistées et leur ont fait payer cet affront…

— Tu crois que Whelan et Perkins étaient de mèche ?

— Laisse-moi encore un peu de temps, et je le prouverai. Les pédophiles passent leur temps sur des sites et des forums à échanger leurs points de vue. Ces deux ordures échangeaient même peut-être leurs filles.

Hurley ne répondit rien. Rien n'indiquait que ce fût le cas. Cela dit, rien ne prouvait le contraire non plus.

— Mais pourquoi cette mise en scène ? Pourquoi les tuer ?

— Peut-être qu'ils n'en avaient pas l'intention au départ. Jusqu'à ce que Scarlett trouve la mort. Ils ont alors dû se débarrasser de Sandy.

— Et la mise en scène ?

— Je ne sais pas. Pour faire penser à un tueur en série, peut-être. Nous mettre sur une fausse piste…

Ce n'était pas bête, mais Hurley sentait que ça ne cadrait pas.

— Je ne sais pas. J'ai du mal à me dire que tout est aussi simple.

— Tu passes ton temps à étudier des psychopathes, Jessie…

— Parce que les pères incestueux ne sont pas des tarés, peut-être ?

— Tu sais très bien ce que je veux dire. Tout est fini.

— Tu comptes faire quoi pour Esméralda ? L'arrêter ?

Hurley avait promis de ne rien dire des confidences de la voyante, mais Logan n'était pas idiot. Il avait suivi le même raisonnement qu'elle.

— Non, je ne pense pas qu'elle soit coupable de quoi que ce soit, mais je veux son témoignage, qu'elle nous assure que Sandy devait la rejoindre elle aussi.

Hurley regarda sa montre.

— Ils sont en représentation dans moins d'une heure.

— Je sais. Lindsay et Portnoy sont en route pour le Big Circus. Ils l'embarqueront à la fin du spectacle.

— Tu pourrais le faire annuler. Je trouve ça un peu malsain.

— Au contraire, des centaines d'enfants attendent ce spectacle depuis des jours, voire des semaines. Il vaut mieux pour tout le monde qu'ils aient en tête des images de clowns et d'acrobates plutôt que celle de leur camarade crucifiée, tu ne crois pas ?

— La thérapie par le rire.

— Oui, docteur Patch[1], dit Logan.

Hurley se passa une main dans les cheveux.

— Et si tu avais tort ? Si le tueur était toujours en liberté ?

— Non, aucune chance.

— Tu m'as toujours dit que tu te fiais à mon instinct. Imagine un instant que ce type prépare un nouveau coup…

— Jessie, dans chaque meurtre, la question primordiale est le mobile : à qui profite le crime ? Si nous avions affaire à un psychopathe, pourquoi ne s'en serait-il pas encore vanté ? Nous n'avons reçu aucune revendication.

— Torturer et assassiner deux jeunes filles, c'est tout de même bien le signe d'un dérèglement psychopathique profond, non ? Et puis, il y a ces dessins sur les scènes de crime. Ils ont forcément un sens, mais on ne l'a pas encore trouvé, c'est tout.

— Alors, trouve-le et reviens me voir quand tu auras la solution !

Hurley comprit qu'elle ne tirerait rien de plus de Logan.

---

1. Célèbre médecin américain, incarné à l'écran par Robin Williams.

Elle se leva pour lui voler un dernier baiser quand une idée lui traversa l'esprit. Elle allait faire d'une pierre deux coups.

— Je vais rentrer à la maison et emmener les enfants au cirque. À ce soir !

Puis elle sortit du bureau avant que Logan ait pu dire un mot.

Les agents qui traînaient dans le couloir firent comme s'ils étaient en grande conversation. Pas dupe, elle les dépassa avec un sourire en coin.

Chapitre 42

Stephen poussa la porte du manoir et fut accueilli par une bonne nouvelle.

— Mamie est partie. Elle ne pourra pas nous accompagner au cirque, mais j'espère que tu es toujours d'accord pour y aller quand même ? demanda Beverly.

— Même au seuil de la mort, je répondrai toujours « oui » à tous tes désirs, déclara son oncle en se débarrassant de sa veste.

La journée avait mal démarré, mais elle promettait de bien mieux finir. Stephen avait tellement besoin de ce cocon familial, bien plus qu'il ne l'avait imaginé.

— On ne va pas trop tarder. Sur les affiches, ils disent que ça démarre à 16 heures.

Stephen regarda sa montre. 15 heures à peine. Une demi-heure maximum pour traverser la ville et se retrouver sur le terrain municipal.

— On part dans un quart d'heure, ça te va ?

— Et pourquoi pas tout de suite ? protesta Lucas en sautillant sur place.

— Les enfants, laissez votre oncle souffler un peu, intervint Ashlyn. Tu veux peut-être te changer ?

— Oui, je prends une douche et je suis à vous.

Il opta paresseusement pour l'ascenseur de Beverly. Deux étages plus haut, la vue de son lit lui rappela combien il était fatigué. Comme s'il était doué de raison, son matelas semblait l'appeler : « Viens te coucher, tu seras si bien… » Stephen se ressaisit : s'il s'allongeait ne serait-ce qu'un instant, il s'endormirait aussitôt.

Il ôta ses vêtements et passa dans la salle de bains. Sa chute du toit sur la passerelle avait laissé des marques douloureuses sur ses épaules et dans son dos. Un frisson le parcourut : il avait vraiment cru sa dernière heure arrivée ! Il n'avait pas vu sa vie défiler devant ses yeux, mais il avait eu une trouille de tous les diables !

Il ouvrit le robinet d'eau froide. Le jet glacial lui coupa le souffle, mais il en avait besoin.

Quelques minutes plus tard, il se sentait frais et dispos, prêt à continuer la journée.

L'image de sa chute s'estompait. Plus de peur que de mal, finalement.

En revanche, son entrevue avec Marion et Karen le laissait sceptique. Elles croyaient en la justice, alors que la réalité était tout autre. L'Amérique sombrait année après année dans le chaos. La pauvreté augmentait, les inégalités se faisaient de plus en plus flagrantes. Les meurtres n'avaient jamais été aussi nombreux, sans parler des attentats.

L'Amérique était perdue. Personne ne pourrait la sauver…

Stephen finit de se frictionner les cheveux pour chasser ses idées noires. Un tueur en série courait peut-être en liberté à River Falls, mais chaque chose en son temps. Pour l'heure, il allait au cirque avec les enfants !

On frappa à la porte et Lucas surgit dans sa chambre.

— Tonton, on y va ?

— Oui, viens par là, petit bonhomme.

Stephen le souleva de terre et le serra contre lui. Lucas se mit à rire, tout heureux.

L'Amérique traversait une mauvaise passe, mais son neveu autorisait Stephen à nourrir l'espoir qu'il y aurait un « après », une fois que le chaos aurait submergé le monde.

*

Malgré le temps maussade et les événements de la journée, une longue queue patientait devant le guichet du Big Circus. Le besoin d'oublier était plus fort que la mort… À moins que les gens ne s'habituent à ce qu'elle frappe aveuglément ?

— Maman, regarde, un arc-en-ciel ! s'exclama Brian, du haut de ses sept ans.

— Où ça ? demanda Leila.

Hurley sourit. Ses enfants la ramenaient toujours à la vie.

Elle tourna les yeux dans la direction que lui indiquait son petit garçon. Il pleuvait encore, mais une trouée de ciel bleu élargissait l'horizon. Prenant sa fillette de quatre ans dans ses bras, Hurley lui montra l'arc-en-ciel.

— Wouah, c'est super joli !

Après la pluie, le beau temps, se dit-elle. L'expression faisait un peu cliché, mais les vieux proverbes étaient frappés au coin du bon sens. Quelles que soient les épreuves, l'être humain se relevait. N'en déplaise aux déclinistes, Hurley était persuadée que le meilleur était toujours à venir.

Les médias se complaisaient à décrire un monde de plus en plus instable et dangereux, mais les faits étaient là. L'humanité connaissait moins de guerres que jamais.

La mort d'un seul être proche compterait toujours plus que le sort de millions d'autres sauvés aux quatre coins du globe. Mais pourquoi les gens avaient-ils tant de mal à se réjouir des bonnes choses ?

— On pourra acheter des glaces s'il fait soleil ? implora Brian.

Hurley sourit. S'il fallait une preuve que l'humanité survivrait toujours, il suffisait d'observer un enfant.

— D'accord, mais parce qu'on est dimanche.

Un quart d'heure plus tard, ils entraient sous le chapiteau. La musique de la grande parade ricochait en fanfare sous la tente écarlate.

Les gradins montaient à plus de sept mètres, disposés en amphithéâtre autour d'une piste couverte de sable, ceinturée par un muret rouge délimitant la scène.

Plusieurs centaines de spectateurs pouvaient y accéder, mais, compte tenu de la foule qui attendait encore au guichet, il y avait fort à parier qu'un certain nombre de spectateurs seraient refoulés.

— Maman, on peut se mettre tout en bas ? demanda Brian, surexcité.

— Non, un peu au-dessus. Regarde par là.

Elle ne voulait pas que Leila soit trop près des animaux.

— Mais je préfère être en bas !

— S'il te plaît, pas de caprice. Sinon, pas de glace.

— Alors, j'en prends deux.

Hurley lui posa un index sur le nez en souriant.

— On verra. Tu en manges une et, si tu as encore faim, tu en auras une autre.

— Et du pop-porn ! ajouta Leila.

— Pop-corn…, la reprit Hurley, un peu mal à l'aise.

Elle monta les gradins, se faufila dans une rangée et s'assit enfin, Brian à sa gauche, Leila à sa droite. L'atmosphère était étouffante et le brouhaha presque insupportable.

Un clown coiffé d'un immense chapeau passait dans les travées, son panier de glaces et de bonbons calé sur le ventre. Hurley lui fit un signe de la main, mais l'homme s'éloigna, suivi d'une nuée d'enfants agitant leur billet de cinq dollars.

— Tu veux que j'y aille ? fit une voix dans son dos.

Hurley se figea. Cette voix…

Elle se retourna : Stanley Warren était assis sur le gradin au-dessus d'elle.

— Qu'est-ce que tu fais là ?

— Comme toi, je suis venu assister au spectacle. J'ai décidé de ne plus défendre Whelan. Je rentre ce soir à Seattle et j'avais envie d'un peu de bon temps…

— Maman, le clown s'en va ! geignit Brian.

— Qu'est-ce que tu veux ? demanda-t-elle à son fils.

— Je ne sais pas, je peux aller voir ?

— Je l'accompagne ! décida Warren en se levant.

Logan serait dingue s'il savait ça, songea Hurley. Mais, après tout, leur rencontre était fortuite et tout à fait innocente…

— D'accord. Et prends du pop-corn, s'il te plaît.

— OK. Tu viens avec moi ? dit l'avocat en tendant la main à Brian.

Ils remontèrent l'allée pour se faire une place près du clown marchand de glaces.

Le flot de spectateurs commençait à se tarir. Une jeune fille handicapée se frayait un chemin vers les premiers gradins. Hurley sentit son cœur se serrer, mais le sourire radieux qui illuminait son visage l'attendrit.

Le handicap n'empêche pas le bonheur, se dit-elle. *À condition que la société s'adapte...*

Une des ouvreuses poussa le fauteuil en bordure de travée, à une place réservée d'où l'adolescente pourrait pleinement profiter du spectacle.

Non, le monde n'est pas rempli de psychopathes. Les braves gens en forment l'immense majorité.

C'est alors que Hurley reconnut l'homme qui accompagnait la jeune fille : Stephen Callahan !

Ça, pour une surprise !

Logan avait raison : tout le monde aimait le cirque !

*

Un sourire stupide aux lèvres, Stephen se sentait retomber en enfance. Lui qui n'avait jamais voulu fonder de famille, il se retrouvait à la tête d'une joyeuse troupe de gamins, lui compris ! Un peu plus, et il aurait douté de son choix.

Le cirque était bien rempli quand ils étaient arrivés, mais le fauteuil de Beverly avait fait des miracles. On les avait généreusement laissés remonter la file d'attente, les uns avec un regard chargé de compassion, les autres avec un grand sourire.

Ils patientaient au guichet en se demandant s'ils parviendraient malgré tout à acheter leurs billets quand un membre du cirque les aperçut. Mingus !

— Monsieur le journaliste ! salua l'homme de petite taille avec cérémonie.

— Monsieur Mingus, heureux de vous revoir, répondit Stephen. Je vous présente Beverly, Tawny et Lucas.

— Regardez-moi ces petits anges. Venez, je vais vous faire entrer gratuitement. J'insiste.

— Vous allez nous placer tout devant ? demanda Lucas.

— Oh, que oui, mon jeune ami, et, si tu es gentil, je te montrerai les lions dans leur cage. Allons, allons, pressons-nous, le spectacle ne va pas tarder à commencer.

Une jeune gymnaste s'échauffait en coulisses.

— C'est ma fiancée, murmura Mingus à l'oreille de Lucas.

Le petit garçon éclata de rire.

Certaine que le nain avait encore sorti l'une de ses mauvaises blagues, la jeune fille s'avança vers eux.

— Mingus, laisse-moi m'occuper de tes invités. Jeune fille, c'est ton jour de chance, lança-t-elle à Beverly. Tu as gagné la meilleure place de tous les gradins. Allez, je t'emmène !

L'adolescente n'aimait pas être poussée, mais, trop heureuse de cette attention, elle le prit comme un privilège.

— Merci, dit Stephen alors que Mingus les saluait d'une révérence.

— Je sais reconnaître un homme de bien, et vos enfants sont à votre image, le félicita Mingus avant de s'éclipser.

Ils attendaient maintenant le début du spectacle près des gradins. La vue sur la piste était imprenable.

Installé auprès de sa petite famille, Stephen avait du mal à se dire qu'il n'était rentré à River Falls que depuis la veille. Tant de choses s'étaient passées en un seul week-end…

Soudain, la musique se tut. Le brouhaha retomba et les spectateurs se mirent à chuchoter. La lumière s'éteignit et le silence se fit. Un roulement de tambour annonça le début de la représentation.

Le faisceau lumineux d'un projecteur éclaira d'un coup le milieu de la piste, où se trouvait l'auguste. Le maître de cérémonie.

— Mesdames et messieurs, j'ai l'immense honneur de vous…

Mais un clown arrivé par-derrière lui envoya un coup de pied aux fesses qui le fit partir en avant.

Les enfants s'esclaffèrent de tous côtés, et Stephen se surprit à rire lui aussi de ce grand classique clownesque !

*

— Waouh !!! s'exclama Brian en voyant le voltigeur se rattraper *in extremis* au bras de son partenaire.

Les applaudissements retentirent de plus belle. C'était tout bonnement incroyable ! Une telle maîtrise !

Les trapézistes sont certainement l'un des clous du spectacle, se dit Hurley, qui avait retrouvé son âme d'enfant.

Comme beaucoup de petites filles, elle avait rêvé d'intégrer une troupe de cirque et de parcourir le monde avec les saltimbanques. La réalité en avait décidé autrement, mais elle avait conservé une vraie tendresse pour ces artistes.

— Parfois, je pense que la vraie vie, c'est ça, dit Warren.

Il s'était assis à côté d'eux et n'avait pas fait la moindre allusion à leur relation passée. Il se comportait en ami qui leur tenait simplement compagnie.

— Vous en avez déjà fait ? s'étonna Leila.

— J'aurais bien voulu, mais il faut être très doué. C'est un des métiers les plus difficiles. Moi, je suis avocat. Si tu veux réussir dans la vie, je te conseille de suivre tes rêves, ou bien tu finiras comme moi ! dit-il en éclatant de rire.

— Je vous aime bien, moi, lâcha Brian, ravi de toutes les friandises que Stanley lui avait achetées.

Hurley sourit et reporta son attention sur les voltigeurs.

Elle savait qu'il y avait bien plus que le sexe entre eux. Ce qu'elle aimait chez Warren, c'était sa liberté, cette fausse décontraction permanente, son apparente désinvolture. Un intellectuel qui aimait les livres et les films d'auteur. Tout le contraire de Logan…

Si seulement ma vie sentimentale pouvait être plus simple, songea-t-elle en réprimant un frisson.

*

Après un incroyable numéro de jonglage et celui à couper le souffle du lanceur de couteaux, les clowns étaient de retour pour faire baisser la tension…

— Mais c'est pas possible, c'est pas possible !!! Quel empoté !!! tonna Octavius, qui tournait en rond autour de son client avec son immense rasoir à la main.

Un volontaire avait été demandé dans la salle et un petit singe s'était baladé dans les gradins, pour la plus grande joie des enfants, avant de sauter sur les genoux d'un homme à la longue barbe.

Déguisé en clown, Mingus servait d'assistant et ne faisait que des bêtises. Il venait de mettre de la mousse à raser sur tout le visage, y compris les lunettes, du malheureux spectateur résigné.

— Tu te rends compte de ce que tu as fait ?!

— Tu m'as dit : « Mets-lui de la mousse partout », alors j'en ai mis partout ! se défendit le nain en prenant à témoin le public d'un air satisfait et à grand renfort de clins d'œil.

— Bon, on va se débrouiller comme on peut.

Dans l'ombre, à l'écart de la piste, Stephen se pencha vers son neveu.

— Ça te plaît ?

— Oui, c'est trop drôle ! Regarde, regarde ! s'extasia Lucas en pointant le doigt devant lui.

Octavius approchait le rasoir du visage du barbu au milieu de la scène.

— Vous voulez que je commence ? cria-t-il aux spectateurs.

— Non, non, non, non !!! Il faut pas le laisser faire, il va lui couper la tête !!! s'affola Mingus en se mettant à courir dans tous les sens.

Les enfants rirent de plus belle, mais Stephen trouva l'humour un peu décalé. Pas certain que tous les parents apprécient.

— Je ne vous entends pas, les enfants. Je le rase, ou pas ?

Un tonnerre de « oui » à casser les oreilles éclata sous le chapiteau.

— D'accord, je vais le faire. Tu vois, eux, ils me font confiance.

Le malheureux volontaire secoua la tête et tenta de se lever, mais Octavius le força à rester assis.

— Ne t'en va pas, n'aie pas peur. Je sais ce que je fais, non mais !!! Allez, les enfants, tous avec moi. Un, deux et trois…

Stephen eut alors un mauvais pressentiment et, scrutant les yeux d'Octavius, crut y lire un éclair de folie. Soudain, il eut la certitude que ce type n'était pas un vrai clown.

Octavius leva le bras et, d'un geste viril, passa le rasoir sous le cou du compère. Et le rasoir en plastique le débarrassa d'une énorme quantité de mousse !

— Tu me fais mal ! cria Beverly.

Sans s'en rendre compte, Stephen avait agrippé l'épaule de l'adolescente et était en train de la lui broyer.

— Je suis désolé, excuse-moi.

— Ne me dis pas que tu as cru qu'il allait vraiment lui couper la tête ? s'étonna la jeune fille.

— Non, bien sûr que non. Je repensais à… Bon, il faut que j'arrête de regarder des films d'horreur, dit-il en lui adressant un clin d'œil.

Tawny, qui n'avait pas raté une miette de la conversation, eut un petit rire moqueur.

Pas toujours facile d'être le tonton, se dit Stephen, amusé.

Pendant ce temps, Mingus jetait des seaux d'eau sur le malheureux client.

*

— Attention, mesdames et messieurs, voici le moment que vous attendez tous ! commença le clown blanc. Je vais vous demander de ne pas faire trop bruit. Il ne faut surtout pas leur faire peur, chuchota-t-il, cela pourrait être trèèèèèès dangereux. C'est pourquoi je vais vous prier d'accueillir Rodolphe, le dresseur de lions, en tapotant le bout de vos doigts.

Des applaudissements étouffés crépitèrent et la lumière s'éteignit. Puis elle se ralluma sur Rodolphe, qui salua la foule avant de se tourner vers son assistant. Ce dernier ouvrit la grande cage métallique qui avait été installée sur la piste.

Quatre lions en sortirent nonchalamment. Un coup de fouet claqua et chacun prit place sur son escabeau.

Des cris de fascination, de peur et de joie éclatèrent, vite réprimés par le regard impérieux du dresseur.

— Maman, on dirait de gros chats, murmura Leila à l'oreille de sa mère.

— Oui, c'est la même famille.

— Des félins, compléta Warren.

Hurley lui jeta un regard qui voulait dire : « Merci pour l'information ! » Warren lui sourit en retour et enfourna une poignée de pop-corn piquée dans le sac de Leila.

Le dompteur fit se dresser les lions sur leur train arrière, les pattes tendues en avant, puis ils sautèrent d'un escabeau à l'autre, passèrent à travers un cerceau…

Hurley appréciait moyennement que les animaux servent d'attraction. Heureusement, les défenseurs de la cause animale obtenaient de belles victoires. Un jour, peut-être, tous les lions vivraient-ils en liberté dans la savane. Pour l'heure, quand ils ne moisissaient pas dans un zoo, ils faisaient la joie des enfants.

Rodolphe fit faire un dernier tour de piste à ses lions avant qu'ils rentrent dans leur cage. Seul « Leo, le roi lion » resta en piste. Monsieur Loyal réapparut à la lumière, à distance raisonnable du félin, comme s'il craignait pour sa vie.

Brian éclata de rire :

— C'est une mauviette ! Moi, j'ai pas peur !

Le maître de la piste se racla la gorge et annonça d'une petite voix :

— Attention, mesdames et messieurs, à présent je vous demande de boucher les yeux des enfants, car ce qui va suivre peut effrayer même les plus aguerris d'entre vous.

Après un court silence, des chuchotements montèrent des gradins.

Rodolphe, impassible, se tenait près de Leo.

— À présent, déclara l'auguste, Rodolphe va mettre sa tête dans la gueule du lion. C'est pourquoi je vous en conjure : PAS UN BRUIT !

Le dresseur s'approcha de son animal et déposa un baiser sur son museau. Puis, dans un silence religieux, il prit une profonde inspiration et lui ouvrit la gueule.

Warren, bouche ouverte, était fasciné comme un enfant.

Rodolphe se pencha lentement et mit sa tête dans la gueule du lion.

La main sur les yeux de sa fille, Hurley ne put retenir un frisson.

C'est alors qu'une terrible explosion retentit.

Leo referma sa gueule.

Rodolphe poussa un cri d'horreur, aussitôt submergé par les hurlements de panique de la foule, et s'effondra sur le sol.

Un attentat !

*

S'il est une chose plus importante aux yeux d'un adulte que sa propre vie, c'est celle de son enfant.

Panique, cris, hurlements. Tous cherchaient à fuir.

Dehors, une nouvelle détonation se produisit.

Où se cacher ? Comment sauver la vie des siens ?

Hurley s'était couchée sur Leila, tandis que Warren protégeait Brian de son corps.

Surtout ne pas bouger, ne pas s'affoler : telle était la règle. Mais l'émotion était si forte que l'effroi l'emportait sur la raison.

Redevenus des animaux paniqués, incapables de réfléchir, inconscients que leurs actions individuelles nuisaient à tous, les spectateurs s'agitaient autour de la piste comme des atomes autour de leur noyau.

Hurley sentit quelqu'un lui tomber dessus, et une douleur fulgurante lui coupa le souffle.

— Maman, j'ai peur ! geignit Leila, terrorisée.

Les gens sautaient par-dessus les gradins.

Dans la semi-obscurité du chapiteau, Hurley, redressant la tête, ne vit que des silhouettes qui tentaient de fuir. Agglutinés contre la toile du chapiteau, les gens s'acharnaient à arracher les piquets qui la fichaient dans le sol.

*

Sur le qui-vive, Stephen se redressa d'un bond. Le lion avait refermé la gueule sur la tête du dresseur, qui s'était effondré sans vie sur le sol.

Prise de panique, la foule se précipita vers l'extérieur. Installés en bordure d'une allée, Stephen et les enfants virent une coulée de spectateurs fondre sur eux.

— Tonton ! tonton ! hurla Lucas en sanglotant, tétanisé par la peur.

— Tawny, prends ton frère dans tes bras, ordonna Stephen avant que la foule ne leur tombe dessus.

Terrifiée et en larmes, l'adolescente obéit aussitôt. De son côté, Stephen dégagea le fauteuil de Beverly et le poussa de toutes ses forces vers une issue de secours, quand un homme corpulent le bouscula violemment. Déporté dans son élan, il perdit l'équilibre et lâcha le fauteuil.

Recroquevillée sur son siège, Beverly se mit à hurler à l'aide. Le flot de fuyards était trop important pour que Stephen la protège. Le fauteuil finit par se renverser et Beverly se retrouva le visage contre terre.

À coups de poing et de pied, oubliant toute civilité, son oncle se fraya un passage pour se précipiter vers elle. Un instinct animal lui intimait l'ordre de protéger ses petits.

Il avait progressé de quelques mètres quand une nouvelle détonation retentit à l'extérieur. Les cris repartirent de plus belle. Cependant, par un jeu de flux et de reflux, Stephen parvint à attraper la main de Beverly et la tira à l'abri du fauteuil.

— Tonton, je ne veux pas mourir !

— Regarde-moi, Beverly, regarde-moi ! hurla-t-il pour se faire entendre dans le tumulte. Regarde-moi !

Elle capta son regard et, d'un ton qu'il voulut le plus ferme possible, il lui assura :

— Tu vas vivre, Beverly, crois-moi, tu vas vivre !

Il lui serra un peu plus fort la main et le temps sembla se suspendre.

Soudain, le flot de fuyards se tarit. Stephen regarda par-dessus le fauteuil. Ce qu'il découvrit lui fit honte. Partout des corps blessés, bras et jambes cassés, visages en sang appelant à l'aide. Certains, inanimés, ne reviendraient peut-être jamais à la vie.

La sauvagerie à l'état pur.

Il se mit debout, redressa le fauteuil de Beverly et y réinstalla sa nièce, en état de choc mais indemne.

Il n'y avait plus eu d'explosion, et aucun tir de mitraillette ne s'était produit. Peut-être ne s'agissait-il pas d'un attentat, finalement ?

Stephen s'engageait vers la sortie quand il entendit Jessica Hurley crier :

— Warren ! Non !

*

Le pire est passé, se dit Hurley en se redressant. Leila tremblait de tous ses membres.

De son côté, Warren libérait Brian, qui se précipita vers sa mère en pleurant.

Hurley maudit les ordures qui étaient la cause de ce carnage. Pourquoi s'en prendre à la jeunesse ? Pourquoi ? L'image d'un homme complètement abasourdi tenant son petit garçon dans les bras, tel un pantin désarticulé, resterait à jamais gravée dans sa mémoire.

— Tout va bien, tout est fini, mes chéris, dit Hurley pour rassurer ses deux enfants.

— Tu es certaine que personne n'a rien ? demanda Warren.

Hurley grimaça. Son épaule la faisait souffrir, mais c'était supportable. *A priori*, rien de cassé.

— Oui, ça va aller.

— OK, je vais voir si je peux aider, dit Warren en grimpant sur les gradins supérieurs.

C'est alors que le lion feula.

L'assistance se figea.

Un frisson parcourut l'échine de Warren. Les poils de ses avant-bras se hérissèrent sous l'effet de la peur. Une peur primaire, incontrôlable.

L'animal remontait lentement les gradins, babines retroussées. Il allait droit sur Hurley !

Et merde !

Stanley se mit à hurler et fonça vers le fauve en battant l'air de ses mains.

Hurley cria :

— Warren ! Non !

Une nouvelle détonation retentit.

Warren vit le lion s'écrouler. Sa tête venait d'être transpercée d'une balle.

— Ne bougez pas, restez où vous êtes ! tonna le lieutenant Portnoy en rengainant son arme, encore surpris d'avoir visé aussi précisément malgré la peur et le stress.

Hurley s'effondra en pleurs.

Chapitre 43

— Qu'est-ce que vous faites là ? Vous n'avez rien à faire ici ! rugit un type aux bras épais comme des troncs d'arbres.

— On voulait voir les animaux, s'excusa Peter.

— Ce n'est pas un zoo. Allez-vous-en avant que je m'énerve.

Peter et Bonnie firent profil bas et repartirent précipitamment vers le chapiteau.

— C'était moins une, souffla Peter, qui sentait son sang bouillir dans ses veines.

Plus de vingt ans qu'il rêvait de ce moment. Mais sa haine du Big Circus n'était pas incandescente au point qu'il poursuive la troupe ailleurs qu'à River Falls. Après tout, c'était grâce à eux qu'il avait rencontré Bonnie, l'amour de sa vie.

Mais le Big Circus était revenu, comme une provocation. Et Peter y avait vu sa chance de se venger enfin de l'humiliation qu'il avait subie vingt ans plus tôt.

Quand il avait aperçu la première affiche sur un panneau, à un feu rouge, tout était remonté à la surface. La douleur, la rage, la colère. Le Big Circus ne pouvait pas repartir comme si de rien n'était. Il devait payer pour le passé…

— Tu crois que ça va marcher ? s'inquiéta Bonnie.

L'entrée était à présent fermée. Le spectacle n'allait pas tarder à commencer.

— J'espère.

Peter maîtrisait mal les explosifs, mais il s'était fourni sur Internet et avait répété, encore et encore, sans jamais rien déclencher.

— Ça ne va peut-être rien donner, comme un pétard mouillé, ajouta Bonnie.

— Cette pute doit payer. Ça va marcher, rassure-toi, répondit Peter en grinçant des dents.

Bonnie lui caressa la joue. Il était tellement craquant, un vrai gamin.

— Je suis avec toi, mon amour. À la vie, à la mort.

Peter la regarda et mesura soudain la folie de son acte. Pourquoi tout risquer pour une simple vengeance ? Tout se passait si bien. Un meurtre de temps en temps pour ne pas se faire repérer et éviter l'escalade fatale…

— Tu sais, tu n'as qu'à me le demander et on rentre à la maison…

Il ne tenait pas particulièrement à la vie, mais celle de Bonnie était plus précieuse que tout au monde. Il ne pouvait imaginer un instant qu'elle puisse mourir par sa faute.

— Le risque n'en vaut peut-être pas la peine…

— Non, on va le faire et on va y arriver, l'encouragea-t-elle. Je te le promets, mon amour.

Ils s'embrassèrent et Peter eut brusquement envie de pleurer de bonheur. La vie ne valait d'être vécue qu'à l'extrême. Comme il plaignait ceux qui n'avaient jamais connu l'ivresse des pulsions ! Aux grands hommes, les grandes passions et le véritable amour !

— Alors, c'est parti ! glissa-t-il à l'oreille de sa belle en lui pinçant le téton.

Bonnie miaula d'un air taquin et griffa l'air devant son visage.

Peter lui fit un clin d'œil, attrapa sa main, et ils s'approchèrent du chapiteau.

Il ne restait plus qu'à attendre qu'Esméralda apparaisse.

Peter sentait les deux détonateurs dans la poche de son blouson. Son pouce le démangeait. Une seule pression et le pain de C4 exploserait, créant, il osait le croire, la panique. Si besoin était, il ferait sauter le deuxième, qu'il avait réussi à placer sous une caravane avant que le balaise leur demande de quitter les lieux.

— Qu'est-ce qu'elle fout ? s'impatienta Bonnie, hyper tendue.

Le spectacle avait débuté, et toujours pas d'Esméralda en vue.

Peter commençait lui-même à douter quand il vit les premiers lions entrer sous le chapiteau.

— Elle ne va pas se montrer, cette salope ! marmonna-t-il.

Après tout, Esméralda supervisait le cirque et n'avait pas de numéro de scène...

Mais il la repéra soudain entre deux caravanes. L'heure de sa vengeance avait enfin sonné.

C'est parti ! se dit-il en avançant vers la voyante.

Esméralda croisa son regard et s'arrêta net, indécise.

Elle m'a reconnu... Parfait.

Vingt années avaient passé et il s'était laissé pousser la barbe, mais le temps n'effaçait pas certains visages.

— Elle t'a reconnu ? souffla Bonnie alors qu'Esméralda se plantait devant eux.

— On se connaît, non ? lança la voyante. Vous étiez devant le commissariat, vous...

Esméralda ne put terminer sa phrase : une puissante déflagration venait de retentir derrière eux.

Bien joué, mec, se félicita Peter, tout de même un peu secoué par la force de l'explosion.

Les premiers spectateurs se précipitaient hors du chapiteau, affolés.

Bonnie ne perdit pas son sang-froid : sans qu'Esméralda puisse réagir, elle lui planta une aiguille dans le cou et la voyante s'effondra inconsciente sur le sol.

Dans l'affolement général, personne ne remarqua qu'un couple étrange emmenait la directrice du Big Circus sans connaissance vers une voiture.

Telle une marée humaine, la foule se déversait de la sortie.

Peter et Bonnie enfermèrent leur proie dans le coffre.

Ils n'avaient plus aucune raison de traîner dans les parages, mais Bonnie était trop excitée pour s'arrêter là.

Il restait une deuxième bombe. Pourquoi bouder ce plaisir ?

— J'y vais ? dit-elle en posant la main sur le blouson de son homme.

— Vas-y, mon amour.

Bonnie appuya sur le second détonateur et une nouvelle boule de feu jaillit dans le ciel.

Chapitre 44

— « Selon certains témoignages, un homme avec une barbe aurait crié “Allah Akbar”. Tout porte à croire qu’il s’agit d’un attentat terroriste. On compte pour l’instant trois victimes, dont deux enfants… »

Karen éteignit la télévision.

— C’est n’importe quoi ! Je suis certaine qu’il s’agit du même type qui s’en est pris à Scarlett et à Sandy ! fulmina Marion.

— Tout cela n’a aucun sens, commenta la détective.

Deux meurtres rituels suivis d’un attentat ? Où était la logique ? Le tueur devait suivre un plan personnel…

— D’après vous, ça pourrait être un attentat ? demanda Marion.

— Je ne sais pas. Pourquoi pas. Tout est possible.

La police continuait à penser qu’Arthur Whelan et Tom Perkins avaient tué leurs propres enfants. Mais Marion refusait de croire à cette thèse.

— Non, ce n'est pas un attentat, reprit Marion. En tout cas, ce n'est pas un attentat islamiste. Ce salopard aurait mis la bombe dans les gradins pour faire un maximum de victimes.

— Un point pour toi, admit Karen. Il ne voulait pas terroriser la population… Mais quel message a-t-il voulu faire passer ?

Elle parlait souvent à voix haute pour s'éclaircir les idées.

— Il n'y avait peut-être pas de message, souffla Marion. C'était peut-être une diversion.

— Une diversion ?

— Oui, comme les meurtres. La logique, c'est qu'il n'y a pas de logique. Le tueur cache son vrai mobile. Il fait croire à des meurtres rituels, puis à un attentat, mais son véritable objectif est ailleurs.

— Et tu penses à quoi ?

Marion fit la moue.

— Réfléchissons… Si l'objectif n'était ni les filles ni la population de River Falls, c'est qu'il en veut à quelqu'un d'autre.

— Mike Logan, dit Karen.

Les deux jeunes femmes se regardèrent et la certitude d'avoir touché au but les enivra.

Marion adorait passer des heures à réfléchir et à analyser les moindres indices pour rétablir la vérité sur les enquêtes de la détective anonyme. Son cerveau fonctionnait bien mieux en tandem, et la synergie était tellement parfaite avec Karen ! Stephen aurait été un atout de première classe pour résoudre des affaires bâclées ou non élucidées. Mais elle devait se rendre à l'évidence : jamais il n'accepterait de rejoindre leur combat.

— Ce cinglé veut tester Logan, poursuivit Karen. Cet attentat est un défi qu'il lui lance. Il veut lui prouver qu'il est le plus grand tueur en série de la région, qu'il est le plus fort. Bien plus fort que Jack Mitchell[1] ou Donald Ringfield[2]. Bien plus fort que lui.

Les serial killers jouissaient autant de l'acte de tuer que de la fierté d'être connus et reconnus pour leurs crimes. En parlant d'eux, en comparant l'horreur de leurs actes, en racontant leur histoire encore et encore, la littérature, les journaux, Internet entretenaient le mythe. Cette gloire si précieuse, si jouissive, ce fantasme partagé par des millions de personnes dans le monde…

— Oui. Il veut s'en prendre à lui. Il faut l'avertir, déclara Marion.

Karen n'avait jamais collaboré avec la police, mais exception ne faisait pas loi.

1. Voir *Un automne à River Falls*.
2. Voir *7 jours à River Falls*.

Marion ralluma la télévision de sa chambre. La journaliste était toujours au Big Circus, commentant les images prises d'hélicoptère, évaluant les dégâts.

Chapitre 45

Logan n'avait jamais roulé aussi vite de sa vie. Au mépris du danger et des recommandations de Lindsay, il avait brûlé feux rouges et stops, et manqué d'écraser un couple de piétons.

Une haine pure l'animait. Hurley et les enfants avaient failli mourir dans cet attentat ! On avait voulu tuer sa famille !

Quand le sergent Pattinson lui avait appris que deux explosions s'étaient produites au Big Circus, son sang avait quitté son visage et il avait bondi de son siège pour appeler Hurley.

Elle avait aussitôt répondu, et l'avait rassuré sur son état et celui des enfants.

Depuis, la colère avait remplacé la peur.

Les terroristes ne visaient personne en particulier, mais il ne pouvait s'empêcher de le prendre comme une attaque personnelle.

— Je vous en prie, shérif, ralentissez, lui enjoignit Lindsay une nouvelle fois, alors qu'ils sortaient de River Falls.

Logan ne ralentit qu'en apercevant au loin le chapiteau.

— Vos enfants et votre compagne vont bien. Vous devez vous calmer. Les journalistes sont sur place, vous ne devez pas montrer votre émotion. Tout le monde va chercher un bouc émissaire, ne leur offrez pas l'occasion de nous salir.

— Taisez-vous, lieutenant, siffla Logan entre ses dents.

Il adorait Lindsay, mais ce n'était vraiment pas le moment de lui dicter sa conduite, surtout face aux journalistes. Il était prêt à les briser un à un s'il le fallait.

Une ambulance, derrière eux, forçait le passage. Logan se rangea sur le bas-côté pour la laisser passer. Puis une deuxième, une troisième, une quatrième ambulance les dépassèrent à leur tour.

La pluie s'était remise à tomber. Logan ne lâchait pas de vue le chapiteau.

Il se gara enfin sur le parking du Big Circus, à moitié déserté.

Hagards, les spectateurs encore sur place étaient assis à bord de leur véhicule, le regard vide. D'autres erraient sur le terre-plein comme des âmes en peine.

River Falls victime d'un attentat terroriste… River Falls victime d'un attentat terroriste !

Logan descendit de voiture, attrapa son portable et appela Hurley.

— Je viens d'arriver. Où es-tu ?

— À l'intérieur. Avec les enfants.

Sa voix était calme, posée.

Elle avait eu beau le rassurer, Logan savait qu'elle ne lui apprendrait pas le pire par téléphone. Le doute le tenaillait et lui vrillait les tripes. Brian avait peut-être reçu des éclats, Leila serait peut-être handicapée à vie...

Il se mit à courir et, oubliant les caméras, se précipita sous le chapiteau.

Avant même de les voir, il entendit ses enfants s'écrier :

— Papa, papa !

Brian et Leila se ruèrent vers lui. Il s'accroupit et les prit dans ses bras pour les serrer contre lui, secoué d'un rire nerveux.

— Mes trésors, vous allez bien ?

— Oui, l'ami de maman nous a sauvé la vie ! s'exclama Brian.

Logan regarda son fils dans les yeux et lui caressa les cheveux. Tout le monde était en vie. Le pire avait été évité.

— Mike, dit Hurley en se serrant contre lui.

Il se redressa, un enfant dans chaque bras.

— Jessie, je veux que tu rentres à la maison avec Brian et Leila.

Hurley hocha la tête, mais reprit :

— Mike, il faut qu'on parle. Ce ne sont pas des terroristes qui ont fait ça.

— Arrête. Je ne veux rien entendre. La priorité, c'est notre famille. Alors, s'il te plaît, rentre à la maison. Je m'occupe du reste. Qu'est-ce que vous voulez, vous ? dit-il en apercevant Stanley Warren derrière Hurley. Dégagez !

— Papa, c'est lui qui nous a sauvés ! s'écria Brian.

— Quoi ?

— Oui, il s'est jeté sur le lion pour le frapper.

Hurley lui raconta toute la scène. Elle avait cru sa dernière heure venue quand le lion s'était approché d'eux. Sans l'intervention de Warren, qui avait détourné l'attention de l'animal, l'un d'eux ne serait peut-être plus de ce monde.

Logan n'en revenait pas. Jamais il n'aurait imaginé l'avocat capable d'un tel héroïsme. Un arriviste prêt à tout pour faire parler de lui – ça, oui. Mais de là à se sacrifier pour avoir la une des journaux ?!

— En vérité, c'est votre lieutenant qui nous a sauvés. S'il n'avait pas tiré, mon sacrifice n'aurait servi à rien.

— Non, c'est lui, le héros, dit Brian. Tu aurais vu, il est plus fort que Tarzan !

Des sourires éclairèrent les visages.

— À l'aide, il ne respire plus ! hurla soudain une voix dans les gradins.

Les sourires disparurent aussitôt et la réalité reprit le dessus.

— Rentrez à la maison. Vous pouvez la raccompagner ? demanda Logan en s'adressant à Warren.

— Bien sûr.

Logan balaya la scène du regard et mesura l'étendue des dégâts. Les secours donnaient les premiers soins et mettaient en place un hôpital de fortune sur la piste aux étoiles.

— Je t'appelle dès que nous sommes arrivés, dit Hurley.

— Papa, tu viens pas avec nous ? s'inquiéta Leila.

— Non, ma chérie, je dois rester, mais je vous rejoins très vite, répondit Logan en embrassant sa fille.

— Shérif, dit Portnoy en interrompant les effusions familiales.

— Tu as sauvé ma famille, Henry. Je ne sais pas comment te remercier.

— Je n'ai fait que mon devoir. Et j'ai eu beaucoup de chance.

Logan lui posa une main paternelle sur l'épaule.

— Pas de fausse modestie, je sais ce que je te dois. Est-ce que tu as vu Esméralda ?

— Nulle part, non. Elle doit être avec la troupe, dans une caravane.

Comme à chaque catastrophe, les gens éprouvaient le besoin de se retrouver entre eux. L'instinct grégaire reprenait le dessus.

Logan grogna intérieurement. *Si ce cirque n'avait pas eu la brillante idée de s'arrêter en ville, rien ne serait arrivé.*

Mais les paroles de Lindsay lui revinrent en mémoire. On cherchait toujours un bouc émissaire…

Le coupable n'était pas le cirque, mais celui qui avait posé les bombes dans le cirque.

Son portable sonna. Walter Pierson, numéro un du FBI à Seattle.

Logan décrocha.

— Mike, comment ça se passe ?

— Mal.

— J'ai envoyé deux hélicoptères qui ne devraient pas tarder. Si tu as besoin de renfort, tu n'hésites pas.

— Walter, je crois que je vais vous refiler le bébé.

Chapitre 46

Si injuste soit cette idée, Stephen ne pouvait s'empêcher d'en vouloir à sa mère. Ils s'en étaient sortis indemnes physiquement, mais le traumatisme de l'attentat dont ils avaient été victimes marquerait les enfants toute leur vie.

Pourquoi, bon sang, sa mère avait-elle proposé cette sortie dans ce putain de cirque ?! Et pourquoi, au dernier moment, s'était-elle défilée ?! À croire qu'elle savait qu'un malheur allait arriver. La malédiction des Callahan !

— Tonton, ça va ?

Lucas était assis à l'arrière avec Beverly.

— Oui, tout va bien, on est presque arrivés, répondit Stephen alors qu'ils approchaient du manoir.

La pluie avait repris de plus belle.

— Tu ne veux pas mettre la radio ? demanda Tawny. Peut-être qu'ils en savent plus.

Sans attendre les secours, Stephen avait fait monter sa famille en voiture pour un retour express à la maison. Puis il avait appelé Ashlyn pour la rassurer, et promis qu'ils arrivaient le plus vite possible.

Sa sœur les attendait sous le porche. En voyant la voiture entrer dans la propriété, elle courut à leur rencontre.

Stephen freina à sa hauteur.

— Les enfants, vous allez bien ? demanda-t-elle avec anxiété.

— Oui, maman, répondirent-ils en chœur.

Stephen aida Beverly à prendre place sur son fauteuil et les enfants rentrèrent à la maison avec Ashlyn.

La famille put bientôt se retrouver au chaud dans la cuisine.

Ashlyn avait fait cercle avec ses trois enfants. Tout le monde se tenait par la main.

— Stephen, tu veux te joindre à nous ?

Il faillit hurler. Où était ce Dieu de miséricorde dont sa sœur lui rebattait les oreilles ? Ce Dieu qui avait laissé la mort se répandre sur River Falls depuis deux jours, et qui avait permis qu'un cinglé attente à la vie de centaines d'habitants ?

Mais il comprit qu'Ashlyn, dans sa détresse, tentait d'apaiser son angoisse. Et sa méthode, c'était la prière.

Il tendit ses mains à Beverly d'un côté et à Tawny de l'autre, et referma le cercle.

— Seigneur, je te remercie d'avoir épargné mes enfants. Je te demande d'accueillir en ton sein ceux qui n'ont pu en réchapper…

Lucas se remit à pleurer et Stephen rompit le cercle.

— Arrête, s'il te plaît, dit-il en se levant pour prendre Lucas dans ses bras. Ça va aller, mon grand, tout est fini.

Sous le regard décontenancé d'Ashlyn, il quitta la cuisine et monta à l'étage avec le petit garçon qui sanglotait de plus belle.

Stephen repensa à ses missions à l'étranger. Comment pouvait-on accepter que des enfants soient exposés à l'horreur ? Comme les adultes, ils s'habituaient à l'idée de la mort. Elle hantait leur quotidien.

Dieu n'était nulle part. Le diable avait gagné et rien ne l'empêcherait d'exterminer l'humanité tout entière. *Au fond,* se dit-il en soupirant, *ce ne serait peut-être pas si mal…*

Il déposa délicatement Lucas sur son lit d'enfant et s'allongea à côté de lui pour le prendre dans ses bras.

Le petit se pelotonna contre son oncle.

Stephen ne dit rien pendant un long moment. Aucun mot ne trouvait grâce à ses yeux. Des images d'enfants déchiquetés par les bombes avaient envahi son esprit. Aucun pays n'était protégé de la folie des hommes. Personne n'était à l'abri.

— Lucas ?

Sa sœur les regardait depuis le seuil de la chambre.

— J'y vais, je te laisse prendre le relais, dit-il en se redressant.

Il échangea sa place avec Ashlyn, qui prit son fils dans ses bras. Encore secoué par le chagrin et la peur, Lucas se réfugia contre le sein de sa mère.

Stephen s'éclipsa.

Beverly et Tawny étaient collées devant les informations à la télévision dans le grand salon du premier.

— Ils disent que ce sont les musulmans qui ont fait le coup, expliqua Beverly.

— Islamistes, rectifia Stephen en se postant près de la fenêtre.

Il entrouvrit le battant et sortit une cigarette, qu'il fuma en écoutant une journaliste évoquer l'arrivée imminente du FBI. La thèse de l'accident avait d'ores et déjà été écartée.

De l'extérieur lui parvenait une musique entraînante. Stephen tendit l'oreille et localisa l'origine des basses. Le manoir des voisins.

Il repensa aux cris de plaisir qu'il avait entendus plus tôt dans l'après-midi, avant le drame, et ses pensées dérivèrent vers Lindsay.

« Marie-toi et fais des enfants » : voilà ce que dirait Ashlyn, en adaptant les paroles des Évangiles.

L'homme n'était pas fait pour vivre seul. Mais on pouvait très bien vivre à deux, sans enfant.

— Tonton, pourquoi ils nous en veulent ? demanda Beverly.

— Qui ça ?

— Les islamistes.

— C'est compliqué, chérie. La bêtise et le désespoir dictent leurs actes. Ils nous en veulent, mais ils sont aveugles. La plupart de ceux qui se suicident sont des paumés, manipulés par des tordus qui ne rêvent que de puissance et de gloire. Dieu n'a rien à voir là-dedans, tu peux me croire. Et, si Dieu existe, tous ces types iront droit en enfer pour l'éternité.

— Bien fait pour leur gueule. On devrait raser tous ces pays, déclara Tawny d'un ton sans appel.

— Ne dis pas ça, Tawny. Ces peuples sont des victimes et nous devrions les aider à faire tomber les dictatures qui les terrorisent. Et puis, tu sais, les terroristes qui agissent sur notre sol sont bien souvent nés aux États-Unis, ou y ont grandi.

L'Amérique soutenait les régimes qui écrasaient les peuples du Moyen-Orient. Mais on était loin des princes, des sultans et des rois qu'on montrait aux informations. Ces tyrans n'avaient rien de folklorique. Et qui payait le prix fort ? Les populations.

— « …le bilan s'est alourdi à six morts dont quatre enfants, écrasés par la foule… », enchaîna la journaliste à l'écran.

Refusant d'en entendre davantage, Stephen remonta dans sa chambre. Besoin d'être seul, de tout oublier, d'évacuer la douleur.

L'image de Beverly gisant sur le sol lui revenait comme un boomerang. Personne pour la protéger, personne pour s'occuper d'elle. Un miracle qu'elle soit toujours en vie !

Il attrapa son portable et hésita à appeler Lindsay. Mais, prenant conscience qu'il était d'humeur massacrante, il préféra n'en rien faire et s'allongea sur le lit, son casque sur les oreilles, pour écouter une musique apaisante…

Chapitre 47

Du bruit. Des cris. Des hurlements de terreur. Esméralda ouvrit les yeux. Les sons qui résonnaient sous son crâne se turent.

Autour d'elle, le noir absolu. Le silence complet.

Où suis-je ?

Elle se rappela soudain la déflagration et les cris. Elle était tombée dans les pommes, black-out total… Non, il y avait ce couple bizarre. L'homme la regardait. Ce visage, elle l'avait déjà vu quelque part…

Esméralda essaya de bouger. Impossible. Elle était ligotée.

Elle voulut hurler, mais le bâillon qui lui bloquait la bouche ne laissa passer qu'un faible murmure.

La lumière s'alluma d'un coup. Éblouie, Esméralda reconnut des posters de cirque placardés au mur. Houdini, Zavatta, Gruss, Barnum, Medrano… Il n'en manquait pas un seul.

Que faisait-elle dans ce décor ?

Paniquée, le souffle court et le cœur battant la chamade, elle constata qu'elle était attachée sur une roue posée à la verticale, les jambes et les bras écartés, telle une représentation de *L'Homme de Vitruve* de Léonard de Vinci.

Elle était toujours habillée…

Le fait de ne pas être la proie d'un pervers sexuel était-il en quoi que ce soit rassurant ?

Des pas approchaient. Esméralda tenta de se débattre, en vain. Ses liens étaient solides.

Un Monsieur Loyal au sourire déformé et son assistante sexy entrèrent dans son champ de vision.

— Mesdames et messieurs, veuillez accueillir Peter le Magnifique ! annonça la femme en prenant la pause.

Son mentor ne bouda pas son plaisir et salua son public invisible.

D'une stéréo jaillirent des applaudissements enregistrés, puis un roulement de tambour.

Esméralda fixait l'homme dans les yeux. Son tortionnaire jouissait du jeu sadique dont elle était la victime.

Elle essaya de contrôler sa respiration. Surtout, rester le plus calme possible, ne pas pleurer, demeurer forte et cacher ses émotions. Elle pensa à son père…

Rappelle-toi quand ce salopard te violait. Rappelle-toi comment tu lui échappais. Tu fuyais dans ton monde intérieur. Ne pense plus à rien. Disparais en toi-même…

— Ouvre les yeux, ma jolie, je t'en prie. Garde les yeux ouverts ou je vais me fâcher, ordonna Peter.

Esméralda rouvrit les yeux sans exprimer la moindre émotion.

— Bien. Mademoiselle Bonnie, s'il vous plaît.

Bonnie s'approcha d'un plateau où étaient disposés une dizaine de couteaux et le présenta à Peter.

— Merci, très chère.

Il prit son temps pour choisir. Puis, satisfait, il attrapa la lame et, d'un mouvement sec du poignet, l'envoya devant lui. Le couteau vint se ficher à moins d'un centimètre de la joue d'Esméralda, qui ne put contenir un cri de frayeur, atténué par le ruban adhésif qui lui obstruait la bouche.

— Magnifique ! s'exclama Bonnie en prenant un air godiche.

Peter se lissa à nouveau la moustache et saisit un deuxième couteau. Il visa tout aussi rapidement et, cette fois, la lame se logea au ras des cheveux d'Esméralda.

— Vous êtes décidément trop fort. Mais vous pouvez faire mieux.

— Oui, Bonnie, je le peux. Faites tourner notre invitée, commanda Peter.

Perchée sur des talons cramoisis, Bonnie fit tourner la roue où la voyante était attachée.

Esméralda détestait ce tour. Dangereux et machiste. Complètement con.

Qu'il me tire en plein cœur et qu'on en finisse !

Elle n'avait plus peur. Elle se sentait morte depuis si longtemps…

Bonnie fit tourner la roue plus vite.

Peter prit un troisième couteau, puis un quatrième et, avec une dextérité accomplie, les planta sous les aisselles de la suppliciée.

— Vous pouvez faire encore plus fort, mon cher, j'en suis sûre, minauda Bonnie.

— C'est très risqué, répliqua Peter d'un ton faussement inquiet.

— Oui, mais juste un couteau, rien que pour moi.

— Très bien, puisque vous insistez.

Pimpante, Bonnie alla chercher une cagoule noire qu'elle lui posa sur la tête, avant de lui tendre un nouveau couteau.

Esméralda ferma les yeux.

Une douleur fulgurante lui déchira le mollet. Le couteau s'était fiché en plein dedans.

— Oh, mon Dieu ! Peter, qu'avez-vous fait ?

Bonnie se précipita pour arrêter la roue.

La blessure saignait beaucoup. Peter s'approcha avec un foulard, qu'il serra aussitôt autour de la jambe d'Esméralda, comme un garrot.

— Je suis navré, très chère, je vous promets que notre prochain tour sera moins douloureux.

Bonnie planta une seringue dans le cou d'Esméralda, qui perdit de nouveau connaissance…

Chapitre 48

Stephen ouvrit les yeux. Il était toujours sur son lit, les écouteurs dans les oreilles. Son téléphone sonnait avec insistance.

À demi endormi, il attrapa son smartphone et déchiffra le nom sur l'écran : Marion.

— Oui ?

— Monsieur Callahan, je m'excuse de vous déranger. Mais je pense que vous avez appris, pour le cirque.

Et comment !

— Oui, répondit-il en s'asseyant sur le lit et en se passant une main sur le visage.

Il n'avait aucune envie de lui dire qu'il avait été au cœur du drame.

— Je sais bien que vous ne voulez plus vous mêler de cette affaire, mais peut-on vraiment laisser faire sans réagir ?

Nom d'un chien, cette gamine avait la tête dure.

— La police et le FBI sont sur le coup, soupira-t-il. Tu penses qu'ils sont complètement stupides ?

— Non, mais ils font fausse route. Je suis certaine que cet attentat est lié aux meurtres de Scarlett et de Sandy. C'est évident !

— Évident ? ironisa-t-il. Pour moi, il n'y a aucune évidence.

— Je ne sais pas si vous croyez aux coïncidences, mais pas moi. Deux meurtres atroces suivis d'un attentat le même week-end dans une petite ville comme River Falls… La probabilité pour que ces faits ne soient pas liés est infime, non ?

— Aussi infime que de gagner au loto. Pourtant, chaque semaine, quelqu'un devient multimillionnaire dans ce pays.

Il se leva et regarda l'heure. 18 h 53. Il avait dormi moins d'une heure. Il était si fatigué qu'il en avait le cœur au bord des lèvres.

— Qu'est-ce qu'on risque à enquêter ? reprit Marion. J'ai du temps.

À présent tout à fait agacé, Stephen comprit qu'elle avait une idée en tête.

— Tu as une piste ?

— Oui, répondit Marion après une légère hésitation. Enfin, c'est juste une idée, mais elle mérite d'être creusée.

— Je t'écoute, dit-il en entrant dans la salle de bains pour se jeter un peu d'eau sur le visage.

— Mike Logan, lâcha-t-elle.

Stephen referma aussitôt le robinet d'eau froide, désormais parfaitement réveillé.

— Logan ? Tu crois que c'est lui, le tueur ?!

— Non, je veux dire que le tueur envoie un message à Logan. Il le met au défi de le trouver. Certains serial killers aiment jouer au chat et à la souris avec la police.

Stephen repensa à Denis Radder, dit BTK (*Bind, Torture, and Kill*), célèbre pour les courriers anonymes qu'il envoyait à la police et où il se vantait de ses crimes.

Était-il possible qu'un tueur en série veuille défier Mike Logan ?

— Jessica Hurley ! murmura-t-il en se rappelant qu'elle était au cirque.

— Avec Karen, on pense qu'il veut les provoquer tous les deux.

Si folle que soit cette thèse, et faute d'autre piste, Stephen convint qu'elle méritait d'être creusée.

— Je dois avouer que vous avez fait du bon travail, mais pourquoi m'en parler à moi, et pas directement au shérif ?

— Justement, on a laissé plusieurs messages, mais personne ne nous rappelle. Comme vous avez sauvé cette policière, hier, on s'est dit qu'elle, peut-être, vous écouterait et vous laisserait approcher Logan.

Rappeler Lindsay. Très bonne idée ! À cette seule pensée, Stephen sentit son humeur s'alléger. Lindsay lui procurait calme et sérénité.

— Ce n'est pas idiot, je vais m'en occuper.

— Merci, dit Marion. Je suis vraiment désolée de vous embêter, ajouta-t-elle, mais si l'on peut sauver des vies, ça vaut le coup d'essayer, non ?

— Tu as bien fait de m'appeler, ne t'en fais pas. Maintenant, laisse-moi faire. Je te tiens au courant.

Il n'était pas dupe de l'apparente docilité de la jeune fille. Marion n'était pas du genre à lâcher. Elle devait déjà chercher sur Internet, avec sa comparse, tous les liens possibles entre Logan et des tueurs en série.

Stephen soupira. Après tout, elles découvriraient peut-être un indice qui lui serait utile…

Il se passa un peu d'eau fraîche dans le cou, se brossa les dents et appela Lindsay.

Décroche, décroche, allez…

— Stephen ? répondit enfin Lindsay, essoufflée.

— Salut, il faut que je te parle. Est-ce qu'on peut se voir ?

— C'est si urgent que ça ? C'est la folie, ici.

— Justement, j'ai peut-être une piste, mais je préfère t'en parler de vive voix. Tu es où ?

— Au commissariat.

— OK, je suis là dans vingt minutes.

— Tu ne peux pas me le dire par téléphone ?

— Il faut que je voie Logan, de toute façon.

— Tu m'en demandes beaucoup. Sa femme et ses enfants étaient au cirque aujourd'hui. Je ne suis pas sûre qu'il soit disponible.

— Il le sera, fais-moi confiance.

— D'accord, abdiqua Lindsay. Mais je ne pourrai pas te consacrer plus de cinq minutes.

— Ce sera amplement suffisant, j'arrive.

*

— Je voudrais parler au lieutenant Wyatt, dit Stephen en se présentant à l'accueil du commissariat.

— Un instant, je l'appelle, répondit Amy.

Dehors, une vingtaine de confrères faisaient le pied de grue en attendant une déclaration du shérif. Pour tuer le temps d'antenne, ils partaient en extrapolations diverses, et surtout infondées, revenant sans cesse sur l'horreur qui avait saisi la communauté de River Falls. Certains commençaient à évoquer un lien entre l'attentat et les meurtres des adolescentes.

— Elle arrive, confirma Amy en raccrochant le combiné de la ligne intérieure.

De minute en minute, Stephen se sentait moins sûr de lui. Sa seule motivation, au fond, avait été de revoir Lindsay. Car, plus il y pensait, plus il trouvait la thèse de Marion ridicule. Si quelqu'un en avait voulu au shérif Logan, il s'en serait pris directement à sa famille plutôt que de faire sauter des bombes à proximité du chapiteau du cirque.

Mais il était trop tard pour faire machine arrière.

— Monsieur Callahan, veuillez me suivre, lança Lindsay en se présentant à la réception.

— Lieutenant, répondit-il pour sauver les apparences.

Ils traversèrent l'open space bourré d'agents, le FBI certainement, qui avaient pris position pour mener leurs investigations.

Lindsay le conduisit dans une pièce pleine d'étagères, où étaient entreposés des dizaines de cartons.

— Désolée de te recevoir dans ces conditions, on est sur les dents.

— Je comprends, mais il fallait que je te voie. Je suis à peu près certain qu'il ne s'agit pas d'un attentat islamiste.

— Il est trop tôt pour le savoir.

— J'étais sur place avec mes deux nièces et mon neveu.

Lindsay ouvrit de grands yeux.

— Ils vont bien ?

— Oui, on a eu de la chance. Mais je peux t'assurer que je n'ai pas entendu la moindre revendication islamiste. Ce sont des conneries.

— On le sait, mais on ne va pas démentir pour l'instant. Le FBI préfère attendre une revendication pour se prononcer. Mais c'est gentil d'être venu nous le dire.

— Je ne suis pas venu que pour ça, Lindsay. Je pense connaître le mobile de cette attaque et des meurtres de Scarlett et de Sandy.

— Comment ça ?

— Le tueur veut défier Mike Logan. Les meurtres arrivent à son retour, comme un cadeau de bienvenue. Tu ne trouves pas ça bizarre ? Combien avez-vous eu de meurtres dans le genre en son absence ?

Lindsay ne répondit pas. Stephen n'avait pas tort : en sept ans, ils n'avaient eu à déplorer que des rixes et un assassinat, celui d'un professeur par un étudiant jaloux de sa petite amie.

— Tu crois vraiment que l'attentat et les meurtres sont liés ? Ils ne relèvent absolument pas du même mode opératoire...

Mais, soudain, l'illumination.

— Viens avec moi, dit Lindsay en attrapant la main de Stephen.

Tout se tenait !

*

Enfermé dans son bureau depuis plus d'une heure, Logan reposa son téléphone et souffla un grand coup. Il était épuisé. Toutes les huiles – de Barry Nolden, le maire, au gouvernement – voulaient des nouvelles de l'enquête. Des journalistes étrangers avaient même cherché à l'interviewer.

Comment pouvait-il mener à bien ses investigations si on le dérangeait toutes les trente secondes ?!

Arrêter un terroriste prenait des semaines, mais la pression médiatique exigeait de vous l'impossible. Il fallait boucler les affaires dans l'heure !

Logan eut une pensée nostalgique pour ses collègues d'antan. Ils disposaient de technologies moins performantes, mais, au moins, on leur laissait faire leur boulot ! Comment éviter de commettre des erreurs quand on était à ce point sous pression ?

Il ferma les yeux et se ressaisit. Pas question de se laisser abattre.

Les agents du FBI avaient déjà procédé aux prélèvements d'usage.

Le dernier bilan faisait état de six morts, dont quatre enfants. Tous écrasés par la foule paniquée. Les explosions elles-mêmes n'avaient tué personne. Si les gens avaient gardé leur calme, il n'y aurait eu aucune victime à déplorer.

Et dire qu'il avait espéré un retour tranquille à River Falls… C'était à se demander si cette ville n'était pas maudite, ou si c'était lui le chat noir !

« Je rêve d'un monde où les gens ne cherchent pas à tuer leur prochain », avait proclamé un illustre président. *Un simple rêve*, pensa Logan, dépité.

Le coucher de soleil attira son regard vers la fenêtre. Le mauvais temps s'était levé et la nuit promettait d'être belle. La ville était nimbée d'un voile orangé.

Hurley et les enfants avaient l'air d'aller bien. Pourvu qu'ils oublient vite ces moments terribles…

Il établissait la liste de ce qu'il lui restait à faire avant de pouvoir les retrouver quand Lindsay et Stephen Callahan déboulèrent dans son bureau.

La lieutenante entra sans frapper.

— Shérif, je crois qu'on fait fausse route depuis le début. Ce ne sont pas les pères de Scarlett et de Sandy qui les ont tuées. Elles n'ont été que les malheureuses victimes d'un dommage collatéral.

Logan leva un sourcil dubitatif.

— Expliquez-moi ça, lieutenant.

— Le tueur n'en voulait pas aux jeunes filles, mais au Big Circus !

Stephen et le shérif échangèrent un regard, aussi surpris l'un que l'autre.

*

Esméralda reprit connaissance dans une cuve remplie d'eau, d'où seule sa tête dépassait. Ses pieds et ses mains étaient liés par une chaîne. Elle n'avait plus son bâillon.

Peter Walsh se tenait face à elle en compagnie de sa complice.

— Tu cries, tu meurs, lança Peter en faisant rebondir un marteau dans sa paume.

Esméralda soutint son regard et tenta de ne pas montrer sa peur. Ce n'était pas tant la peur de mourir que celle de souffrir. De quoi était capable ce couple de cinglés ?!

— Tu crois peut-être que je t'ai choisie au hasard, comme Scarlett et Sandy ?

L'entendre nommer les deux jeunes filles la révulsa. Et ce qui n'était encore qu'une intuition se mua en certitude.

— Vous les avez tuées !

— Oui, et c'est ta faute, répondit Peter.

Esméralda se retint d'éclater de rire. Pas question d'entrer dans son minable petit jeu. Elle allait mourir, elle allait souffrir, mais elle ne lui ferait pas le plaisir de suivre ses règles.

— Tu veux savoir pourquoi ? s'impatienta Peter.

— Regarde-la, comme elle fait la fière, s'agaça Bonnie. Tu riras moins tout à l'heure, quand je t'aurai arraché les dents !

Esméralda pensa à sa blessure au mollet. Elle devait la rouvrir pour se vider de son sang.

— Elles sont mortes par ta faute ! cria Peter. Jamais je ne m'en serais pris à elles, c'est toi que je visais, mais l'occasion, vendredi soir, était trop belle. Nous les avons croisées sur la route alors que nous roulions vers ton cirque pour le faire exploser. Nous leur avons proposé de les accompagner en voiture. La suite, tu la connais…

Esméralda eut envie de hurler sa haine, mais la garda pour elle. Elle ne procurerait pas le moindre plaisir à cet immonde salopard.

Devant son silence, Peter poursuivit ses explications, d'un ton un peu moins amical, cette fois.

— Pourquoi un tel cérémonial ? Pour que tu souffres.

— C'est moi qui ai eu l'idée des cartes de tarot, se vanta Bonnie. J'espérais que les flics remonteraient jusqu'à toi, voyante de mon cul ! Mais je préfère de loin la situation présente. La prison pour ton trafic d'enfants n'est rien par rapport à ce que tu vas subir !

Peter eut un sourire démoniaque et se rapprocha de sa victime.

— Pauvres petites. Elles nous ont tout raconté. Leurs pères qui abusaient d'elles, leur espoir de tout quitter. Rejoindre le Big Circus et sainte Esméralda, mère de tous les miséreux. Laisse-moi rire ! Et dire que, si tu ne les avais pas invitées à s'enfuir avec toi, elles seraient toujours vivantes !

— Elles sont mieux mortes que chez leurs pères, répliqua Esméralda, bravache. Merci pour elles.

Elle n'en pensait pas un mot, mais elle avait décidé de le contredire coûte que coûte. Peter était un fou qu'elle voulait faire vaciller sur ses certitudes.

— Ne me remercie pas. Tu n'imagines même pas ce qu'elles ont enduré avant qu'on décide d'abréger leurs souffrances, poursuivit Peter. Tu veux voir la vidéo ?

— Laisse-moi lui arracher quelques dents, s'il te plaît, intervint Bonnie.

— Patience, très chère. Il faut faire durer le plaisir, répondit-il en lui passant une main sur les fesses. Tu aimerais savoir pourquoi je t'en veux ? ajouta-t-il à l'attention d'Esméralda.

— Parce que tu es impuissant ! cracha la voyante.

— Oh, c'est qu'elle a du caractère ! s'amusa Peter, trop content d'avoir réussi à l'énerver.

Esméralda s'en voulut aussitôt. Il n'attendait que ça.

Elle se renferma dans le silence et frissonna. L'eau dans la cuve était glacée. Elle se sentait faiblir.

— Il y a vingt ans, tu es venue ici. On avait le même âge.

Et, soudain, Esméralda se rappela où elle avait vu ce visage. Nom de Dieu ! Pourquoi l'avait-on laissé sortir ?!

*

— Le Big Circus ? s'étonna Logan.

— Cet attentat a été minutieusement préparé, expliqua Lindsay. Les bombes ont dû être mises en place de nuit, hier ou vendredi soir.

— Et le tueur serait tombé sur Scarlett et Sandy ? fit Logan, qui commençait à comprendre où sa lieutenante voulait en venir.

Stephen, lui, était encore dans le flou.

— Je ne comprends pas. Pourquoi dites-vous que Scarlett et Sandy allaient au cirque ?

— La police ne livre jamais toutes ses informations, répondit Lindsay. Le Big Circus est un refuge. Il récupère les enfants en détresse.

Elle lui apprit que les deux jeunes filles souhaitaient quitter la ville en toute discrétion.

Le tueur n'en voulait donc pas à Logan, mais au cirque !

Stephen ressentit une satisfaction dérisoire. Malgré une interprétation erronée des faits, Marion et lui avaient contribué à faire progresser l'enquête.

Il s'apprêtait à ouvrir la bouche quand Lindsay le devança.

— Nous devons interroger Esméralda pour qu'elle nous révèle le nom de tous les enfants qu'elle a récupérés. Nous irons ensuite interroger les parents.

— Ça risque de faire du monde, commenta Stephen. Le Big Circus traverse tout le pays !

— Le FBI a des bureaux partout, dit Logan, qui se sentait pousser des ailes. Si tu as raison, nous mettrons bientôt la main sur cette crapule.

— Espérons-le.

Logan quitta son fauteuil et se posta devant Stephen.

— Je vous remercie de votre aide, et je vous demande de garder le silence. Je peux vous faire confiance ?

— Bien sûr. Je viens avec vous.

— Non, vous en avez assez fait. Laissez la police travailler.

Quelle tête de mule ! souffla Stephen intérieurement.

Il se leva et tendit la main au shérif.

— Si j'ai pu aider à sauver des vies, c'est tout ce qui compte, dit-il avant de tourner les talons.

Il savait parfaitement quoi faire, à présent.

*

Le soleil était descendu derrière les arbres quand ils arrivèrent au Big Circus. La foule des journalistes continuait à faire le pied de grue, à l'affût du moindre flocon d'information. L'événement faisait la une de toutes les chaînes télévisées du pays et du monde occidental.

Les gyrophares des ambulances et de la police illuminaient le crépuscule naissant.

Sautant par-dessus les bandeaux « Do not crossing », Logan salua les agents qui tenaient les curieux à l'écart et progressa vers les caravanes.

Les saltimbanques étaient réunis, sous le choc.

— Shérif Logan. Je dois parler à Esméralda, commença Logan.

Un homme haut comme une montagne se leva de sa chaise et lui demanda de le suivre.

Il frappa à une porte, deux caravanes plus loin. Mister Moonlight vint ouvrir.

— Shérif ?

— Il faut que je parle à Esméralda. C'est extrêmement urgent.

— Elle n'est pas avec vous ? s'étonna le directeur en fronçant les sourcils.

— Comment ça ? Non, bien sûr que non, répliqua Logan.

— Elle n'est pas ici. Je pensais que vous l'aviez convoquée pour l'interroger.

— Vous vous trompez, nous n'avons rien à lui reprocher. Mais je dois lui parler tout de suite. Vous pouvez l'appeler ?

— Je n'ai pas cessé depuis l'attentat, mais elle ne répond pas. C'est pour ça que je croyais qu'elle était avec vous.

— Elle a peut-être été emmenée à l'hôpital ? intervint Lindsay.

— J'y ai déjà pensé, rétorqua Mister Moonlight. Mais il n'y a personne du nom de Natalia Svéroga, ni même Esméralda. Cela dit, elle n'avait peut-être pas ses papiers sur elle, et si elle était inconsciente...

Sans plus attendre, Logan attrapa son téléphone et appela les urgences.

*

— Ravie que vous ayez changé d'avis, dit Marion.

— Face à quelqu'un comme toi, difficile de faire autrement !

Stephen n'avait pas l'intention de laisser la police régler seule cette affaire. À présent qu'il avait une piste, il tenait à s'impliquer personnellement. L'image de Beverly terrorisée, hurlant pour appeler à l'aide, était gravée dans son esprit.

La salle de rédaction du *Daily River* était bondée. Le bouclage de l'édition du lendemain aurait lieu d'ici trois heures. Tout le monde était sur le pont pour un numéro qui battrait à coup sûr tous les scores des meilleures ventes.

Ils montèrent directement à l'étage et s'enfermèrent dans une pièce où se trouvaient déjà Karen et Clayton.

— Stephen, dit le directeur en l'invitant à s'asseoir, ma nièce m'a appris que vous aviez des informations de première importance…

— Oui, je crois savoir à qui le tueur a voulu s'en prendre.

— Ça, on le sait, l'arrêta Karen. Mike Logan.

Stephen secoua négativement la tête.

— Non. Je le pensais moi aussi, mais nous ne possédions pas tous les éléments. La police détient une preuve qui va dans le sens d'une vengeance contre le Big Circus.

Devant leurs mines sceptiques, il leur fit part des révélations de Logan et de la découverte de la lettre de Sandy.

— Vous voulez dire que Scarlett et Sandy ont croisé la route de leur assassin alors qu'il s'apprêtait à poser ses bombes ?

— C'est ce qui paraît le plus probable.

— Une vengeance contre le Big Circus…, réfléchit Marion à voix haute. Un père incestueux ?

— Une vengeance contre le Big Circus, répéta Clayton en se massant les tempes. Je ne veux pas dire de bêtises, mais je crois qu'ils sont déjà venus ici, il y a vingt ans, quelqu'un m'en a parlé… On devrait pouvoir trouver ça dans les archives.

— Vous ne vous souvenez d'aucun événement qui se serait passé à l'époque ? demanda Karen.

— Je travaillais à New York. Je n'ai racheté le journal qu'il y a quinze ans.

— Alors, allons voir ça.

*

— Elle n'est nulle part, dit Logan désappointé.

Il avait communiqué la photo d'Esméralda à tous les hôpitaux. Personne ne l'avait reconnue.

— C'est impossible, elle ne serait pas partie sans me prévenir, s'inquiéta Mister Moonlight.

— C'est bien pour ça que nous sommes ici. Nous pensons que la personne qui a commis cet attentat en voulait précisément au Big Circus.

Mister Moonlight haussa les épaules.

— Évidemment, ça doit être un des parents incestueux. Nous avons sauvé plus de mille gamins depuis toutes ces années.

— Le FBI est sur le coup. Nous allons trouver qui a perpétré ce carnage.

— Excusez-moi, vous êtes le shérif ? s'imposa un homme.

La cinquantaine, une large cicatrice sur la joue. Logan préférait ignorer comment il s'était fait cette balafre.

— C'est exact.

— J'ai entendu votre conversation. J'ai vu Esméralda avant que tout ne saute. Elle parlait à un couple d'amoureux qui traînait près de l'entrée.

Personne ne pipa mot.

— Je dis ça, je dis rien, s'excusa l'homme comme s'il avait proféré une énormité.

— Tu pourrais les reconnaître ? réagit Mister Moonlight.

— Je sais pas, je crois pas. Ils n'avaient rien de menaçant, mais maintenant que vous dites qu'Esméralda a disparu… Tout ce que je sais, c'est qu'ils discutaient avec elle quand ça a sauté. Mais, aussi bien, c'étaient des gens qu'elle connaissait.

Vous savez, nous sommes déjà venus ici. Il y a une vingtaine d'années.

— Redites-moi ça ?

— Oui, vingt ans. Le temps passe, j'ai l'impression que c'était hier.

— Vous n'auriez pas pu le dire plus tôt ?! s'emporta Logan.

— Qu'est-ce que ça change ? répondit Mister Moonlight.

— Ça change qu'il est tout à fait possible que le tueur soit de cette ville. Vous protégiez déjà des enfants en difficulté, à l'époque ?

— Non, pas encore. Mais, il y a vingt ans, il y a eu un terrible accident. Un jeune type s'était présenté à nous comme magicien, il voulait qu'on l'embauche.

— Il a failli couper sa partenaire en deux ! s'exclama le balafré. C'était horrible, elle a failli y laisser la peau.

Logan et Lindsay se regardèrent, éberlués.

— Vous pouvez répéter ça ?

L'homme leur raconta toute l'histoire et Logan sentit ses poils se dresser.

*

Clayton ouvrit la marche, suivi de Stephen, Marion, Karen et Lindsay. Tous les cinq descendirent aux archives.

Situées au sous-sol de l'immeuble, elles abritaient des décennies de journaux entreposés sur des étagères que personne n'avait dépoussiérées depuis des années.

— Les archives ne sont numérisées que depuis mon arrivée, s'excusa le directeur, un peu perdu au milieu des cartons. C'est n'importe quoi, ce rangement, ronchonna-t-il.

Il leur fallut un certain temps pour comprendre la logique très particulière qui régnait sur la mémoire du *Daily River* et trouver l'année qui les intéressait. Puis ils entreprirent de consulter les journaux un à un.

— Mais que je suis bête ! s'exclama soudain Marion. On devrait pouvoir trouver une référence du premier passage du cirque sur Internet !

Tels deux mentors, Stephen et Karen la félicitèrent d'un hochement de tête approbateur.

Marion prit son smartphone et, en moins d'une minute, dénicha ce qu'elle cherchait. Sur un blog, un habitant de River Falls se réjouissait du retour du Big Circus qu'il était allé voir, vingt ans plus tôt, avec son père, au début de l'été.

— Parfait. On prend tout juin et juillet, dit Karen.

Ils trouvèrent rapidement l'étagère correspondante.

— Ça y est, attrapez ça, dit Clayton en leur tendant un paquet de journaux.

Ils se partagèrent la soixantaine d'exemplaires et se murèrent dans un silence studieux.

Cinq minutes plus tard, Marion poussait un cri de victoire.

— Venez voir ça ! « Grave accident au Big Circus au cours d'une audition ».

Marion lut l'article à haute voix.

Un artiste amateur s'était présenté pour exposer un tour de sa composition. Une nouvelle interprétation de la femme coupée en deux. Malheureusement, ayant mal calculé son tour, l'homme avait méthodiquement découpé la pauvre victime, qui poussait des hurlements insoutenables en se vidant de son sang. Il n'avait cessé de scier que lorsqu'il avait été plaqué au sol par deux membres du cirque. Le prévenu avait alors parlé d'une erreur, prétextant qu'il ne s'était rendu compte de rien.

— Mais quelle horreur ! blêmit Clayton.

— Ils donnent son nom ? demanda Stephen.

— Non.

— Ils en reparlent peut-être dans les journaux qui suivent.

Effectivement, une brève notifiait l'inculpation pour meurtre de Peter Walsh. Les témoins de la scène assuraient qu'il n'avait pas fait mine d'arrêter de scier alors que tout le monde hurlait autour de lui et que du sang s'écoulait sur le sol.

Peter Walsh ! s'étrangla Stephen en lui-même.

Ashlyn et sa famille habitaient à côté de ce monstre !

— Ça ne peut être que lui ! clama Marion.

— Pas de conclusion hâtive, tempéra Clayton. Cela ne prouve rien, mais il est bon de creuser.

— Il est peut-être toujours en prison ou chez les fous ? supputa Karen.

Stephen approuva en silence.

— Il faut savoir où il habite. On doit appeler la police, dit Clayton.

— Oui, renchérit Stephen.

Il n'avait pas l'intention de leur révéler qu'il s'agissait de son voisin. Et il savait maintenant ce qu'il lui restait à faire.

— Mais, s'il est innocent, ils sont capables de le tuer comme ils ont fait pour Sam Quinto ! s'inquiéta Marion.

— Ils n'ont pas tué Sam, Marion. Tu étais là, il s'agissait d'un accident, répéta Stephen.

— Ben, moi, j'appelle ça une bavure. S'ils ne l'avaient pas poursuivi, il ne serait pas tombé à l'eau.

— Marion, arrête. On va laisser agir la police, intervint son oncle.

— Mais je ne vais pas mourir !

— Si ce Walsh a tué Scarlett et Sandy, et posé les bombes qui ont ravagé le Big Circus, il te tuera sans hésitation. Tu peux en être sûre !

— De toute façon, si nous l'interrogeons nous-mêmes, tu crois qu'il nous avouera ses crimes ?

Innocent ou pas, seuls les flics pourront l'obliger à parler, ajouta Karen.

Marion se renfrogna sans rien dire.

— Nous avons fait du bon boulot, conclut Stephen. Je vais rentrer, je suis épuisé.

— On le serait à moins, acquiesça Clayton. Vous n'êtes pas obligé de passer au journal demain. Prenez le temps de vous remettre de ces émotions et présentez mes salutations à votre famille.

Karen le salua d'un signe de la tête et ne décocha pas un mot.

Stephen retourna à sa voiture. Pour la première fois du week-end, il se sentait totalement apaisé. Il allait enfin pouvoir prendre les rênes de cette épouvantable histoire et la conclure comme il l'entendait.

*

Esméralda reprit connaissance. Elle était prisonnière d'une boîte rectangulaire qu'elle ne connaissait que trop bien. Celle d'un des tours de magie les plus célèbres et les plus impressionnants : la femme coupée en deux.

Sa tête et ses pieds sortaient de chaque extrémité de la boîte. Mais elle ne pouvait pas replier ses jambes, comme c'était normalement le cas sur scène : pour créer l'illusion, une complice était cachée dans la moitié inférieure de la boîte et c'étaient ses jambes à elle que les spectateurs voyaient se détacher du buste de la femme qui, croyaient-ils, était seule exposée à la scie.

— Mesdames et messieurs, voici le clou du spectacle ! déclama Bonnie à l'attention d'un public imaginaire…

…ou pas ! Car, du coin de l'œil, Esméralda venait d'apercevoir une caméra posée sur une étagère. Ces tarés filmaient tout ! Revendaient-ils ces vidéos sous le manteau ?

D'un geste appuyé, Peter ôta sa cape et la remit à Bonnie. Puis il saisit la scie posée sur l'estrade.

— Est-ce une vraie scie ? demanda naïvement Bonnie.

— Et comment, très chère ! Tu te rappelles notre rencontre au Big Circus ?

Peter remonta la manche de son habit et s'entailla légèrement le bras. Une goutte de sang tomba sur le visage d'Esméralda, qui eut envie de vomir.

— C'est ce jour-là que je suis tombée amoureuse de lui, dit Bonnie en plongeant des yeux hallucinés dans ceux d'Esméralda. J'étais une piètre acrobate venue pour l'audition. Quand Peter s'est mis à découper cette femme, j'ai compris quel génie il était.

— Vous êtes deux cinglés ! cracha Esméralda.

— Silence, s'il vous plaît ! Et maintenant, mesdames et messieurs, magie ! annonça Peter.

Il commença à scier la boîte et de petits copeaux de bois voletèrent autour d'eux.

— Rappelle-toi, Natalia, répéta Peter en ahanant sous l'effort. Tu cries, tu meurs !

Il éclata d'un rire dément et continua à scier.

Terrifiée, Esméralda sentit sa respiration s'emballer. Cette boîte était son cercueil !

La scie perça le coffrage et Esméralda perçut le contact froid de la lame sur sa peau. Incapable de retenir plus longtemps le cri de terreur qui grossissait en elle, elle poussa un hurlement à donner le frisson.

Aussitôt, Bonnie se précipita sur elle pour lui bander la bouche avec du ruban adhésif.

— Quel dommage ! Tu étais si sage, si courageuse..., commenta Peter en lui caressant la joue.

Il retrouva le sourire et se remit à scier. Esméralda avait perdu tout contrôle sur son esprit. Prise d'effroi, elle tentait de se dégager en s'agitant dans tous les sens, mais le coffrage d'où sortaient ses pieds bloquait ses jambes, et ses mains étaient menottées dans son dos. Elle était parfaitement impuissante, livrée à la folie criminelle de ses tortionnaires.

Les larmes coulèrent de ses yeux, de rage et de désespoir mêlés.

Elle pensa à toutes les filles qui avaient connu cette horreur avant elle. Deux pervers qui tuaient, dans une parodie de spectacle de cirque, de pauvres innocentes que personne ne viendrait jamais sauver. Jamais…

La sonnette de l'entrée résonna dans toute la maison.

Peter arrêta subitement sa mortelle mascarade.

— Chut ! dit-il.

Bonnie et lui se figèrent.

— Tu crois que quelqu'un l'a entendue ? demanda Bonnie.

— Va voir qui c'est, ordonna Peter. Et change-toi en vitesse !

*

Stephen avait dépassé le manoir d'Ashlyn pour se garer devant celui des Walsh. Si ces gens, dont tout le monde s'accordait à dire qu'ils étaient discrets, étaient des tueurs, il devait faire preuve de la plus grande prudence.

Cela dit, Peter et Bonnie Walsh devaient jouir d'un tel sentiment d'impunité qu'ils ne s'attendaient probablement pas à recevoir de la visite un dimanche. Et surtout pas la sienne.

Il devait donc saisir sa chance et sonner.

Il appuya une première fois sur le bouton.

Aucune réponse.

Il s'apprêtait à sonner de nouveau quand la porte s'ouvrit.

— Bonsoir, lança madame Walsh, en tenue décontractée. Que puis-je pour vous ?

— Bonsoir, je suis le frère d'Ashlyn Callahan, votre voisine. Pourrais-je vous parler en privé ?

— Vous êtes Stephen Callahan. Le journaliste ?

— Lui-même, enchanté de vous rencontrer. J'aimerais vous parler de ma sœur, je n'en ai pas pour longtemps.

— Oh, eh bien, je suis désolée, nous sommes à table. Mon mari m'attend.

Bonnie Walsh ne semblait pas décidée à le laisser entrer. Stephen perçut son malaise. Ses derniers doutes s'envolèrent. Cette femme avait quelque chose à cacher.

— Pourrions-nous en parler à l'intérieur ? C'est assez délicat.

— Je n'ai pas vraiment le temps, répondit Bonnie en fronçant les sourcils de mécontentement. Comme je viens de vous le dire, nous sommes à table…

— J'insiste, souffla Stephen en sortant un pistolet qu'il lui enfonça dans les côtes.

Bonnie recula dans le vestibule en grinçant des dents.

Stephen entrait dans la maison plongée dans l'obscurité quand Bonnie Walsh se jeta sur lui en hurlant.

Il tira d'un geste réflexe, mais la balle se perdit dans le mur.

Ivre de rage, Bonnie se mit à le bourrer de coups de pied. Stephen se recroquevilla sur le sol pour protéger sa tête. Cette harpie lui tirait les cheveux, l'insultait, lui crachait au visage.

Oubliant la douleur, il tira une nouvelle fois.

Il n'y eut qu'un seul cri. Et le bruit d'un corps qui chute sur le sol.

Stupéfaite et déjà presque sans vie, Bonnie cessa de bouger.

Le souffle court, Stephen se releva en pointant son arme devant lui. Alerté par les cris et les coups de feu, Peter Walsh ne tarderait plus.

Mais Stephen avait l'habitude.

Une sirène déchira le silence. Clayton, Marion et Karen avaient rapidement prévenu la police. C'était fini.

S'il voulait que vengeance soit faite, il devait agir au plus vite.

Walsh ne devait pas s'en sortir. Il devait payer pour ses crimes. Et la seule condamnation à la hauteur de cette pourriture était la mort.

La justice était toujours trop clémente.

Lentement, Stephen avança jusqu'à un escalier qui descendait vers la cave.

— Bonnie ?

Walsh ! N'avait-il donc rien entendu ?

— Bonnie ?

Stephen se figea et se colla contre le mur.

Le son des sirènes se rapprochait.

Le ton était plus inquiet.

Stephen vit la silhouette de Peter se découper sur l'escalier.

— Ne bougez plus ! tonna-t-il en surgissant face à Peter, son arme braquée devant lui.

— Qui êtes-vous, où est…

Mais Peter ne finit pas sa phrase. Il avait compris.

— Ordure ! hurla Peter en se ruant sur lui.

Stephen lui tira une balle dans le genou.

Peter dégringola au pied des marches. Une rage démente s'était emparée de lui.

— Vous avez tué Bonnie ! vociféra-t-il. Vous avez tué ma Bonnie !

À cet instant, des portières claquèrent, des cris résonnèrent sous le porche. Logan et ses hommes grimpaient le perron.

Stephen hésita à infliger le coup de grâce, mais baissa son arme.

Il avait changé d'avis. La pire des tortures était de laisser Walsh moisir derrière les barreaux, seul au monde, et ruminer la perte de son grand amour pour le restant de sa vie.

— Lâchez votre arme, et mains sur la tête ! ordonna Logan.

Stephen se retourna et jeta son pistolet devant lui.

— Stephen ?! Mais qu'est-ce que tu fous là ?! lança Lindsay en récupérant son arme.

— Plus tard. D'abord, occupez-vous de lui !

— De qui ? lui demanda Logan.

Stephen tourna la tête et vit que Peter avait disparu.

— Walsh, il s'est enfui ! Je viens de lui tirer une balle dans le genou.

— Génial ! ironisa Logan. Lindsay, tu me vires ce type, je me charge de tout.

Le lieutenant Portnoy et les sergents Larson et Harper investirent la maison.

Lindsay et Callahan sortirent sur le perron.

— Tu sais si Esméralda est là ?

— Aucune idée, répondit Stephen.

Lindsay le regarda sans rien dire.

— Qu'est-ce que tu fous là, Stephen ? Comment as-tu compris que Walsh était le tueur ? Et qu'est-ce que tu fais avec une arme ? C'est toi qui as tué sa femme ?

Stephen n'eut pas le temps de s'expliquer. Une prodigieuse déflagration pulvérisa la maison derrière eux, projetant tout le monde à terre.

— Non ! hurla la lieutenante en se redressant sur les coudes.

Le manoir s'effondra comme un château de cartes dans un énorme nuage de poussière. Personne ne pouvait survivre à une telle explosion.

*

À la cave, Logan avait découvert une scène ahurissante.

Peter, le regard fou, se tenait près d'un coffre magique dans lequel était emprisonnée Esméralda.

— Le plus beau tour de ma vie. Disparition ! Magie ! dit-il en appuyant sur un détonateur.

Le vacarme fut assourdissant. Le choc les projeta contre le sol. Le coffre magique se fracassa sur le ciment. Toutes les lumières s'éteignirent.

Logan avait lâché son arme. À tâtons, il s'efforça de la retrouver.

Soudain, il hurla de douleur. Malgré son genou estropié, Peter avait réussi à ramper jusqu'à lui et lui mordait la cuisse de toutes ses forces.

Rendu sourd par l'explosion, le shérif empoigna son adversaire comme il put – par les cheveux et les oreilles.

Mais, tel un chien enragé, Peter ne voulait pas lâcher prise. Les mâchoires bloquées sur sa proie, il serrait de plus en plus fort en gémissant comme un démon.

Logan envoya son poing droit devant lui. Raté !

Peter lui attrapa les parties intimes et les broya dans sa paume.

— Tu vas crever, flic de merde ! rugit-il, ivre de folie. Tu vas crever, tu vas…

Mais Peter relâcha brusquement son étreinte et tomba en arrière comme une poupée molle.

Logan recula précipitamment sur les fesses en serrant les dents pour juguler la douleur qui irradiait de son entrejambe.

Peter Walsh se noyait dans quelque chose, sa gorge émettait un drôle de gargouillis.

Logan alluma son briquet pour y voir clair.

Esméralda était parvenue à s'extraire du coffre. De ses mains menottées, elle était en train d'étrangler son agresseur, dont les joues étaient couvertes de bave.

— Ne le tuez pas. Il nous le faut vivant !

Peter se débattait comme un diable. Mais Esméralda était possédée. Dans un craquement de vertèbres, la tête de Peter fit soudain un angle impossible et toute vie disparut de son visage.

— C'est bon, vous pouvez le relâcher, dit Logan.

Rien ne pouvait excuser de faire justice soi-même, mais Esméralda pourrait plaider la légitime défense. Et il ne s'y opposerait pas.

Adossé contre le mur, il sortit son paquet de cigarettes qu'il avait si longtemps gardé dans sa veste sans jamais céder, et en dénicha deux qui n'étaient pas écrasées.

— Ça vous tente ?

Esméralda approuva d'un signe de tête.

Il n'y avait aucun doute sur ce qui venait de se passer. Peter Walsh était bien le poseur de bombes du Big Circus.

Logan remercia les cieux d'être descendu à la cave en tout premier lieu. S'il était resté au rez-de-chaussée ou monté à l'étage, il ne serait plus de ce monde.

Ses agents !!!

Logan étouffa un cri de rage. Portnoy et ses seconds avaient investi la maison. Il venait de perdre les meilleurs de ses hommes. Il eut un haut-le-cœur. Quel gâchis…

Il tira vigoureusement sur sa cigarette. Il avait tenu sept ans sans fumer. Hurley comprendrait.

Deux points incandescents perçaient l'obscurité de la cave.

— Je suppose que je dois vous remercier, dit Esméralda.

— Ça ira. Le simple fait que vous soyez en vie me suffit.

— Je ne vous aime pas, shérif Logan, ajouta-t-elle en inspirant une large bouffée. Mais je dois avouer que vous n'êtes pas un mauvais bougre.

Logan eut un petit rire.

— Merci du compliment.

— Je peux savoir comment vous m'avez retrouvée ?

— Oui, si vous me dites ce que vous savez sur Peter et Bonnie Walsh.

Esméralda ne s'était jamais livrée de plein gré à un flic, mais il y avait un début à tout…

— Combien de temps avant qu'on nous sorte de là, à votre avis ?

— Je ne sais pas. Assez longtemps pour que vous me racontiez tout.

Esméralda sourit dans le noir et entama sa confession.

Épilogue

— Si tu veux, tu peux dormir à la maison, proposa Lindsay.

— Non, ça ira, c'est gentil.

Stephen venait de passer plus de trois heures au commissariat à faire sa déposition. Il avait dit toute la vérité : l'intuition de Marion, les recherches aux archives du *Daily River*, l'article remontant à vingt ans plus tôt. Il s'était contenté de passer sous silence la présence de Karen et la véritable raison pour laquelle il portait une arme. Souvenir des terrains de guerre, avait-il prétendu. Dont il ne s'était encore jamais servi.

Lindsay avait préféré lui faire confiance et ne pas douter de lui. Et puis, Stephen n'avait rien à voir avec les crimes commis par les Walsh.

Le FBI avait repris l'enquête, mais, en l'absence du shérif, elle tenait à rester au commissariat pour surveiller les allées et venues. On n'est jamais trop prudent.

Quand la maison avait explosé, elle avait eu la peur de sa vie. Puis elle avait senti son cœur gonfler d'espoir en entendant les cris de Logan et d'Esméralda vivants, bloqués dans la cave.

Un trou avait été pratiqué pour faire passer de l'air.

Avant que les grues entrent en action et les libèrent des gravats, les secours avaient dû inspecter les restes de la maison pour retrouver les corps de Portnoy et des deux sergents.

— Je suis contente que tu sois revenu, dit-elle en embrassant Stephen sur la joue.

Stephen la serra contre lui et se leva pour quitter le commissariat.

Au volant de sa voiture, il s'éloigna du centre-ville en se repassant le film de ce week-end complètement délirant.

Il avait échappé à la mort plusieurs fois en moins de quarante-huit heures. C'était à se demander s'il ne devrait pas fuir River Falls pour de bon.

Mais il avait rendez-vous. La vraie raison de son retour à River Falls.

Le monde allait de mal en pis. On avait besoin de lui ici.

Il alluma la radio sur WKFM et tomba sur *A world without hero*. Un petit sourire éclaira ses traits. Ce classique de Kiss, il l'avait écouté en boucle, pendant des heures et des heures. Un hymne à l'héroïsme…

Ne jamais laisser tomber. Toujours garder espoir, surtout quand il n'y a plus d'espoir !

Il tenta d'oublier ses doutes et se laissa bercer par la musique jusqu'à une station-service perdue sur la route des Rocheuses qui traversait le pays d'est en ouest.

Il mit son clignotant et se gara sur le parking, où dormaient de nombreux poids lourds. Des filles traînaient avec des chauffeurs impatients de profiter de cette halte, loin de leurs épouses.

Stephen les dépassa en grognant et entra dans le *diner*. Il prit place sur une des banquettes, près de la fenêtre, et fit signe à la serveuse de lui apporter du café.

Dehors, la forêt était nimbée de brume.

La porte du *diner* s'ouvrit. Stephen resta impassible.

Crâne rasé, bouc, tatouage sur l'épaule, corps massif prêt pour la bagarre. Le nouvel arrivant s'installa en face de lui.

— Salut, Stephen. Deux jours que tu es arrivé, et tu fous déjà le bordel !

— Je m'en serais bien passé.

Ryan Bonfire[1] l'observa sans rien dire. Si dur qu'il voulût paraître, Stephen était le plus sensible de leur groupe. Au fond, il n'avait rien à faire avec eux. Le combat contre les forces du mal demandait du temps et de la persévérance… peut-être un peu plus que ce que Callahan était capable de fournir.

---

1. Voir *Né pour être sauvage.*

— Tu sais que tu peux tout arrêter, et je reprends l'affaire.

— Non, c'est à moi de faire le ménage. C'est ma ville. Bon, je peux savoir qui je dois surveiller ?

Brisés par la vie, Stephen et Ryan avaient été sauvés par un groupe qui voulait croire que le destin funeste de l'Amérique n'était pas inéluctable. Des juges, des politiques, des philanthropes anonymes qui agissaient dans l'ombre pour éliminer les êtres malfaisants qui menaçaient le pays.

Les Hommes en noir. Stephen ne pourrait jamais oublier leur première rencontre. Ils l'avaient retrouvé, alors qu'il avait fui River Falls après la mort son père. Comment avaient-ils su qu'il ne s'agissait pas d'un suicide et que c'était bien lui qui l'avait tué ? Il n'en savait toujours rien.

Ces hommes lui avaient expliqué qu'ils avaient besoin de gens comme lui, capables de rendre justice là où la loi écrasait les faibles et servait les puissants.

Une hérésie. Mais cela faisait bien longtemps que le démocrate qu'il était alors ne croyait plus en grand-chose.

— OK, mais fais gaffe, nos ennemis sont sur leurs gardes. S'ils comprennent que tu travailles avec nous, tu es mort.

— T'inquiète, Ryan.

— C'est toi qui vois. Les missions à l'étranger ne manquent pas.

— Ça va aller, je te dis. J'en ai marre de bosser à l'étranger. Qui est notre cible ?

Ryan sortit une grosse enveloppe kraft, qu'il posa sur la table et poussa devant lui.

Un nom y était inscrit en gros : « Mike Logan ».

Stephen ouvrit de grands yeux et décacheta l'enveloppe avec fébrilité.

Il n'avait pas vu le coup venir.

Et dire que Lindsay travaillait pour cet homme !

Il était temps de connaître tous les secrets de ce shérif si bien sous tous rapports.

Stephen sortit le dossier et, dès les premières lignes, comprit qu'il n'était pas le seul à avoir sa part d'ombre…

À suivre…

Rendez-vous en juin 2018
pour une nouvelle aventure

Remerciements

En tout premier lieu, je tiens à remercier Lilas Seewald, qui m'a fait confiance sur ce projet et a été un soutien de tous les instants. J'ai eu la chance de travailler avec de grands éditeurs et, une nouvelle fois, ma bonne étoile ne m'a pas laissé tomber – c'est un euphémisme.

Puis toutes les équipes de chez Bragelonne, avec une pensée particulière pour Stéphane Marsan, Alain Névant, Barbara Liano et Guillaume Missonnier. *Vingt ans après* notre première rencontre, nous nous retrouvons ! Merci aussi à Raoul, Jérôme, Barbara, Julie, Fabrice, Julien, Anne-Cécile, Émilie, Aurore, Colette, Yolande, Léna, Leslie, Fanny, Aurélia, Manon et Olivier.

Je tiens aussi à remercier tous les blogueurs, les facebookiens, les libraires et les bibliothécaires qui me soutiennent depuis tant d'années. Merci à vous, je vous aime !

Et, *last but not least*, merci à vous, amis lecteurs qui, à force d'obstination, m'avez convaincu de reprendre la route de River Falls. Je ne vous en remercierai jamais assez, tant j'ai aimé prendre avec vous ce « nouveau départ ». J'espère que le voyage vous a plu.

À bientôt !

À DÉCOUVRIR CHEZ MILADY THRILLER

JOHANA GUSTAWSSON
BLOCK 46

Profileuse de renom à Londres, Emily Roy enquête sur une série de meurtres d'enfants. Les corps présentent les mêmes mutilations qu'un cadavre de femme retrouvé en Suède. Étrange *serial killer*, qui change de lieu de chasse et de type de proie…

En Suède, Emily retrouve Alexis Castells, une écrivaine spécialisée dans les tueurs en série. Les deux femmes se lancent dans une traque qui va les conduire jusqu'aux atrocités du camp de Buchenwald, en 1944.

«*Block 46* est d'une efficacité redoutable.»
Nicolas Lefort – «Télématin» sur France 2

JOSEPH INCARDONA
220 VOLTS

Ramon Hill est un écrivain à succès. Mais depuis plusieurs mois, rien. Panne sèche. Son roman est en retard, la page reste blanche et avec sa femme, le courant ne passe plus.
Margot prétend qu'un séjour en montagne leur fera le plus grand bien. Mais l'isolement devient parfois une prison et l'autre, une menace. Et bientôt, Margot disparaît…

Couronné par le Grand Prix de littérature policière en 2015, **Joseph Incardona** fait d'une histoire d'amour un roman noir. Car les histoires d'amour finissent mal, en général.

«Fin, féroce, sous tension.»
Alibi

À DÉCOUVRIR CHEZ MILADY THRILLER

CJ LYONS

UNE ENQUÊTE DE CAITLYN TIERNEY - TOME 2

LES OMBRES DU PASSÉ

Caitlyn Tierney est l'une des agents du FBI les plus endurcies. Pourtant, ses méthodes directes et peu orthodoxes ne lui ont pas permis d'élucider le mystère autour de la mort de son père. S'est-il vraiment suicidé après avoir arrêté son meilleur ami pour meurtre ?

Quand cet homme, depuis sa cellule, la supplie de retrouver sa fille, Caitlyn pense régler ses comptes une bonne fois pour toutes avec le passé. Mais sur les lieux de son enfance rôdent de pires ennemis que de vieux mensonges bien gardés, et une menace insaisissable resserre ses griffes autour d'elle…

« Bourré d'action, authentique et intense. »

Lee Child

FABIO M. MITCHELLI

LA COMPASSION DU DIABLE

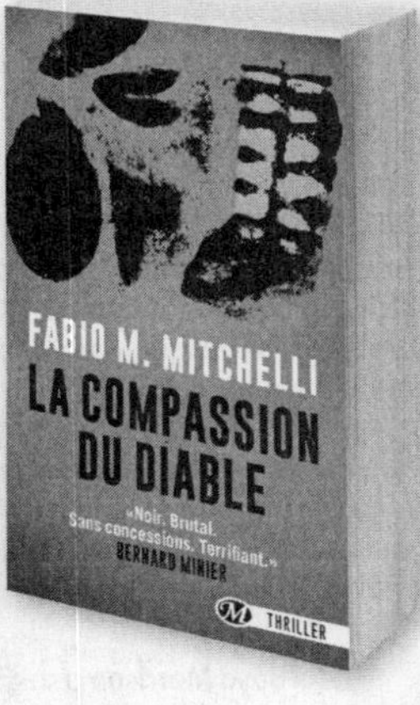

Deux flics, un tueur et des corps horriblement mutilés, abandonnés au fond d'une rivière ou dans le vide sanitaire d'une maison. Démembrés, amputés, humiliés.
Une traque à bout de souffle, mêlant présent et passé, sur les traces d'un tueur « par amour ».
Librement inspiré du parcours sanglant de Jeffrey Dahmer, « le cannibale de Milwaukee », ce thriller psychologique à la mécanique implacable dissèque une âme diabolique et nous entraîne au bout de l'enfer.

« Une nouvelle pépite dans le thriller français »

Gérard Collard – Librairie *La Griffe noire*

À DÉCOUVRIR CHEZ MILADY THRILLER

BOYD MORRISON

UNE AVENTURE DE TYLER LOCKE

L'ARCHE

La brillante archéologue Dilara Kenner mène des fouilles au Pérou lorsqu'elle reçoit des informations cruciales sur la disparition de son père, qui a consacré sa vie à chercher l'arche de Noé. Aux côtés de Tyler Locke, ingénieur de l'armée, elle n'a que sept jours, de Los Angeles à Terre-Neuve, pour retrouver l'arche sacrée.

Amateurs du bon vieux Dr Jones et de thrillers ésotériques à la Dan Brown, ce roman d'aventures est fait pour vous.

« Un thriller percutant, incroyablement réaliste et mené à un train d'enfer. »
James Rollins

BOYD MORRISON

UNE AVENTURE DE TYLER LOCKE

LE CODE MIDAS

Désamorcer une bombe cachée sur un ferry bondé : tel est le test diabolique auquel Tyler Locke doit se soumettre s'il veut revoir son père, qui vient d'être kidnappé. Mais l'épreuve ne s'arrête pas là, et Tyler doit se lancer dans une quête improbable : retrouver le trésor du roi Midas. Il ne dispose que d'un seul indice, un manuscrit crypté attribué au grand Archimède. Aux côtés de la linguiste Stacy Benedict, il a moins de cinq jours pour résoudre une énigme vieille de deux mille ans…

« Boyd Morrison transforme tout ce qu'il touche en or. »
Chris Kuzneski

À DÉCOUVRIR CHEZ MILADY THRILLER

« J'en ai le souffle coupé ! »
James Rollins

BOYD MORRISON
UNE AVENTURE DE TYLER LOCKE
LA CONSPIRATION ROSWELL

Une organisation terroriste est sur le point d'achever la fabrication de l'arme électromagnétique la plus puissante de tous les temps. Pour la faire fonctionner, elle doit s'emparer d'un mystérieux composant retrouvé à Roswell, aux États-Unis, peu après le crash en plein désert d'un objet volant non identifié. Ce composant, une vieille femme prétend le posséder – et cette femme, c'est la cliente de Tyler Locke. En acceptant de la rencontrer, Tyler était loin de se douter qu'il serait précipité dans une des plus grandes affaires d'espionnage du siècle. Ni qu'il ferait face à une des plus sérieuses menaces qu'ait connu l'humanité !

JAMES OSWALD
DE MORT NATURELLE

Tony McLean vient d'être nommé inspecteur. En plus des affaires courantes, il hérite d'un *cold case* dont personne ne veut se charger. Le corps d'une jeune femme crucifiée a été découvert au sous-sol d'une maison abandonnée. Tout porte à croire qu'elle a été victime d'un meurtre rituel. Au siècle dernier.
Lorsqu'une série de crimes sanglants s'abat sur la ville d'Édimbourg, McLean et son équipe ne savent plus où donner de la tête. Pour un peu, ils dormiraient à la morgue où le médecin légiste voit les cadavres s'empiler...

« Le nouveau Ian Rankin. »
Daily Record

/BragelonneMiladyThriller @BrageThriller www.milady.fr

À DÉCOUVRIR CHEZ MILADY THRILLER

DANA STABENOW

UNE ENQUÊTE DE KATE SHUGAK

LA MÉMOIRE SOUS LA GLACE

Fidèle aux dernières volontés de son oncle, pilier de la communauté aléoute du plus grand parc national d'Alaska, la détective privée Kate Shugak part à la recherche d'un chercheur d'or disparu depuis presque un siècle. Mais quelqu'un est décidé à l'empêcher d'atteindre son but…

Une saga hors du commun pour les fans de Craig Johnson, de Jørn Riel ou d'Olivier Truc.

«Une voix unique au cœur du thriller.»
Michael Connelly

DANA STABENOW

UNE ENQUÊTE DE KATE SHUGAK

EN PLEIN CIEL

Lorsque Finn Grant, un entrepreneur fortuné de Newenham, meurt dans le crash de son avion, l'agent Liam Campbell s'oriente très vite vers la thèse du sabotage. Le problème, c'est que tout le monde ou presque, dans cette région d'Alaska, avait des comptes à régler avec Grant.
Pour l'aider à confondre le coupable, Liam fait appel à Kate Shugak. Sous couverture, la détective privée s'engage dans une des affaires les plus complexes de sa carrière, au milieu d'une conspiration d'envergure…

Plongez, avec Kate Shugak et son chien loup, au cœur d'étendues sauvages et sans merci.

«Une énergie fulgurante.»
Publishers Weekly

Achevé d'imprimer en mai 2017
Par CPI France
N° d'impression : 3022895
Dépôt légal : juin 2017
Imprimé en France
81123109-1